ひとり旅日和

秋川滝美

角川文庫
22867

CONTENTS

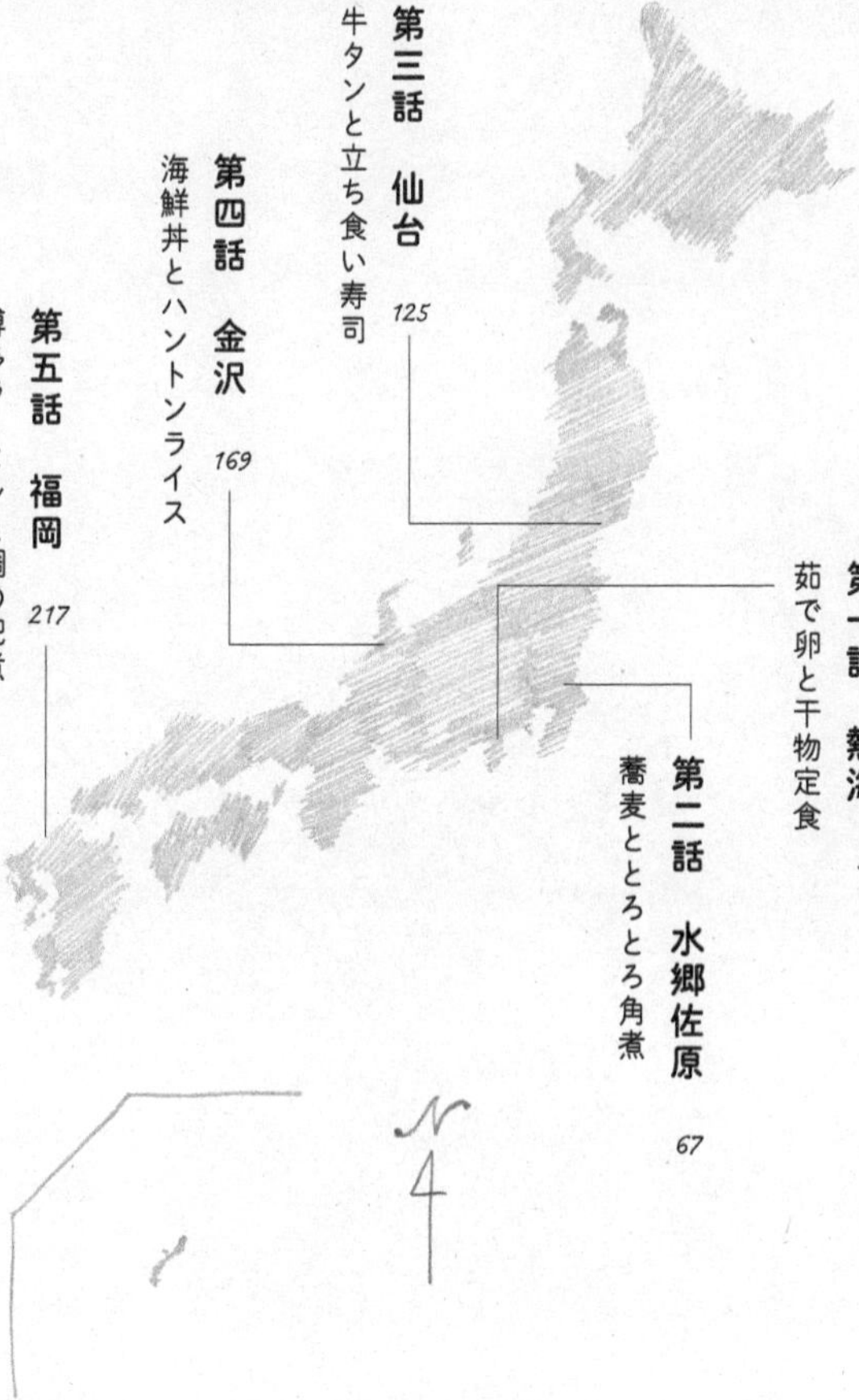

第一話　熱海

――茹で卵と干物定食

神社の入り口の脇にある茶店で、梶倉日和《かじくらひより》はワッフルコーンに入った『麦こがしのソフトクリーム』を食べていた。しっかりした甘みが歩き疲れた身体に心地よく、すいすい喉《のど》を通っていく。黒に近い色合いのコーンはカリカリで、持つところの紙製スリーブに貼られた『熱海《あたみ》　來宮《きのみや》神社』という文字が、特別感を醸していた。

──麦こがしってこういう味なのね。ちょっと黄な粉に似てるのかな。黄な粉は大豆、麦こがしは大麦が原料らしいけど、どっちも煎《い》って粉にしたものだから似たような味なのかもしれないな。それにこの上に載っている落雁《らくがん》が、なんかすごく懐かしい感じ……

日和は、大いに満足しながら茶店をあとにし、次の目的地に向かう。

ちなみに、同行者はいない。スマホとガイドブックだけがお供の道行きだ。そして、これは日和にとって初めてのひとり旅だった。

梶倉日和は東京都内に住む二十四歳、大学卒業後、小宮山《こみやま》商店株式会社に就職して三年目の会社員である。

小宮山商店株式会社は、オフィスで必要とされる事務機器や文具を扱う会社で、日和は経理事務を担当している。子どものころから人見知りが激しく、接客メインの仕事は自分には無理だと判断して必死に探した挙げ句、やっと見つけた勤め先である。

とはいえ、実際にこの仕事を紹介してくれたのは大学の指導教官で、自分が見つけて応募したところは軒並み不採用となった。

理由は言われなくてもわかっている。

明るい笑顔、高いコミュニケーション力、その会社に入りたいという熱意――いわゆる、入社面接に合格するための三要素というものが、日和にはまったく備わっていなかったのだ。

日常生活でまったく笑わないかといえば、そんなわけはない。ただ、知らない人と会うと緊張のあまり笑顔なんてすっかり行方不明になってしまうし、必死の努力でなんとか微笑むことができたと思っていても、他人からは『引きつった笑顔』に見えてしまうらしい。

コミュニケーションの基本とされる笑みひとつ浮かべるのにそんな有様なのだから、コミュニケーション力の高低なんて語るまでもない。十段階評価でマイナス一を取るぐらいの自信がある。

したがって、いかにその会社に興味を持ち、企業研究をし尽くし、是非ともここで働かせて欲しいと熱望しつつ面接に臨んだところで、それを相手に伝えることができない。

完璧《かんぺき》に用意したはずの答えはまったく言葉にならず、ただ『えっと……あの……』を繰り返すだけなのだ。これでは、たとえ日和が面接官だったとしても、採用なんてしたくないに決まっている。

『今後益々《ますます》のご活躍をお祈りいたします』で結ばれる、いわゆる『お祈りメール』をうんざりするほど受け取ったあと、日和は、自分には就職なんて無理だとあきらめてしまった。

あれは確か十月の初め、同じゼミの学生たちの進路がおおむね決まったころのことだ。唯一内定を得られず、公務員試験も受けていなかったことを心配してか、日和は大学の指導教官である山敷《やましき》教授に呼ばれ、就職活動状況を訊《たず》ねられた。

その時点で日和はもうすっかり就職活動を続ける気力を失い、新たな会社を探すことすらしていなかった。幸い大学には親元から通っていたし、日和としては、卒業後はアルバイト、もしくは派遣会社に登録すれば、小遣いぐらいは稼げるだろうと考えていたのだ。

ところが、日和の話を聞いた山敷は、それはちょっと早計ではないか、と眉根《まゆね》を寄せた。そういった仕事を貶《おとし》めるつもりはないが、もう少し頑張ってみてはどうか、と言うのだ。

でも、面接を受けるたびに『お祈りメール』が届く未来しか見えない……と俯《うつむ》く日和に、彼は机の引き出しをごそごそ探った挙げ句、一枚の名刺を取り出した。

覗《のぞ》き込んでみると、小宮山商店株式会社という社名と、代表取締役という文字が見えた。

大学の指導教官の紹介なら滅多《めった》なことはないはずだ。それに、自分で探した会社は軒並み不合格だったのだから、少しでも可能性があるなら受けない手はない。

かくして日和は、小宮山商店株式会社に応募、一次、二次面接をすっ飛ばし、社長の小宮山自らの面接を受けた。面接は例によってしどろもどろだったけれど、山敷教授が事前に日和の真面目さや地道な努力が得意なことを盛大にアピールしてくれたおかげで無事内定、翌春から小宮山商店株式会社の正社員として働くことになった。

それが、二年半前の十月のことである。

「梶倉さん、またお客さんから苦情が入った。もう二年も経つんだから、いい加減電話の取り次ぎぐらいちゃんとやってくれないと困るんだけど」

五月第二週の月曜日、朝一番から呼び出された会議室で、総務課係長の仙川道広《せんかわみちひろ》は渋い顔で言った。

もっとも、日和としては、呼び出しをうけた段階でこの顔を見ることになることは覚悟の上だった。なにせこの直属上司は日和が入社して以来、幾度となくこんな顔で説教をしてきたのだ。

曰《いわ》く、電話応対の声が小さくて聞き取りづらい、声に抑揚がなくて無愛想に聞こえる、来客時の笑顔がとってつけたようで見苦しい……

いつまでも同じことばかり注意されるほうもされるほうだとわかっていても、気持ちの良いものではない。しかも、以前は二ヶ月に一度だったのが、近頃は一ヶ月に一度、いや半月に一度ぐらいの頻度になっているのだ。

日和としては精一杯やっているのだから、これ以上どうしろと？　と開き直りたくなってくる。とはいえ、そんな性格なら苦労はない。電話口で普段の会話よりも一オクターブ高い声を張り上げることぐらい簡単にできただろう。もっとも日和の場合、地声が低いから一オクターブ上げたところでようやく他の女性と同じくらいの高さになるだけだけれど……

「聞いてるのか、梶倉君！」

「はい……」

「またそんな陰気くさい声を出す！　若いんだからもう少しハキハキできないのか？」

まったく社長の気まぐれにも困ったものだ、と仙川はさらに渋い顔をする。

部下の前で社長を非難するなんて、本来ならあってはならないことだ。仙川にしても、日和以外の従業員の前ではけっしてやらないだろう。あえてそれをするのは、小宮山を非難することでさらに日和を貶めたいからだ。

もちろん、もともと仙川が小宮山を快く思っていないことに間違いはない。聞いたところによると、仙川が入社した当時、小宮山政夫《まさお》はまだ社長職についておらず、仙川の教育を担当したそうだ。

　その際、小宮山はひどく口うるさい……というよりも自分を『目の敵』にしていた。なにかにつけ、同期社員と差をつけられた結果、すっかり出世競争から外れてしまった――というのが、仙川の言い分だ。けれど、実のところ、そんなふうに思っているのは仙川だけで、周囲は皆、仙川には口うるさく注意されるだけの理由があるとわかっていた。

　彼は都内の有名大学の出身で、同級生たちは国家公務員とか東証一部上場の大企業にどんどん就職を決めていく中、大企業の入社試験に軒並み不合格となった挙げ句、たったひとつ内定をもらった小宮山商店株式会社に泣く泣く入社してきたらしい。

　文句だけなら我慢できなくもない。なにより堪えがたいのは、仙川が垂れ流す小宮山の悪口だ。おまけに仙川は、日和の入社がイレギュラーな形だったことを知っていて、小宮山と日和をまとめて貶めようとしてくる。自分はそうされても仕方がないが、勤め先がなかった自分を雇ってくれ、経営者としても尊敬している小宮山が自分のせいで貶《けな》されるのは堪えがたかった。

　そんな六月のある日、幹部会議が開かれた。

　会議や来客時にお茶を出すのはおおむね総務課の事務員だが、人見知りの激しい日和にとって苦手な仕事でもある。だが、幹部会議に参加するのは社長、専務、常務といったよく知っている役員や課長ばかりだし、小宮山は『お、梶倉君じゃないか、元気でやってるかい？』などと気軽に声をかけてくれる。月に一度の幹部会議でのお茶出しは、日和にとって、数少ない緊張せずに済む仕事なのだ。

ところが、その幹部会議のお茶を出しに行った際、やけにしげしげと小宮山が日和を見てくる。

話しかけられるかと思ったが、その日に限って小宮山は何も言わず、そのまま会議が始まってしまった。

——もしかしたら、仙川係長から何か聞いて見限られちゃったのかな……。無理もないよね。二年も経ってるのに、電話の応対ひとつまともにできないんだもん……。やっぱり私にはこの仕事は向いていない。工場のライン作業とかデータ入力とか、人と、少なくともお客様と接しないような仕事を探すべきだった。社長ばかりか、山敷先生の顔まで潰《つぶ》すようなことになっちゃった……

日和は意気消沈、自分の席に戻ったあとも、どうやって退職を言い出そうかとそればかり考えていた。

とはいえ、自分が辞めると言えば、どんな言い方、理由であっても仙川は大喜びする。それみたことか、とまた小宮山を悪く言うに決まっていた。

辞めてもだめ、辞めなくてもだめ……ため息を連発している日和に、仙川が声をかけてきた。

「梶倉君、幹部会議が終わったよ。さっさと会議室を片付けて」

言われなくてもそれぐらい自分で動いてくれ、とうんざり顔で言われ、慌てて日和は会議室へ飛んでいった。ところが、誰もいないと思った会議室には、小宮山が残っていた。

「申し訳ありません！　もう終わったと思っていました」

お盆を抱えて謝る日和を手招きし、小宮山は笑って言った。

「幹部会議は終わったよ。でも、ちょっと気になることがあってね。仙川君には断るから、少し話を聞かせてくれないか」

そう言うと小宮山は、総務課に内線で連絡を入れたあと、日和に椅子を勧めた。

「……はい」

小宮山は会議テーブルの向かいに座って、しげしげと日和を見ている。

これはとうとう退職勧告か……と身構えた日和の緊張を感じ取ったのか、彼はふっと笑い、至って気楽な口調で話し始めた。

「最近どう？　なにか困ってることはない？」

「困ってることですか……？」

ついつい日和は、困っているのは私ではなく会社、もしくは客ではないか、と考えてしまう。いわゆる『首』寸前の身かもしれない、と思っても、自分自身は大して困っていないことが驚きだった。

あいかわらずテキパキと答えを返せない日和を、小宮山はなんだか慈しむような目で見て言う。

「君は感情を表に出すタイプじゃない。それはこの二年でよくわかったんだけど、このところ、いつもよりさらに表情が乏しいような気がしてね。あ、ごめん。この言い方はよくないか」

こういうのもパワハラになるのかな？　と小宮山は首を傾げる。だが、日和にしてみれば小宮山の指摘は事実に即しているし、こんなに心配そうに言われて不快になるわけがなかった。

「大丈夫です。他の人にとってはパワハラなのかもしれませんけど、少なくとも私はそう感じません。むしろ、お気遣いがありがたいぐらいです。本当に駄目ですね、私。いつまでも心配ばっかりおかけして」

「駄目なんてことはないよ。君は十分頑張ってる」

小宮山はきっぱり言い切ってくれたが、気休めに過ぎないと思う。少なくとも、仙川からの報告を聞いていれば、日和がいかにちゃんとやってないかは明白だ。日和自身が目にすることはないにしても、梶倉日和の人事評価にはろくなことが書かれていないに違いないのだから……

「申し訳ありません。私、社長が思ってくださってるほど、お役に立てていないと思います」

「まあ、それを判断するのは君じゃない。少なくとも総務課長からは、君に問題があると聞いたことはないよ。他の連中だって、マイペースなところはあるけど黙々と働く努力家だって評価してる。ただ、一部相性が悪い人間がいるのは否めない」

『相性が悪い』と表現するのは、小宮山の配慮だろう。しかも、あえて名前も出さない。それでも彼が仙川について言っていることは明らかだった。

「よく怒られる？」

正面きって訊ねられれば、否定はできない。会議室に呼び出されるとき以外でも、仙川の小言は日常茶飯事なのだ。やむなく日和は、無言でこっくり頷《うなず》いた。

「しょうがないやつだな……」

「すみません……」

さらに肩をすぼめて頭を下げた日和を見て、小宮山は慌てて言葉を足した。

「いや、君のことじゃない。君の上司のことだ。あいつはこれまでも、君みたいに大人しく反抗しない社員をターゲットにして鬱憤《うっぷん》を晴らしてきた。本人は教育の一環だって言い張ってるが、俺に言わせれば教育なんてもんじゃない。ただの弱い者いじめだ。だからこそ俺は『叱られる』じゃなくて『怒られる』って言ったんだ」

そのせいで何人も辞めていった。山敷教授に日和を紹介されたときも、もしかしたらこれまでの事務員と同じ目に遭わせてしまうのではないかと心配だった、と小宮山は言う。

「実は山敷にもその件は伝えてあった。大人しい部下を狙い撃ちする人間がいるが、パワハラと教育のぎりぎりのラインで処分に踏み切れない。これ以上酷《ひど》くなったら処分するが、確証がつかめないでいる。もしかしたら嫌な目に遭うかもしれない、ってさ。そしたらあいつ、なんて言ったと思う？」

「さあ……？」

「『梶倉君なら大丈夫。あの子は言動ともに、非暴力不服従主義だから』だってさ」

「非暴力不服従……？　私はそんなに愛に溢《あふ》れた人間じゃありません……」

「お、さすが山敷の折り紙付きだけあって、ちゃんと理解してるね。俺もそう思ったよ。ガンジーじゃあるまいし、って。でも、実際に会って話してみて、山敷の言いたいことはわかった。君には不屈の精神があるよ」

「褒めすぎです。いつもそこまで考えてるわけじゃありません。ただ恐くて言い返せないことのほうがずっと多いんです」

「そんなのどっちだっていいんだよ。言い返して喧嘩《けんか》になるぐらいなら、黙って聞いておいたほうがいいことだってある。世の中の喧嘩の大半はそれで防げるんだからね」

「そうでしょうか……」

「そうだよ。要するに、上司の重箱の隅つつきみたいな小言に二年も堪えてる君は、それだけで十分評価に値する。なんせ、他の連中は半年ぐらいで異動を願い出るか、それが叶《かな》わなければ辞めていったんだからね。それだけ頑張ってくれてるんだから、俺としては、少しでも気持ちよく働いてもらいたい。諸悪の根源を絶つのが一番なのはわかってるけど、なかなかうまくいかない。それでも、できるだけのことはしたいって気持ちはあるんだ」

小宮山は、日和の目を真っ直ぐに見て語る。その姿を見ているうちに日和は、こういうところが中小企業のいいところなんだろうな、とまるで他人事《ひとごと》のような感想を抱いてしまった。

たとえ一種の縁故採用のような形であっても、大きな会社では社長が一事務員にこんな形で向き合うことなど不可能に違いない。ただ、大きな会社だったとしたら、仙川のような従業員はとっくに首にされていた可能性もある。人と人との距離が近いが故に解雇できない。そんな弊害もあるのだろう。

いずれにしても、小宮山は日和が考えているよりずっと現状を把握しているし、心配してくれてもいる。なによりも、小宮山を含めた周囲が仙川をどう評価しているかがはっきりわかった。

仙川によって小宮山の評判を落とされることはないし、それを気にした日和が辞める必要もない。

それがわかっただけで十分だった。

「ありがとうございます。でも、私は大丈夫です」

「そうか。それならいいんだが……。あ、そうだ」

おそらく日和はそれまでよりも明るい笑みを浮かべることができたのだろう。小宮山は、ほっとしたように言うと、新たな質問をした。

「前々から訊《き》こうと思ってたんだけど、君はどうやってストレスを発散してるの？」

「はい？」

「あ、唐突だったね。いや、これは俺の思い込みかもしれないけど、普通なら嫌なことを言われたらむっとしたり、睨《にら》んだりするよね。いくら自分では表に出していないつもりでも、なんとなく伝わってくるものがある。でも、君はそういうことが全然ない。本当に非暴力不服従、すごい悟りでも開いてるのかな、と……」

「そんなことあるわけないじゃないですか」

「だよねえ……だとしたら、なにか秘訣《ひけつ》があるんじゃない？　社内には親しくしてる人はいないみたいだけど、プライベートで友だちに愚痴を言いまくってるとか？」

「えーっと……こんなことを言うのはちょっと恥ずかしいんですけど、私、公私ともに友だちが少ないというか、いないんです。正真正銘のボッチ気質なんでしょうね」

「正真正銘のボッチ気質……それはすごい。だとしたらますます興味深いね。もしかして、もともと鬱憤なんて溜《た》まらないタイプ？」

それはそれで羨《うらや》ましい、と小宮山は苦笑する。もしかしたら、彼自身が誰かになにかを言われたら言い返さずにいられず、鬱憤や苦悩は親しい人に聞いてもらうことで晴らす性格なのかもしれない。

むしろそのほうが、日和には羨ましい。それだけの人間関係を作れること自体が憧《あこが》れだった。

「それでどうなの？　ノーストレス、ノー鬱憤？」

「いいえ。ストレスも抱えますし、鬱憤も溜まります。でも、今のところはなんとかなってますし、これといって対策は……」

仙川のことで悩んではいたが、それは自分自身よりも小宮山の評判に関わるかもしれないと危惧《きぐ》したせいだ。その心配さえなければ、まだまだ我慢が可能な範囲内、積極的なストレス解消策が必要なほどではなかった。

そんな日和の話を聞いた小宮山は、少し安心したように言った。

「そうか……もともとストレス耐性が高いんだな。でもやっぱり俺としては心配だ。なにかストレス解消の手段を考えたほうがいい。スポーツはやらないの？」

「スポーツは苦手です。走っても遅いし、遠くも高くも跳べません。ボールが飛んでくるだけで恐いし、ラケットの類《たぐ》いもうまく扱えた例《ため》しがありません。両親曰く、私には運動神経ってものがないらしいです」

「うーん……下手でも楽しいって人もいるけどねえ」

「楽しくありません」

「そうか。じゃあ、映画とか演劇とかは？　コンサートってのもあるよね？」

「嫌いじゃありませんけど、人がたくさんいるところに行くこと自体がちょっと……」

映画ならまだしも、演劇はさらに難しい。演目によっては歌やダンスが入ることもあるが、周りに合わせて手拍子を打ったり、声援を送ったりができない。ノリの悪い客がいることで雰囲気を悪くしないかと心配になって、集中できなくなる。

そんなこんなで、スポーツも映画も演劇もアウト、コンサートも高校生の時が最後、今の日和にとって趣味らしい趣味と言えば読書ぐらいのものだった。

「読書か……。それはなかなか古典的でいい趣味だね。どんなものを読むの？　君のことだから、純文学とかかな？」

「そんな難しそうなものは読んでません。軽いのばっかりですし、SNSもかなり入ってます」

「SNS！　今風だねえ。それで、テーマとかはあるの？」

「食べ物とか、旅行とか……。誰かがどこかに行って、美味《おい》しいものを食べたーみたいなのを読んで、自分も旅行した気になってるだけです。安直ですよね」

「旅行した気になってる……。だったら実際に行けばいいのに」

「無理ですよ。さっきも言いましたが、私『ボッチ気質』なんで、一緒に行ってくれる人がいません」

「なにも誰かと行く必要はない。ひとりでいいじゃないか。旅の醍醐味《だいごみ》はひとり旅に尽きる」

小宮山はそう断言したあと、ひとり旅の美点を連ね始めた。

「まずひとり旅は気を遣う必要がない。行き先も宿も、どこで何を食べるかも自分次第。

細かいことを言えば、出発にあたって待ち合わせ時間や場所を決める必要すらない。予定を立てていたとしても、気になるものを見つけたら変更も自由。足の向くまま、気の向くままでいいんだ。自分以外の人間の趣味嗜好《しこう》を一切気にせずにできる旅の楽しさと言ったら！」

「そう言われましても、やっぱりひとりで旅に出るっていうのは……」

「誰だって最初はそう言うんだ。でも、一度でもひとり旅に出たらもう病みつき。どんどん旅に出たくなって、次はどこに行こうってガイドブックを買いあさることになる」

「いや、でも、それって男の人の場合じゃないですか？」

これでも自分は女性の一員だ。ひとり旅なんだからひとりで行動するのが前提だが、日中はさておき、夜はやはり不安だ。勝手がわからない町、しかも夜道をひとりでふらふらするのはいかがなものか。家族だって心配するに違いない。

そんな不安を口にする日和に、これまたきっぱり小宮山は言い切った。

「あのね、梶倉君。世界はもちろん、国内でも絶対安全なんて場所はないよ。どこにいたって犯罪に巻き込まれる可能性はゼロじゃないし、天災だって起こる。旅行にしても、大勢だから大丈夫とは言い切れない」

危ないかもしれないからどこにも行かない、というのはもったいないと思わないか、というのが小宮山の主張だった。

「旅行の話を読んでいて、自分も行ってみたいって思うことはない？」

しい！」

「あります……というか、たいていそうなります」

「だろ？　だったら行けばいいじゃないか。趣味は旅行、しかもひとり旅なんて素晴らしい！」

日和の趣味を勝手に決めて悦に入っている小宮山を見て、日和は考え込んでしまった。

確かに、日和はこれといった趣味を持っているわけではない。自己紹介をするときでも、今時趣味が読書というのもなあ……とためらうほどだ。

もともと知らない人と話すのは大の苦手で、自分から話しかけるなんてできっこない。そんな日和にとって、コミュニケーションのきっかけは相手からの問いかけに尽きる。

自己紹介で相手の興味を引くような話題を提供することができなければ、気まずい沈黙が続くだけだろうし、読書という趣味は相手が本好きの場合を除いて『へー、そう』で終わってしまう。稀《まれ》に、どんな本を読んでいるのか訊ねられる場合もあるが、相手がその本を知らなければ、やっぱり『へー、そう』という言葉しか返ってこない。

その点、旅行というのはかなり話題を広げやすい趣味だ。コミュニケーションが不得意な日和であっても、最近どんなところに行った？　という問いには答えやすい。相手だって、自分も行ったことがある、あるいは雑誌で読んだ、テレビで見たなどと、話を続けてくれるかもしれない。それに、旅先で食べた『美味しいもの』の話を疎んじる人は少ないだろう。

旅行を趣味にすれば、あの気まずい沈黙が減るかもしれない。そもそも、安全性を考慮しなければ、ひとりで行動するのは大得意なのだ。

「ひとり旅……いいかもしれませんね」

「いいに決まってる。是非やってみなさい。本当は二泊ぐらいするほうが満喫できるけど、時間を確保するのも大変だ。まずは近場で一泊から始めてみればいい。それなら週末を使って行ってこられるしね」

そして小宮山は、万事解決、と言わんばかりの軽い足取りで会議室から出て行った。

――『鉄は熱いうちに打て』って言葉がある。『思い立ったが吉日』とも言う。時間をおいたら、まあいいか……ってなっちゃいそう。まずは行き先を決めなきゃ。あ、そうだ、帰りにガイドブックを探しに行ってみよう。

会議室を片付けながら、日和はそんなことを考える。

本屋に行ってガイドブックを捲《めく》ってみれば、行きたい場所が見つかるかもしれない。

このところ仙川のせいで、とにかく一刻も早く帰りたいとばかり考えていた日和は、珍しく書店に行きたいという積極的な理由、かつ、うきうきした気分で終業時刻を待つことになったのである。

終業後、職場の最寄りの駅ビルにある書店に行ってみた日和は、旅行ガイドブックの多様さに目を見張った。もとより品揃えの豊富さで選んだ書店ではあったが、手の平に載りそうな小さなサイズから、A4判を上回りそうな大きなもの、厚みも薄いものから厚いものまで様々なタイプが並んでいる。

本の厚みは情報量に直結するから厚いほうが望ましいといえば望ましいが、その分重くなって持ち運びに不便だし、値も張る。うまくいくかどうかわからない趣味候補に、多額の投資をするのはためらわれた。

持ち運びしやすそうな小さめサイズでグルメ情報がたくさん載っているもの、というのが、日和が決めた旅行ガイドブックの選択基準だった。だが、それだけ決めたところで行き先は決まらない。なにせ同じシリーズで日本全国の観光地別ガイドブックがあるのだ。まず決めるべきは、ガイドブックの仕様ではなく行き先。本末転倒もいいところだった。

――でもまあ、これといって行きたいところが決まっているわけじゃないんだから、このシリーズにある場所で行けそうなところを選ぶっていうのもありじゃない？

自分にそんな問いかけをしつつ、日和はお目当てのシリーズがずらりと並んだ書棚の前に立った。

国内と海外、両方が出ているシリーズだったが、日和が見るのはもちろん国内だ。それでも五十近い冊数が並べられていた。

一泊なのだから移動に時間を取られるのはもったいない。せいぜい片道二時間前後、それが日和の『初めてのひとり旅』の目的地の範囲だった。

同じ二時間でも交通手段によって動ける距離は様々だ。新幹線なら西は京都、東は仙《せん》台《だい》辺りまで行けるし、新潟もなんとか辿《たど》り着ける。それどころか、飛行機を使えば国内の大半は圏内となり、韓国まで足を延ばせてしまう。辛い物好きの日和にとって、韓国グルメ旅はかなり魅力的だった。

とはいえ、さすがにファーストトライで海外旅行はきつすぎる。なにより、英語は中学生レベル、韓国語に至っては挨拶《あいさつ》すら覚束《おぼつか》ないという状況では、韓国ひとり旅はハードルが高すぎた。

――海外というか飛行機を使うような距離はパス。新幹線ならけっこう遠くまで行けそうだけど、新幹線で行ける観光地ってすごく混んでるような気がするのよね……

日和は、書籍や雑誌のみならず、テレビや動画で観光地の紹介を見るのも好きだ。帰宅後や休日、なんとなくつけたテレビで旅番組をやっていると、そのまま見入ってしまうことも多い。

そんなとき気になるのは、やはり観光地の人の多さだ。人気があるからこそ紹介されることはわかっているが、やはり交通の便がいいところにはたくさんの人が集まってくるのだろう。新幹線が通っているというのは便利な観光地の最たるもののような気がした。

在来線でしか行けない、もしくは新幹線を使うにしてもせめて『ひかり』か『こだま』しか停まらないところがいい。

かくして日和は、選択条件から『のぞみ』が停まる駅を除外した。それでもまだまだたくさんある。次はどうやって絞り込もう……と考えていたとき、後ろに人の気配を感じた。

どうやら長々と書棚の前を占領して、他の人の邪魔になっていたらしい。

「すみません！」

慌てて謝り、場所を空けてみると、驚いたことにそれは日和が知っている人だった。

「加賀《かが》さん？」

「あら、梶倉さん！」

意外なところで会うわね、とにっこり笑ったのは、同じ小宮山商店株式会社に勤める加賀麗佳《れいか》だった。しかも彼女は日和と同じ総務課所属で、席だって日和の隣、毎日顔を合わせる間柄である。

そう言えば麗佳は旅行が趣味で、ちょくちょく旅のお土産を持ってきてくれる。そのどれもがびっくりするほど美味しくて、麗佳は『旅行グルメ案内人』として総務課の人々、特に女性から一目置かれる存在になっている。おそらく今日も、次の旅行用のガイドブックを探しに来たのだろう。

会社でも散々お世話になっているし、これ以上迷惑をかけてはいけない、と考えた日和は、黙礼してその場を離れようとした。会社以外の場所でどんな話をすればいいのかわからないし、麗佳のことだから、さっと選んで去るだろう。自分はそれからゆっくり選べばいいと考えてのことだった。

ところがその場から離れようとした日和を、麗佳が呼び止めた。

「旅行ガイドコーナーで梶倉さんに会うとは思わなかったわ。すごく考え込んでたみたいだけど、欲しい本がここにはなかったとか？」

「え？　いえ、そういうわけじゃ……」

行きたい場所が決まっていれば、ガイドブックの有無は明らかだ。だが、目的地がわからないのでは、探しようもない。

答えるに答えられずにいる日和を見て、麗佳は怪訝《けげん》な顔になった。

「どうしたの？　ここにいるってことは旅行するつもりなんでしょ？」

「旅行はしたいんですけど、行き先を決めかねてて……」

「あーなるほど……どこかに行きたいけど、そのどこかがわからない、ってやつね。目ぼしいところに行き尽くしちゃうと、やっぱりそうなっちゃうわよね」

旅好き『あるある』だ！　と麗佳はものすごく嬉《うれ》しそうに頷いている。『同好の士』を見つけたという喜びが見え隠れし、日和は申し訳ない気持ちになってしまった。

「え、あの、加賀さん、私は別に旅好きってわけじゃ……。いえ、旅は好きなんですけど、実際にはあんまり行かないっていうか、自分で計画するのも初めてっていうか……」

しどろもどろに言い訳を続ける日和を見て、麗佳はまた困惑顔に逆戻りだった。

「ごめん。どういうこと？　私でよければ話を聞こうか？」

渡りに船とはこのことだった。

麗佳は、本当に心配そうにこちらを窺《うかが》っている。

彼女は日和より四歳年上で、新入社員で入ったときから日和の面倒をよく見てくれた。重箱の隅つつきが趣味のような直属上司と異なり、書類の記入方法から備品の管理まで細かく教えてくれたのも彼女だ。彼女なら、旅についてのアドバイスもくれるかもしれない。

こちらから持ちかけるなんてできそうにないが、こんなふうに声をかけてもらえば話もしやすい……ということで、日和は麗佳に相談してみることにした。

「実は私、ひとり旅に行ってみたくて……」

「ひとり旅！　それはいいわ。梶倉さんみたいに周りに気を遣う人は、ひとりのほうがずっと楽しめるわよ」

社員旅行ならまだしも、プライベートの旅でまで人に気を遣って疲れるなんて、愚の骨頂だと麗佳は言い切った。

「ひとり旅を思い立ったものの、行き先が決められないってわけね」

「初めてのひとり旅ですから、やっぱり近場がいいと思うんですよね。でも、東京って交通の便がよすぎて、二時間もあればどこへでも行けちゃうんですよ。それで全然決められなくて……」

「特に行ってみたい場所があるわけじゃないのね？」

「というか、行ってみたい場所がありすぎて、逆にどこでもいいやって感じなんです」

ひとり旅はもちろん、友人たちと旅行に出ることもほとんどなかった。学生のうちは、家族とちょこちょこ旅行に出ていたが、行き先を選ぶのがもっぱら歴史好きの父親だったため、やたらと神社仏閣や歴史的建造物が多かった。それすら、社会人になってからはとんとご無沙汰《ぶさた》だ。

辛うじて旅行と呼べそうなのは、冠婚葬祭で両親の実家を訪れるときぐらいなものだが、宿泊先は祖父母宅になるのでホテルに泊まることはない。

とにかく行き先の決め方はもちろん、旅行の段取りのなにからなにまでわからない、というのが正直なところだった。

「それでよくひとり旅をしようと思ったわね。むしろそっちにびっくりよ」

「それはまあ……なんというか、気分転換みたいな感じで……」

「そっか。まあいいわ、旅に出る理由なんてなんでもいいもの。どっちにしても、まずは行き先を決めないとね」

「そうなんです。おすすめのところとかありますか？　あ、おすすめの宿とかでもいいです」

見たいものや食べたいものがある、ではなく、このホテルに泊まってみたい、という理由で旅に出る人もいる。どっちから決めてもかまわないはずだ。

ところが麗佳から返ってきたのは、ちょっと意外な答えだった。

「宿ねえ……。泊まりもいいんだけど、初めてのひとり旅なら、いっそ日帰りから始めたらどうかしら？」

「日帰り……ですか？」

「勢い込んでひとりで旅に出たものの、寂しくてしょうがない。話をする相手もいないし、ご飯だってお茶だってひとり。宿に入ってもひとり。テレビだって大して面白くない。静まりかえった部屋で時間を持て余し、もうこりごりだ、ってなっちゃった人を知ってるのよ。それもけっこうたくさん」

だから、最初は日帰りで出かけてみて、自分が本当にひとりでいることを楽しめるかどうか確かめたほうがいい、と麗佳は言うのだ。

「別に、ひとりでいるのは苦じゃありませんけど？」

「そうね、梶倉さんなら大丈夫だとは思う。でも、ひとりが苦じゃない、っていうのと、ひとりを楽しめるっていうのはちょっと違う気がするのよ。ひとり旅って、あえてひとりになりに行くもので、いうなれば能動態。周りにカップルやグループ連れの人がいても寂しくなったりせず、自分は自分って思える人じゃないと楽しめないわ。そう考えると、宿でひとりきりってけっこう厳しいのよ」

「ひとりで楽しむことより先に、ひとりの寂しさを痛感してしまう、ってことですか？」

「少なくとも私は、そう思ってる。だから、梶倉さんがこれからずっとひとり旅を楽しみたいなら、まずは日帰りで『ひとりの楽しさ』を見つけて欲しいなあ」

「……確かにそうかもしれません」

「ってことで、私のおすすめは日帰り。近場で行ってみたい場所とかないの？」

「熱海……でしょうか」

「熱海！」

そこで麗佳は、なぜか大笑いした。熱海は有名な観光地だし、距離的にも十分日帰り可能な場所にある。そこまで笑わなくても、とちょっと傷ついてしまうほどだった。

ひとしきり笑ったあと、麗佳は、はっと気付いて申し訳なさそうに言う。

「いや、ごめんね。なんか予想どおりだったから……。念のために訊くけど、どうして熱海を選んだの？」

「熱海に行きたがる人って、ちょっと年齢層が高そうなイメージがありませんか？　なんか、あんまり若い女性が多いところって、私には馴染《なじ》めなそうで」

たとえば鎌倉《かまくら》などは、歴史もあり、美味しいものや素敵《すてき》な小物の店もたくさんあって興味深いけれど、あまりにも人、特に若い女性が多すぎる。おそらく町全体が賑《にぎ》やかで華やいだ雰囲気で、自分にはそぐわないと思ってしまうのだ。なにより人波に流されて、見たいものも満足に見られなくなりそうだった。

初めてのひとり旅なら、もっとひとりを満喫できるような静かな場所に行ってみたい。熱海なら、年齢層も高くて、町をそぞろ歩きするよりも宿でゆっくり温泉や食事を楽しみたいと考える人が多そうだ。人混みに押されることなく、のんびり町を歩けるのではないか、というのが、日和の選択理由だった。

「なるほど、要するに梶倉さんは、熱海のしっとりした町の感じが好き、と」

「そんな感じです。SNSとかでも、熱海はすごく落ち着いた感じに紹介されてて、一度行ってみたいな、と……それに熱海には來宮神社がありますし」

「來宮神社……聞き覚えがあるわ。あ、パワースポットで有名な場所ね！　もしかして梶倉さんって、そっち方面に興味ある人？」

「私は旅行情報中心のSNSもよく見るんですけど、お気に入りのサイトでときどきパワースポットを紹介してるんです。どこかに行ったついでに、実はここはパワースポットでもあります、ぐらいの軽い触れ方で、逆に興味を引かれちゃったんです。それに、私自身、お寺とか神社の雰囲気がとても好きで……」

神社仏閣に関しては、修学旅行や校外学習で訪れることが多かった上に、歴史好きの父親にも散々連れていかれた。いくつも訪れているうちに、同じような神社や寺であっても、妙に馴染むというか、落ち着く場所とそうではない場所があることに気づいた。いったいどこが違うのか、と調べてみた結果、日和が落ち着くと思った場所の大半が、いわゆる『パワースポット』と呼ばれる場所だったのだ。

「なるほど、それで熱海ってわけね」

「だめですか？」

「全然。いいじゃない、パワースポット！」

明確な基準があれば、今後の目的地も決めやすい。その基準がなんであろうが個人の勝手だ、と麗佳は妙に優しい目で言った。

「じゃ、最初のひとり旅は熱海で決定ね。おすすめのガイドブックは……」

そう言うと、麗佳は目の前の棚から一冊のガイドブックを抜き出した。それは以前日和が読んだ旅行記にも紹介されていたシリーズで、全般的に初心者向け、情報量も適度で使いやすいとのことだった。

「よかった……これ、美味しそうなお店もたくさん載ってますし」

「それもこのシリーズの売りなのよ。でも『野性の勘』も侮れないけどね」

ガイドブックなど端《はな》から無視で、ぱっと見て良さそうだと思う店に入る。麗佳はそれを『野性の勘』と呼んでいるそうだ。

『野性の勘』に頼って無名でも美味しい店に当たったことも多いし、不味《まず》かったり接客が悪かったりしても、ひとり旅なら被害を受けるのは自分だけだ。自分が選んだ店で嫌な思いをさせた、と同行者に申し訳なく思う必要もない。飛び込みで店に入れるのは、ひとり旅最大の利点だから大いに楽しむべし、と彼女は言うのだ。

「それにガイドブックに載っているような人気店でも、ひとりだったらカウンターとかにさっと入れてもらえたりすることもある、ってことで、大いに楽しんで」

そう言うと、麗佳は書棚からガイドブックを抜き出す。日和にすすめてくれたのとは別シリーズで、見るからに『玄人向け』のものだった。おそらく彼女は、あらかじめこれを買うと決めてやってきたのだろう。

「お引き留めして申し訳ありませんでした。いろいろ教えていただけて、ものすごく助かりました」

ぺこぺこ頭を下げる日和に背中越しに手を振り、麗佳はレジに向かった。


思わぬ助《すけ》っ人《と》のおかげで初めてのひとり旅の行く先を決めることに成功した日和は、帰宅するなり週間天気予報を調べた。

気持ちが冷めないうちに出かけたいが、最初から悪天候とわかっているのに出かけるほどの熱意はない。新聞とインターネットと両方を見た結果、この週末は土日とも曇り、にわか雨が降るかもしれないが長引くことはないだろう、と書かれている。本当は晴れているほうがいいに決まっているが、さっさと行ってしまったほうがいい。

ということで、日和は今週の土曜日、六月二十二日に熱海に行くことを決めた。

行き先も日取りも決まったとなると、次に調べるべきは行き方だろう。

日和はスマホの乗り換え案内アプリを使って、最寄り駅から熱海までの交通手段を調べてみた。その結果、熱海に行くには様々な方法があった。

一番早くて楽なのは新幹線を使う方法だが、費用も高い。費用を抑えようと思うなら地下鉄とJRを細かく乗り継ぐのが一番だが、なにせ時間がかかる。自分なりに、リミットは片道二時間と決めてはいたが、同じ場所に行くならかかる時間は短いに越したことはない。その分、朝の出発をゆっくりにできる、あるいは向こうで散策する時間が増えるのだ。

方法が多すぎるというのはかえって困るな、などと贅沢《ぜいたく》な不満を唱えつつ、費用対効果を考えた結果、日和はJR東海道《とうかいどう》本線利用、午前九時半過ぎの到着という便を選んだ。

朝食の席で、休みにもかかわらずきちんと身支度をして現れた日和を見て、家族は首を傾げた。

さらに、今日の予定を話すと、ひとりで旅に出るなんていったい何があった、本当に大丈夫なのか、と何度も確かめられた。それでも引き留められることはなかったし、家族は皆、この子もひとり旅をするような年齢になったのか、となんだか感慨深げにしていた。もしかしたら、これを機に家族の中の最年少で子ども扱いばかりだった日和への接し方も少しは変わるのかもしれない。

日和にとってそれは、出発前から得られた大きな成果だった。

土曜日の朝だからいつもよりは人が少ないのではないか、という期待も虚《むな》しく、最寄り駅のホームにはたくさんの人が溢れていた。

これでは平日と大差ない、いや平日よりも多いぐらいだと首を傾げつつ電光掲示板を見ると、運休になっている路線があり、ホームにいるのはその路線に乗りたい人たちのようだ。

麗佳のように旅慣れた人なら、多少のアクシデントがあっても平然と違うルートを考え出せるのだろうな、と思うが、自分にはそんな芸当はできそうにない。とりあえず、予定どおりの電車に乗れてよかったと安堵《あんど》するばかりだった。

二駅ぐらい過ぎたところで運良く目の前の人が降りて座ることができた。日和は、やれやれと鞄《かばん》からガイドブックを取り出す。

この本を買ってから何度となく読み返した。付箋《ふせん》もたくさんつけてあるが、到着前にもう一度予習しておきたい。なんと言っても初めてのひとり旅なのだ。念には念を入れて、という気持ちからだった。

――まずは來宮神社。熱海駅から電車を乗り継いで一駅、バスだと二十分。歩いたら十八分か。雨になったらバスかなと思ってたけど、降ってないから歩いてみようかなあ……

旅行記を読んだ経験によると、記憶に残る出来事や美味しいお店に出会うのは町をふらふら歩いている途中が多いように思える。日和は歩くのは嫌いではないし、電車で一足飛びに行ってしまうよりもできる限り歩きたい。そのほうが、町のより細かい表情を知ることができるだろう。

天気予報は曇りと言っていたけど、ところどころに青空が覗いている。気温だって六月にしてはそう高くなく、湿度も低そうだ。要するに絶好の散歩日和、ということで、日和は徒歩で來宮神社を目指すことにした。

それにしても……と日和は、周りを見回す。

電車の中から薄々感じていたのだが、思っていたよりも若い観光客が多い。賑やかな女性たちに気圧《けお》されそうだ、という理由で熱海を選択したのに、駅に降り立った大半が若い女性、あるいは男女のカップルだった。

ガイドブックにも新しい駅ビルのことは書かれていたし、雰囲気が変わったという話もインターネットのあちこちで見られた。それでも日和は熱海の『昔ながらの温泉町』というイメージを捨て去れず、熱海に来るのは動作も口調ものんびりした年齢層高めの客ばかりだと思い込んでいたのだ。

とはいえ、もう来てしまったのだから仕方がない。とりあえず、ここにいる人たちは数分もすればそれぞれの目的地に向けて去るはずだ、それまでここで待っていよう。

人見知りであることはもちろん、人混みそのものも大の苦手な日和は、熱海駅の柱の陰で同じ電車で到着した人たちが、町に出て行くのを待った。幸い、みんなが行ってしまうのに五分とかからなかったが、のんびりしていると次の電車がやってきてまた同じことになってしまう。

日和は大急ぎで駅の外に出た。

時刻は午前九時半、通り沿いの土産物屋はもう開いていて、あちこちから呼び込みの声が聞こえる。とはいっても、到着したばかりの日和に今すぐ買い物する気がないのはわかっているらしく、呼び込む声も『お帰りの際はよろしく』的なものが多かった。温泉饅頭《まんじゅう》の湯気に目を奪われたり、干物を焼く匂いに鼻をくすぐられたりしながら、少々加速気味に商店街を通り過ぎる。お守りのように握りしめているのはスマホだ。日和は少々方向音痴気味だし、地図を読む力も人並み以下だ。そんな日和にとって、スマホの道案内アプリほど便利なものはなかった。

歩いて行くうちに、土産物屋や飲食店の数がどんどん減っていく。そのうち住宅街どころか建物がほとんどないような道になってしまい、間違えたのでは？　と不安になってくる。けれど、スマホを見る限りルートからは外れていないし、道沿いにあるべき図書館や市役所への道を示す看板も見える。

ようやく目印のひとつであるファミリーレストランを見つけたところで時刻を確かめると、歩き始めてから既に二十分近く経っている。來宮神社のホームページには熱海駅から徒歩約十八分と書いてあったのに、スマホのアプリによるとまだあと三分歩くらしい。

もしやスマホがおかしいのか、と思いかけたものの、これまでもスマホを頼りに道を歩いたことは多々あるが、所要時間の予測はほとんどずれなかった。

となると、疑うべきは來宮神社のホームページだ。もしかしたら地元の人しか知らないような近道が存在する、あるいは作った人がものすごく歩くのが速いのだろうか。いや、ホームページに情報を提供するのは神社の人だろうから、歩くのが速いのは宮司さんかもしれない。

超高速で境内を移動する宮司を想像して噴き出しそうになったころ、ようやく日和は高架をくぐる道を見つけ、薄暗がりを進んで來宮神社に到着した。

白い幟旗《のぼりばた》に『來宮神社』という文字が記されている。

赤でも紫でもない、真っ白な地に墨痕鮮やかに書かれた社名を見ただけで、なんだか心が安らぐ気がした。我ながら単純すぎる、と苦笑しながら石段を上がり、大きな楠《くすのき》を通りすぎるころには、この神社と自分の相性の良さがわかってくる。本殿に近づけば近づくほど、清々《すがすが》しい気持ちになり、境内の木々たちが『よく来たね』と言ってくれているような気がした。

本殿でお参りを済ませたあと、脇にある細い道から裏手に回る。そこには、樹齢二千年以上、日本屈指のパワースポットと言われる大きな楠があり、日和は是非見てみたいと思っていたのだ。

――すごく大きい……。ここまで大きいとちょっと怖い気がする……。

季節のせいか、葉は青々と茂り、見上げても部分的にしか空が見えないほどだ。太い幹にはところどころに大きなこぶのようなものがあり、二千年以上という樹齢をしみじみと感じさせる。

少し離れたところからしばらく眺めたあと、真剣な面持ちで幹の周りを回っている人の列に加わる。この大楠には一周する毎に寿命が一年延びる、心の中で願い事を唱えながら回ると叶えられる、という伝説があるらしい。

ただでさえ人生九十年と言われる時代、日和はそんなに長生きしたいと思ってはいない。ただただ、家族をして『人見知り女王』と言わしめるこの性格をなんとかしたい、という一念だった。

願いが叶わずに、寿命が一年延びてしまったらどうしよう、と微《かす》かな不安を覚えたものの、それが神様の思《おぼ》し召しなら仕方がない、と割り切って境内に戻った。

ホテルのフロントと見まがうような参集殿では、昨今大流行中らしき御朱印やお清めの砂を授かることもできる。この神社は健康成就、運勢開運にいいとされる水も湧いていて、それを目当てに訪れる人も多いと聞く。

けれど日和としては、たとえそれらが一切なくてもかまわない。ただこの境内に佇《たたず》み、葉擦れの音を聞くだけで、日頃の疲れやストレスが解けていくような気がした。

そして、この安らぎの時は、誰かと一緒では味わえない。同行者がいればどうしても言葉を交わすだろうし、会話に気を取られれば、木々をわたる風の音に気付けなかったかもしれない。相手はもう次の場所に行きたがっているかも……と思ってしまったら、心ゆくまでこの場所に止《とど》まることは難しかっただろう。

その後、茶店で名物の麦こがしのソフトクリームを食べ、都合一時間ほどを過ごした日和は、大満足で熱海最初の訪問地、來宮神社をあとにした。

――さて、次は温泉！

熱海と言えば温泉、來宮神社よりも温泉のほうがずっと有名だろう。

とはいえ、熱海には数多くの温泉がある。日帰り入浴が可能な施設だけを挙げても、片手では納まらない。これだけあると選ぶのは難しいが、日和には明確な基準があった。お湯を循環させて沸かし直したり、消毒のために塩素を加えたりしていないところ――要するに『源泉掛け流し』。それこそが、日和の求める『温泉』である。

ガイドブックから『源泉掛け流し』という文字を拾うのはなかなか大変だ。こういうときはインターネットに限る、ということで、昨夜日和はスマホの検索窓に『熱海　日帰り入浴　源泉掛け流し』という文字を入力し、出てきた情報をもとに來宮神社の次に訪れる温泉を決定しておいたのだ。

――目指すは日帰り温泉。でも、ここってけっこう有名な温泉だから、ものすごく混雑してるかもしれない。かなり広いって書いてあったから、大丈夫だと思うけど……これぱっかりは行ってみないとわからない。一抹の不安を覚えつつ、日和は温泉を目指す。

ネット情報によると、その温泉は來宮神社からは徒歩で十分前後の距離となっている。ときどきスマホを確認して歩いて行くと、何人かが集まっている場所に出くわした。名所のひとつなのだろうか、と近づいてみると、脇に立っている石に『小沢《こさわ》の湯』という文字が見える。その時点で、日和の気分は『あーあ……』だった。

ガイドブックにも書いてあったから知っている。『小沢の湯』は道端に湯が湧き出ていて、入浴することはできないが、卵などを茹《ゆ》でられる人気スポットのひとつだ。來宮神社からは日帰り温泉施設の方が近かったため、お風呂《ふろ》のあとで立ち寄るつもりにしていたのだが、先にここに着いたということは、すなわち道を間違えたということになる。

慌ててスマホを確かめると、いつの間にか最初に指示されたものとは違うルートが示されている。どこかで角を曲がり損ね、リルートされたのだろう。

来てしまったものは仕方がない。予定は未定、臨機応変は大事、ということで、日和は日帰り温泉と『小沢の湯』の訪問順を入れ替えることにした。

集まっている人たちは、楽しそうに談笑している。おそらく、卵が茹で上がるのを待っているのだろう。

——茹で卵か……私も食べてみたいなあ……。卵はあのお店で買えるみたいだけど、たぶんパック売りだろうし……

そんなことを考えてためらっていると、目の前をカップルが通り過ぎた。手には卵、しかも剝《む》き出しでひとつずつ持っている。

バラでも買えるんだ！　と喜んだ日和は、珍しくためらいもせずにその店に入り、卵を一個買おうとした。ところが、どういうわけか店を出たとき日和の手にあったのは、六個入りのパックだった。

——ううう……やっぱり止めておけばよかった。普段は引っ込み思案なのに、せっかく旅に出たんだから、なんて調子に乗ったのが大間違い……

日和が店に入ったとき、店内には先客がふたりいた。そのどちらもが、六個入りのパックを買っていて、三人目となった日和は『私も同じで……』としか言えなくなってしまったのだ。

——日和の馬鹿！　ひとりで六個も食べられないでしょ！　荷物になるだけじゃない！

『小沢の湯』で作った茹で卵は絶品らしい。お土産として持ち帰る人も多いそうだが、熱海には美味しいお土産がたくさんある。温泉饅頭や干物はもちろんのこと、ガイドブックで紹介されていたチーズケーキやプリンだって気になる。そう考えると、茹で卵は邪魔としか言いようがなかった。

それでも買ってしまった以上仕方がない。生卵を持ち歩くのは面倒すぎるし、とにかく茹でるしかなかった。

先ほどのカップルは、既に茹で上がった卵を食べていた。パック入りを買ったふたりは、ひとつの笊《ざる》を使い、ふざけ合いながら茹で上がるのを待っている。

彼らが茹で終われば、次は日和の番だ。誰かと一緒に茹でることになれば、話しかけられるかもしれない。知らない人と話をするなんて無理すぎる。どうか後ろに人が来ませんように、という願いも虚しく、ひとりの男性が卵を売っている店に入っていった。

「はい、空きましたよ」

和気藹々《あいあい》と茹で上がった卵をトングで取りだしたあと、先客たちが日和に声をかけてきた。

どちらも蓋《ふた》付き容器に茹で卵を移し、隣の湧き水で冷やしている。おそらくもともと持ち帰るつもりだったのだろう。用意のいいことだ、と感心しながら、日和は自分が買った卵を持って湯気が噴き出している場所に近づいた。

「一緒に茹でさせてもらっていいですか？」

そのタイミングで店から出てきた男が、そんな声をかけてきた。

入りません、とでも言えればいいのに、と思うけれど、彼が持っているのは一個だけだし、日和の分とあわせても七個だ。どう考えても一度で茹でられる。そもそも、見ず知らずの他人にそんな断り方ができるなら『人見知り女王』なんて二つ名はもらわないし、卵を六個も買って途方に暮れることもなかっただろう。

やむなく、蚊の鳴くような声で『お先にどうぞ』と場所を空ける。あわよくば、自分の分だけ茹でて立ち去ってくれないか、と願ったが、そんなことをするのは余程の常識外れだけだろう。

男は自分の卵をトングで笊に移し、日和を振り返った。

「それも入れましょうか？」

「え……でも……」

「ついでですから」

そう言うと、彼は日和の卵も手際よく笊に並べ、木の蓋を被《かぶ》せたあと訊ねた。

「どれぐらい茹でますか？」

「え……？」

「天気や気温によって茹で時間は変わるみたいですけど、今日の感じだと七分ぐらいで半熟だと思います。僕は少し固めが好きなので十分茹でることにしますが……」

本当は半熟卵が好きだ。しかも、黄身がほとんど固まっていないようなトロトロのやつが……

だが、そんなことは言えない。茹でる時間が違ったとしたら、彼は日和の分を先に取りだしてくれるだろう。熱いものの扱いに慣れていない子どもならまだしも、大の大人が見知らぬ他人にそこまでさせるのは申し訳なさすぎる。なにより、持って帰るなら固茹でのほうがいいだろう。

「私もそれで」

男は、『わかりました』と礼儀正しく頷き、近くにあったベンチに向かう。さっきまでそこで茹で卵を食べていた人たちはもういなくなっていたし、一休みしながら茹で上がりを待つつもりだろう。

隣に座るのは図々しいし、なにかを話しかけられても困ってしまう。近寄らないのが一番だ、と思った日和は、立ったまま茹で上がりを待つことにした。

「そろそろいいかな」

およそ十分後、ベンチから立ってきた男が木の蓋を開けた。

普通ならすぐに覗き込むだろうに、男は一拍おいて湯気を逃す。これは相当『慣れた』人なんだな、と改めて感心している間に、彼は自分の卵を取りだした。そして、卵が入っていたパックしか持っていない日和の手を見て首を傾げる。

「これ、持ち帰るつもりですよね？」

「そうなんです……いったんパックに入れて、この湧き水で冷やそうかと……」

「これ、すごく熱いですよ？　そのパックじゃ変形しかねないし、これごと冷やしたら水浸しになって始末が悪そうですが……」

「確かに……」

もともと持って帰るつもりなんてなかったのだから、用意がないのは当たり前だ。だが、捨てていくわけにもいかないのだから、水浸しだろうがなんだろうが持ち帰るしかない。

「とにかく冷やして、卵は鞄に入れて帰ります。パックは捨てるしかないです」

『人見知り女王』にしてはちゃんと話せた、と謎の満足を得ながら、日和はトングに手を伸ばした。とにかくさっさと終わらせて、卵ではなく自分をお湯につけたかった。

ところが男は、日和より先にさっとトングを取った。ついでに卵のパックも受け取り、卵を戻すと両端を持って湧き水のところに行く。少し水をかけたあと、一個だけを日和に渡した。

「今食べる分は冷やしすぎないほうがいい。残りはしばらくここに置いといて、まずは食べるってことで」

そして彼はベンチに戻り、自分の卵を剝き始めた。

日和としては、立ったまま食べてしまいたいところだったが、殻を剝くにも、塩をかけるにも、座って鞄を下ろしたほうが楽そうだ。そもそも、食べ歩きならまだしも、座れるところがあるのに立ち食いをするなんて行儀が悪いとしか思えない。『人見知り女王』ではあるが、すでにこの男とは言葉のやりとりもしている。いろいろと親切にしてくれるし、危害を加えられることもなさそう……ということで、日和もベンチの隅に腰掛け、茹で卵を食べることにした。

少し水をかけたとはいえ、茹で卵はまだまだ熱い。両手を交互に振って冷ましつつ、なんとか剝き終えて口に運んだ卵は、日和の予想を大きく超えた味わいだった。

ほくほくしている上にほんのり甘い。これなら塩は要らないかも、と思ったが、子どものころから茹で卵には塩をつけて食べている。幸い、卵を買ったときに塩の小袋をつけてもらったので、少しだけつけてみると、黄身の甘さがより引き立つ。ふと横に目をやると、卵を茹でてくれた男がこちらをじっと見ていた。こちらというよりも、日和の手にある塩の袋を……

もしかして、この人も『茹で卵には塩』派なんだろうか、と思ったが、彼の手には茹で卵はない。既に食べ終わってしまったのだろう。それなのに彼は、なんだか物欲しそう……

あ、そうか、と気付いた日和は湧き水のところに行き、冷やしつつある卵をひとつ取り出す。

大して時間が経っていなかったため、卵はまだかなりの熱を持っていた。

「あの……もしよかったらもうひとつ召し上がりませんか？　よければ塩も……」

『人見知り女王』の自分が、よくぞそんな声をかけられたものだ……というのはあとになって思ったこと。そのときは、持ち帰る卵を一個でも減らしたいという気持ちだけだった。

「ごめん。こんなに物欲しそうな顔をしてたら、そう言うしかないよね。でもお土産にするつもりで買ったんだろう？　もらっちゃうのは申し訳ないよ」

日和の申し出に、男は一瞬驚いたような顔をしたが、すぐさま満面の笑みで答えた。口調までずいぶんフレンドリーになっていたから、相当嬉しかったのだろう。

「いいんです。卵を茹でてもらったし、五個も持って帰るのは重いし……。うちは三人家族だから、五個もいらないんです。だから、食べちゃってください！」

「そう？　でも、なんか悪いな……」

なんとか卵を減らしたい一心で、日和は茹で卵と塩を男の手に押しつけた。

男は遠慮がちだったが、結果的には茹で卵を受け取ってくれた。そして、先ほどと同様、あっという間に剝き終わり、嬉しそうに塩を振りかけた。

「いやー、やっぱり茹で卵には塩だよなあ。最近、素材の味を重視する、っていうのが謳《うた》い文句みたいになってるけど、調味料が引き出す旨《うま》さって絶対あると思う」

「ですよね！」

さっき自分が思ったのと同じようなことを言われ、日和は大きく頷いてしまった。

「ガイドブックにも口コミ情報にも、そのままで美味しいって書いてあったので、最初はそのまま食べてみました。でも、やっぱりちょっとだけでも塩があったほうが美味しいと思います」

「うん。俺もその情報を知って、そのまま食べてみたんだけどやっぱり物足りない。一個じゃサービスの塩ももらえないしね。で、横を見たら美味しそうに塩をかけて食べてる人がいる。ついつい羨ましそうに見てしまった」

ねだるようなことをして申し訳ない、と彼は頭を下げた。

「そんなの全然。私もきっと、自分は塩がないのに隣の人が持ってたら、やっぱり見ちゃいます。もしかしたらくれないかなーなんて……」

「そう？　ならよかった。いつもはこんな卑しいことはしないんだけど、あまりにも美味しそうに食べてたから……」

塩をかけていないときも、それなりに美味しそうだったけれど、塩をかけたとたん満面の笑みになった。そんなに違うのか、と思ったら、つい……と男は恥ずかしそうに言った。

「そんなに嬉しそうでしたか?」

「うん。なんか、雲間からぱーっと光が差したみたいな感じ。そんなに旨いなら俺も、って思っちゃったよ。君は『食べタレ』の素質があるよ」

「無理ですよ、そんなの」

だって私は家族のお墨付きの『人見知り女王』なんですから! とは言わなかった。大声で主張するようなことではないし、この男とは初対面なのにずいぶん会話が続いている。

「行けると思うんだけどなあ……」

「表現力ゼロなんですよ、私。食べタレはただ美味しそうに食べればいいってものじゃないと思います」

「確かにね。あ、だったら、あれだ。学校の給食の時間に好き嫌いの多い子どもの前で食べてみせる係。こんなに美味しそうに食べられたら、自分も一口ぐらい……て思わない? 食欲不振で困ってる人の役にも立ちそうだし。そういうのって仕事にできないのかな」

「いやそれ、どんな係ですか! しかも仕事にするって……」

「うまくいったら面白いと思ったんだけど」

「そりゃあ、うまくいったらなんでも面白いでしょうけど……」

もしかしてこの人は、仕事がなくて困っているのだろうか。散々就職活動をしてみたけれどうまくいかず、とうとう自分で仕事を考え出すほうに行ってしまったとか……

だが、どう考えても『食欲を増進させるために食べてみせる』ことが、仕事になるとは思えなかった。

だがそこで啞然《あぜん》としている日和に気付き、男は苦笑した。

「ごめん。変なやつだよね、俺って」

「え……いいえ……」

「よく言われるんだ。考え方とかものの見方が『独特』だって。こういうときに使われる『独特』って絶対褒め言葉じゃないよね」

「……かもしれません」

「正直な人だね」

またも苦笑しつつ、男は自分と日和、合計三つ分の卵の殻をまとめてゴミ箱に捨てに行く。さらに湧き水のところで茹で卵を回収し、戻ってきたかと思うとバックパックをごそごそ探り始めた。

「お、あった！」

しばらくして男がバックパックから取りだしたのは、ファスナー式のビニール袋だった。しかも、かなり大きいサイズだ。

「これならパックごと入れられる。鞄もびしょ濡《ぬ》れにならないし、卵も安全」

茹でてあるから多少割れても問題はないが、お土産にするなら割れていないに越したことはない。

男はそう言うと、濡れたパックごと四個の卵をビニール袋に入れてくれた。

「あの、それ、いただいちゃっていいんですか？　なにかに使うつもりで持ってたんじゃ……」

「全然ＯＫ」

何枚か入っていたから、一枚ぐらい減っても大丈夫だ、と彼は言ってくれた。

「普段はもちろん、旅行のときは本当に便利。重くもないしかさばりもしないからおすすめだよ。ちょっと使うだけなら百均ショップで売ってるやつで十分だし」

「なるほど……いいことを教えていただきました。今度から私もそうします」

「ぜひぜひ。ってことで、俺はこれで」

「ありがとうございました！」

「こっちこそ」

そして男はバックパックを肩にかけ、じゃあまたね、と去って行った。

時計を確かめると十二時になるところで、『小沢の湯』に着いてから一時間近くが過ぎていた。

予定では、日帰り入浴を済ませてから昼ご飯にするつもりだった。このあたりの温泉は熱いと聞くし、源泉掛け流しならなおのこと、もともと温《ぬる》めの湯が好きな日和が長風呂になる可能性は低いはずだ。着替えを入れても三十から四十分がいいところ、混み始める前に昼食を取ることができると考えていたのだ。

だがすでに時刻は十二時、入浴を終えて昼食となると一番混み合う時間に当たりそうだ。

それでも麦こがしのソフトクリームと茹で卵のおかげで空腹は感じていないから、やはり食事は入浴のあとにしたほうがいいかもしれない。

いずれにしても日帰り入浴ができる温泉は間近、とりあえずお風呂だ、ということで、日和はガイドブック曰く『昭和の風情満点』の元旅館に行ってみることにした。

うわレトロ……

ガラスの引き戸を開けて中に入ったとたん、そこら中に『昭和』と書かれているような気がした。そもそも目隠しなしの素通しガラスというのが、すでに昭和だった。

熱海には三百円、四百円から二千円以上まで様々な料金の日帰り入浴施設がある。だが、おそらく料金の差は設備の違いだろう。泊まりならまだしも、日帰り入浴は温泉の質が命だ。熱海のお湯は良質だと聞くし、高い料金を払っても満足できるとは限らない。あまり安すぎると設備が最低限で、ドライヤーすらないかもしれない。千円なら手ごろだし、そこそこの設備が期待できそうだ、と日和は思ったのである。

料金を払い、風呂場までの長い通路を歩く。風呂場に着くなりあちこちを見回した日和は、とりあえずほっとした。掃除が行き届いていないと壁際に埃《ほこり》が残っている場合が多いが、壁際はもちろん、脱衣籠《かご》の棚や木のベンチの下にも埃もゴミも見あたらなかった。

——ここは本当に『ただ古い』だけなのね。すっごく広いし、これで千円なら文句なし！

では早速……と鞄を開け、タオルを取り出そうとしたところで一番上にのっていた茹で卵が目に入った。そして、ふいに別れ際の男の言葉を思い出す。

——あの人さっき、じゃあまたね、って言わなかった？『またね』ってどういうこと？いくら熱海が狭い町でも、今日はかなりの人出だし、そうそう同じ人に出くわしたりしないでしょうに……

確かに変な人かもしれない。でも、親切だったし、けっこう楽しかったな……と思いながらタオルを引っ張り出し、服を脱ぎ始める。

脱衣場にはいくつか使用中の籠があり、浴室内から賑やかな笑い声が聞こえる。

これは困ったな……と思ったとき、家族風呂が空いていることに気付いた。説明によると、家族風呂は追加料金なしで使えるらしい。『人見知り女王』にとって、家族風呂ほどありがたいものはない。とりあえずこちらに入ってみて、あの賑やかな客がいなくなっていれば露天風呂に入ってみるもよし、家族風呂だけで出るもよし。この家族風呂は家族風呂とは言っても十人ぐらいは余裕で入れそうだから、十分満足できるだろう。

しっかり身体を洗ったあと、さてさて……という感じで、湯船に足を入れる。ダイレクトに伝わってくる湯の熱さに、思わず『うっ……』と声が漏れた。

あらかじめ身体を洗ったから、身体はそう冷えてはいないはずなのにこんなに熱く感じるのは、この温泉の源泉温度が九十八度もある上に、水を一切加えず湯量のみで温度調節をしているからだ。夏も近いこの季節でこれならば、冬の最中《さなか》ならさぞや盛大に唸《うな》り声を上げることだろう。

しばらくお湯に浸《つ》かったあと、日和は入浴を終えた。もう一度露天風呂に行こうかと思わないでもなかったが、賑やかな声はまだ聞こえているし、これ以上入っていると湯あたりしそうだった。

——はあ……気持ちがよかった。やっぱり温泉って最高。

自動販売機で買った冷たいウーロン茶を飲みながら、日和はまったりする。

ちなみに現在日和がいるのは、『小沢の湯』のベンチだ。日帰り温泉にも立派な休憩所があったが、やはり人が多すぎて気後れし、逃げ出すようにあとにした結果だった。

料金を払ってから建物の外に出てくるまでに三十五分。衣服の着脱はもちろん、化粧にかけた時間まで含めての時間だった。二十四歳女子としてこれでいいのか、と悩みつつ、日和はガイドブックを開いた。

次なる目的地は食事処だ。短時間だったとはいえ、熱い湯に浸かったせいか、お腹がグウグウ鳴り始めていた。

干物定食を提供している店でも、日によって種類が異なることが多い。カマス、エボダイ……やっぱり王道のアジの開きが食べたい、と思いながら、日和はスマホを取り出す。既にどこで食べるかの目星はつけてあった。

ガイドブックに載るような店だから、もしかしたら行列ができているかも……と心配していたが店の前には行列らしきものはない。そうなると今度は逆に、なにか客足が途絶えるようなとんでもない事件が起こったのではないか、と不安になってしまう。

どうか、たまたま今日は客が少ない日であって欲しいと願いつつ、店の前に辿り着いた日和の目に飛び込んできたのは『本日、店主都合により休ませていただきます』という、容赦ない張り紙だった。

どんな人気店でも休みなら行列はできない。なるほどなあ……と納得したものの、お腹の虫はいよいよ絶望的な声を上げている。ここにいても仕方がない。とにかくどこかで『干物定食』を食べたい、ということで日和は再び歩き出す。大行列になっていた場合に備えて、第二候補を決めてあった自分を褒めてやりたい気分だ。

問題は、今いる場所からその店までは徒歩で十二分ぐらいかかるということだが、今から違う店を探すよりも、素直にその店を目指したほうが結果として早く食事にありつけるだろう。

またまたスマホにお世話になりながら、せっせと道を歩く。頭の中には、もはや焼きたての干物、しかもアジの開きしかない。程よくついた焦げ目にすっと箸《はし》を入れ、破れた皮から立ち上る湯気が見えるようだった。

ちなみに『人見知り女王』であってもひとりで店に入るのは平気だ。なぜなら『人見知り女王』だから友だちが少ない。ご飯もひとりが多いし、年がら年中同じ店では飽きてしまう。新規開拓ができなければ、悲惨なランチ生活が待っているだけだ。

最初の頃こそ、入る度胸がなくて店の前を行ったり来たりすることもあったが、今では慣れたものだ。むしろ、いつもグループで動いている人たちのほうが、ひとりで初めての店に入ることに戸惑うだろう。

「いらっしゃいませ！」

引き戸を開けると同時に、女性の元気な声が飛んできた。

店内はあまり広くなく、カウンターと小上がりにテーブルがふたつ、無理やり詰め込んで十五人という感じだ。

日和が入った時点で先客はカウンターにひとり、しかもどうやらこの辺りの住民らしい。隣の椅子にレジ袋が置いてあり、トマトやキュウリが透けて見えている。おそらく、買い物帰りに昼ご飯を済ませていこうと立ち寄ったのだろう。

「焼き定上がったぞ」

カウンターの中から三十代と思しき男性が、日和を迎えてくれた女性に声をかけた。女性は、はーい、と軽く返事をし、カウンター席に日和を案内するとメニューとお茶、おしぼりを置いてカウンターの中に戻っていく。

すぐにお盆を持って出てきて、日和のふたつ隣に座っている女性の前にお盆を置いた。

「お待たせしました。焼き魚定食、カマスです」

「ありがと。大将は本当に干物を焼くのが上手だねえ」

横目で窺うと、お盆の上には焼きたての干物とご飯、味噌汁《みそしる》、生野菜サラダ、ヒジキの煮物が入った小鉢。サラダの陰になってよく見えないが、漬け物らしき小皿も見える。

カマスかあ……と思いながらおしぼりで手を拭《ふ》き、メニューを見ると定食は刺身、焼き魚、煮魚の三種類があるらしい。本当はアジが食べたかったんだけど、カマスが嫌いというわけじゃない。ということで、日和は焼き魚定食を注文することにした。

とはいえ、さっきの女性店員も店主らしき男性もカウンターの向こうで俯いてなにか作業をしている。声をかけなきゃ、と息を吸ったところで、女性店員がぱっとこちらを見た。

「お決まりですか？」

「あ……はい。焼き魚定食で……」

「お魚は何をご用意しましょう？」

「え……？」

慌ててメニューを見返すと、焼き魚定食の下に『魚は二〜三種類ご用意しております。お気軽にお訊ねください』と書き込みがあった。

さらに店主が説明を加える。

「今日はカマスとエボダイとアジ、追加料金になりますが金目鯛《きんめだい》もご用意できます」

「アジで!!」

自分で出した声の大きさに、自分で驚いた。そこまでアジの開きが食べたかったのか、と苦笑してしまうほどだ。それでも店主も女性店員も頓着《とんちゃく》する様子はない。

「はーい。焼き魚定食、アジで！」

「ありがとうございます！」

そしてふたりは手分けして『焼き魚定食　アジ』を作り始めた。

――うわあ……大きなアジ！

日和は思わずため息が出そうになった。

一口にアジの開きと言っても様々だ。安い旅館の朝食などに提供される手の平にのるぐらい小さくて身も薄いものもあれば、ホッケと見まがうほど大きなものもある。ただ、サイズさえ大きければいいというものではなく、あまりに巨大だと魚の旨みが薄いことが多い。

それでも、こんなにお腹が空《す》いているのだから、小さすぎて骨と皮ばかりよりは大味でもたっぷり食べられるほうがいい。とにもかくにもこれは『熱海の干物』に間違いないのだ。しかも、焼いているコンロは、どうやら炭火焼き用のものらしい。とはいってもコンロはかなり小さく、せいぜい干物を二枚のせるのがやっとの様子だ。少し前にホームセンターに行ったとき、室内で使える炭火焼きコンロが売られているのを見た。おそらくあの類似品だろう。

炭火焼きコンロというのは扱いが面倒らしいし、場所を取る。焼き鳥専門店なら別だが、普通の飲食店は設置をためらうものだろう。この家庭用炭火焼きコンロは、それでもなんとか魚を炭火で焼きたかった店主の苦肉の策に違いない。

熱海、しかもこだわりの強い店主が炭火で焼く干物なら合格点間違いなしだ。期待がどんどん膨らむ中、日和は干物が焼けるのを今か今かと待っていた。

——あー駄目だこれ、ご飯が止まらないやつ！

他の焼き魚であれば、冷めても美味しいものもあるだろう。お弁当に入れる西京焼きや粕《かす》漬けはその最たるものだ。けれど、干物に限って言えば焼き冷ましは論外、コンロから口に入れるまでの時間は短ければ短いほどいい。

そんな日和の気持ちを見透かすように、店主は小鉢やサラダ、味噌汁の準備を整え、ご飯も盛り付けてから魚をコンロから角皿に移す。そして女性店員が奥になにかを取りに行っているのに気付くと、自らカウンターを回って、お盆を運んできてくれた。

「お待たせしました。焼き魚定食、アジです」

「ありがとうございます」

思わず、深々と頭を下げてしまう。それぐらい見事な焼き上がりだった。

日和は普段から積極的に料理をするわけではないが、早く帰れた日や休みの日に母の手伝いをすることはある。そんなとき、『焼き魚の番』を仰せつかることが多く、魚を焼く難しさはよくわかっている。

それなのに目の前の干物は程よく焦げ目がつき、それでいて尾やヒレが焼け落ちていることもない。

ただ美味しそうなだけではなく、絵心などまったくない日和でも絵に描いて残したくなるほどの美しさだった。

こういうとき、写真を撮ってSNSに載せる人は多いのだろう。けれど、黙って撮るのは不躾《ぶしつけ》に思えるし、『写真を撮っていいですか？』なんて訊けるぐらいなら苦労はない。なにより熱々の干物を前にそんな余裕はないのだ。

さっそく箸を取り、干物のど真ん中を狙う。小さな干物だと、身を剝《は》がすのにも苦労するがこの大きなアジならそんな心配はない。取り立てて力を加えることもなく、すんなり一口大を剝がすことができた。

程よく焦げ目がついた皮と真っ白な身に〇・一秒ほど目を留め、大急ぎで口に運ぶ。皮と身の食感の違いを楽しみながらゆっくり嚙《か》むと、干物独特の魚の旨みと柔らかな塩気が口の中に広がった。

――そうそう、美味しい干物ってこういう塩加減なんだよね。干物ってそもそも保存食なのに、あんまり塩を利かせないのは、作るはしから売れちゃう自信があるからかな……

いずれにしても焼き加減、塩加減、魚の旨みまで含めて百点満点の干物だった。さらに、ご飯は炊きたてに違いない色と艶《つや》で、嚙みしめると米本来の甘みがしっかり伝わってくる。椀《わん》の中には唐茶色の味噌汁、具の豆腐と青葱《あおねぎ》がお互いの色を引き立て合う。一口飲んでみると、ほっとするような出汁《だし》の味が伝わってくる。味噌が合わせであると同様に、出汁も鰹《かつお》と昆布を合わせているようだ。

手軽な食堂の中には、どうかすると煮返しの味噌汁を出す店もある。それなのに、この店では丁寧に出汁を引き、料理の仕上がりに合わせて一杯一杯小鍋《こなべ》にとって味噌を溶いている。おかげで豆腐の角も一切潰れていないし、味噌の香りもこんなに豊かなのだ。

次善の策で入った店が大当たり、というのは旅の本ではよくあることだ。だが日和は内心、大当たりだったからこそ本の著者は取り上げたのであって、実際にそんな店に出会う確率はかなり低いと思っていた。それなのに、自分は初めてのひとり旅でそんなレアケースに当たった。これはビギナーズラックなのか、はたまた來宮神社の御利益か。だとしたらずいぶん効果が早い、と思いつつ、日和は漬け物の最後の一切れをかりり……と嚙む。

食べ終わる直前に出された熱いお茶と、しっかり糠《ぬか》の味がする大根の漬け物が、ただでさえ高かった評価をさらに上げる。気分は『本年度熱海ランチ処ナンバーワン』、もっとも一軒しか入っていないのに本年度ナンバーワンもあったものではないけれど……

大満足で食事を終えた日和は、お金を払って外に出た。

『焼き魚定食』の代金は九百円。食べる前は、干物なのにこの値段？　と思わないでもなかったけれど食べ終わった今は、千円いや千二百円ぐらいの価値はある。あの味でこの値段、しかも昼時なのに客はちらほら……大丈夫なのかこの店は！　と心配になるほどだった。

時刻はまだ午後二時にもなっていないから、もう少し見て歩くことはできる。けれど、パワースポット訪問も日帰り入浴も済ませたし、干物ランチはこれ以上にないほど美味しくお腹はいっぱいになっている。

ということで日和は、海らしき方向に歩き出した。ただし、いつも片手に持っているスマホは、今回は鞄の中。なにせ目的は『海を見る』なのだ。熱海は海沿いに広がる町だから、方角さえ間違わなければ海に辿り着けるだろう。

――そういえば、海っていつだっていきなり登場するのよね……。電車に乗っていても、急に目に飛び込んでくる。車でもそう。『トンネルを抜けると雪国であった』って文学作品があるけど、トンネルを抜けたあとって、雪国よりも海に遭遇することの方がずっと多い気がする。もちろんそれは、私が雪国育ちじゃないからでしょうけど、とにかく海ってそういうものよ。

だから今回も、海はいきなり登場するでしょう、という謎のあきらめとともに、日和は川沿いの細い道を歩いた。こんなに細くても川は川、川は海に注ぐものと信じて進み、十五分ぐらい歩いたところで、目の前にいきなり海が広がった。

晴れていればさぞや濃い青だっただろうけれど、あいにく今日は曇り、海の色もどことなく濁っている気がする。それでも見たかった海に無事辿り着けた嬉しさに、日和は駆け足気味に海岸に向かった。

辿り着いた海岸には『親水公園』という看板があった。

ガイドブックによると、熱海市がイタリアのサンレモ市と姉妹都市であることから、地中海北部のリゾートをイメージして造られた公園らしい。

これは素敵なところに来た、と大喜びで近づき、手すりから身を乗り出すように海を覗き込む。するとそこには、小さな魚が数匹泳ぎ回っていた。しかも暗緑色の水の中にあって、隠れる気ゼロだな、と思ってしまうほどの鮮やかなブルーだ。

日和は今まで、こんな色の生き物が自然の海や川の中を泳いでいる姿を見たことがない。日本においてこういう色の生き物は熱帯魚用の水槽で、厳重に管理をされなければ生きられないと思っていたのだ。

そして日和はそのとき、看板に書かれていた地名を思い出して、はっとした。

——熱い海と書いて熱海……まったくそのとおりだわ。ここはヒーターを入れて水温を上げなくてもそのまま熱帯魚が暮らせるのね……

青い小さな魚は気持ちよさそうに泳いでいる。他にも、黒っぽい魚やエビらしき姿も見える。

まるで海全体が巨大な熱帯魚水槽のようだ、と思いかけて苦笑する。海が熱帯魚水槽のようなのではなく、熱帯魚水槽が海を模しているのだ。

魚は二、三匹の小集団で泳いでいるものが多いが、稀に一匹だけでふらふらしているものもいる。もしかしたら集団からはぐれてしまったのだろうか。天敵に狙われやすくなるのではないか、と心配になってしまうが、案外気ままに泳いでいるように見える。海に限らず、水槽で飼われている場合でも、魚の群れはふとしたタイミングで方向転換する。

あれを見るたびに日和は、本当はそっちに行きたくないと思っている魚はいないのだろうか、と気になってしまっていた。だが、今目の前には実際に単独行動している魚がいるし、案外平然としているように見える。

魚は集団になって大きな魚を模すことで身を守っていると聞いたことがある。まさに生きるための知恵、本能に刷り込まれた行動だろう。そんな魚の中にも、集団から外れるものがいる。身の安全と引き替えに、自由気ままを選ぶ魚がいるのだ。なかなか面白いではないか。

もちろん、本当はただの迷子で、目下、群れに戻ろうと必死に捜し回っている最中かもしれない。それでも日和は、この魚はあえて単独行動を選んでいると信じたかった。

――ひとりで行きたいところに行くのって最高。あんたもそう思うよね？

自分にひとり旅ができるなんて思ってもみなかった。

小宮山や麗佳にすすめられて出かけてきたものの、本当は不安だった。ひとりで電車に乗って知らない町に出かけるなんて……と思っていたのだ。

けれど、実際にこの町にやってきて、ひとりで過ごした時間はとても充実していた。なにより、ひとり旅がこれほど気楽だとは思ってもみなかった。

好きなものを、好きなときに、好きなだけ、見たり食べたりできる。それは、誰かといる限り、その人の意見や顔色を常に気にしている日和にとって、何物にも代えがたい贅沢だった。

――癖になりそう……

時計の針は午後三時を指している。誰かといれば、お茶でも……となるか、もう一ヶ所ぐらい回ろうか、となるかもしれない。

けれど、日和としては、今日はもうこれで十分、あとはお土産を少し買って帰ろう、という気分だ。そしてそれに異議を唱える人は誰もいない。

帰る時間すらも勝手に決められる自由さに、心の中で万歳と叫びながら、日和はちょうどやってきたバスに乗り込み、熱海駅に向かった。

第二話　水郷佐原

——蕎麦とろとろ角煮

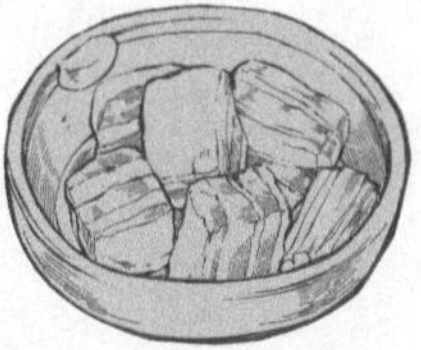

初めてのひとり旅を終えた翌週の月曜日、梶倉家の朝食に出されたのはアジの干物だった。もちろん、日和がお土産に買ってきたものだ。

「お……アジか。これはまた旨《うま》そうだな」

早速、父の晶博《あきひろ》が箸《はし》を取った。母の須美子《すみこ》が嬉《うれ》しそうに説明する。

「でしょ？　これ、日和が買ってきてくれたのよ」

「熱海土産か！　どうりで旨いはずだ」

母のたった一言の間に、父はもう干物を口に入れている。普段、たとえばスーパーで買ってきた塩鮭や鯖《さば》の文化干しの場合は無頓着《むとんちゃく》にご飯と一緒に吞《の》み込むくせに、日和の土産という言葉が耳に入ったとたん、追いかけさせようとしていたご飯を中止、干物だけをじっくり味わっている。

母は母で、食べるまでに冷めてしまわないよう、父の身支度の進み具合にまで気を配って干物を焼いていた。それどころか、多少冷めても仕方ないよ、さっさと焼いちゃえばいいのに、と言った日和に、せっかくの日和のお土産なんだからちょっとでも美味《おい》しく食べてもらいたいでしょ？　と笑ってくれたのだ。

端から見れば『親ばか』としか思えないだろうけれど、こんなわかりやすい両親の愛情が、日和はとても嬉しい。外で辛《つら》いことがあってもここに帰ってくれば大丈夫、ここには私の居場所がある、と信じられるのだ。

「ものすごく旨い。ありがとな日和！」

「本当に美味しいわ。ひとり旅なんて大丈夫かしらって心配だったけど、こんなご褒美あるなんて」

「おいおい、日和がいくつになったと思ってるんだ。もう二十四だぞ。ひとりで旅行ぐらいするさ。日帰りなんだから、そう心配することもない」

「そうね、日帰りだもんね……」

両親はそう言って頷《うなず》き合っている。

母親というのは、とかく下の子には過保護、過干渉になるらしい。日和には四歳上の兄がいるが、彼に対する態度と日和に対するそれとはかなり違う。高校生のころまでは、兄にもああだこうだと注意することも多かったし、帰宅時間にもうるさかった。だが、大学に入ってからはそれもめっきり減り、成人してからはある程度所在さえわかっていれば大丈夫、という感じになった。しかも、家から通えるところに就職したにもかかわらず自立を強要、とっとと家から追い出してしまったほどだ。

兄は自分と違ってなんでもそつなくこなす。両親の扱いが違うのは仕方のないことかもしれないが、自分の不甲斐《ふがい》なさが悲しくなる。

それでも、おそるおそる出かけてみた初めてのひとり旅は大したトラブルもなく終了。家族のお土産への反応も含めて大成功だったのだから、それでよしとすべきだろう。

——すごく楽しかった。これならまた出かけてみてもいいな。見所は他にもたくさんあったのかもしれないけど、パワースポットと温泉とアジの開き、さらに熱帯魚水槽みたいな海まで見られた。知らない人と一緒に卵を茹《ゆ》でて話しながら食べる、なんてことまでできたんだからもう十分。でも、できれば次はお泊まりで行ってみたいなあ……

干物を堪能《たんのう》している両親を眺めつつ、日和はそんなことを考えていた。その一方で、もしも自分がひとりで泊まりがけの旅に出かけると言ったら、両親、特に母はなんと言うだろう、と思う。

必死に止めるだろうか。それとも、自分も行くと言い出すだろうか……

——お父さんの言うとおり、私ももう二十四歳だ。お兄ちゃんはこの年にはもうひとり旅どころか、ひとりで暮らしてたんだもの、一泊や二泊の旅ぐらい許してもらわないと。まあ、そんな機会があったら、の話だけど。

そんなことを思いつつ、朝ご飯は終了。週初めの朝はとても和やかに始まり、ひとり旅の成功も相まって、日和はかなりいい気分で出勤することができた。

「おはよう、梶倉さん。週末は、どうだった？」

総務課に入るなり、麗佳が声をかけてきた。

彼女が意味しているのは『初めてのひとり旅』の首尾に違いないが、この言葉だけを聞いたら、ごく普通の挨拶《あいさつ》と思われるだろう。普段から麗佳は、こんなふうに声をかけてくれるからなおのことだ。

そう大きくもない会社の総務課だから、部屋だって広くはない上に、麗佳の声はよく通る。本人もそれを自覚しているのか、あえて『熱海』とか『旅行』という具体的な言葉を出さずに訊《たず》ねてくれたに違いない。

麗佳の気遣いを無にするわけにはいかない、と日和もごく普通に答える。

「すごくいい週末でした」

「それはよかった。リフレッシュできた？」

「はい。とっても」

「じゃあ、頑張って働いてもらわないとね！」

そう言うと麗佳は、大きな封筒を日和に寄越《よこ》した。

「これ、整理してファイルに追加しておいてくれる？」

封筒の中に入っていたのは、採用内定者から送られてきた書類らしかった。成績証明書や健康診断書、内定受諾の書類やらを個人別に分類し、それぞれのファイルに綴《と》じる。作業としては簡単だが、個人情報に関わるため慎重な取り扱いが必要だった。

人見知りで接客は得意ではない。だが、慎重さや注意深さを要求される書類整理は得意だ。単純作業だってまったく苦にならない。それがわかっていて得意な仕事を回してくれる麗佳は、日和にとってとてもありがたい先輩だった。

一礼して封筒を受け取り、自分の机に行く。だが、作業にかかる前に掃除をしなければならない。封筒を机の引き出しにしっかりしまい、掃除用具が入ったロッカーに向かう日和を見て、麗佳が満足そうに頷いた。

「そうそう。社内といえども、個人情報が入ったものはそこらに放置しない。偉いわねえ、梶倉さん」

それを聞いた仙川が慌てて机の上の封筒を引き出しにしまった。おそらく、なにか人事に関わるような書類だろう。仙川はそういった重要書類を机の上に放置しては、小宮山に見つかって叱られている。麗佳の言葉は、そんな仙川に対する嫌みに違いない。彼女は、日和が仙川に目の敵にされていることを知っているし、時々日和が仙川に呼び出されて怒られていることも知っていて、小さな意趣返しをしてくれたのだろう。

麗佳とて仙川の部下のひとりに違いない。部下にそんな意趣返しをされる仙川は、あまりに情けないというか人徳がなさ過ぎるが、正直『ざまあみろ』という気分だった。

昼休みに入る少し前、麗佳が、一緒にランチに行かないか、と声をかけてくれた。普段からさっさとひとりで出かけてしまう彼女にしては珍しいが、もしかしたら、日和の旅の話を聞きたいのかもしれない。

　そういえば、行き先決めやガイドブック選びの相談に乗ってもらったお礼もちゃんと伝えていない。『初めてのひとり旅』を採点してほしい気持ちもあって、日和は麗佳と一緒に食事に行くことにした。

「私は『たらふく亭』ってお店に行こうと思ってるんだけど、それでいい？」

　会社からは五分ぐらい歩くけど、と麗佳は申し訳なさそうな顔をする。それでいて、足はもうしっかり『たらふく亭』に向けて歩き出しているところが、なんとも言えなかった。

　人によっては強引だと取るかもしれないが、日和は麗佳のこういう話の進め方がとても好きだ。

　旅先や特別な日ならまだしも、平日仕事の合間に取るランチに大したこだわりは持っていない。とりあえず空腹を満たせて美味しければ、いや、ぶっちゃけ不味《まず》くさえなければいい。

　美味しいものが嫌いなわけではない。ただ、限られた時間の中で毎日毎日美味しいものを探し回るわけにもいかない。それに、日常の食事の平均点がそれなりであれば、美味しいものを食べたときの感激がより高まる。

　家族には古い考え方だと笑われることも多いが、『晴れと褻《け》』がはっきりしているほうが人生の楽しみが大きいようにさえ思えるのだ。

　そうした意味で、『お昼をどこで食べる』問題で延々と話し合うのは時間の無駄。麗佳のように自分が行きたい店をはっきり提示してくれたほうがありがたい。なにより『たらふく亭』は何度か行ったことがあるが、メニューの種類も多いし味もよく、それでいて食べ歩きが趣味の人たちが押しかけてくるほどではない。昔ながらの庶民的で使いやすい店だった。

「『たらふく亭』は私も好きです。日替わりとかすごくお得ですよね」

「あ、知ってるの？　それはよかったわ。あそこって店中が女性ばっかりってこともなくて、居心地がいいのよね。基本、ランチはひとり派でしょう」

「……加賀さんもですか？」

「そう。そのほうが早く済むし、残った時間を有意義に使え……あ、ごめんなさい！」

そこで麗佳はいきなり言葉を切り、また申し訳なさそうな目になって言った。

「基本的には梶倉さんも同じ考え方よね？　だとしたら、迷惑だったんじゃない？」

「ぜんぜん平気です」

同じ考え方だとわかっているなら、それ以上に安心なことはない。

店に入って注文して食べる。その間に『ひとり旅』の報告はできるし、食べ終わればさっと店を出て、会社に戻るなり買い物に行くなりできる。他の同僚たちのときのように、一緒に出かけてきたのだから会社に戻るのも一緒じゃないと失礼だろうか、なんて悩む必要もないだろう。

「私もそう思うわ」

日和の説明に大きく頷いたあと、麗佳は上機嫌で歩き続ける。

今日の日替わりはなんだろう、月曜日は唐揚げ定食の確率がかなり高いけれど、たまにはフィッシュフライ定食もいいわねえ……なんてメニューを予測しているうちに、ふたりは『たらふく亭』に到着した。

「あ、ラッキー！　日替わりがアジフライ定食ですって」

「よかったですね。でも私は生姜《しょうが》焼きにしておきます」

「あら、アジフライは苦手？」

「いいえ、むしろ大好きです。でも私、熱海で美味しいアジを食べてきたばっかりなんです。と、言っても干物ですけど」

「あー熱海の干物は最高よね！　じゃあ、そのあたりのお話を聞かせてもらいながら、ちゃちゃちゃっと済ませましょう」

ちゃちゃちゃっと済ませる、という言い方もいかにも麗佳らしかった。普通なら『ゆっくり』というような場面だろうに……

それでも、日和の話を聞きたいという気持ちはちゃんと伝わってきたし、昼休みを有効に使いたい気持ちは同じだ。ここは『ちゃちゃっと』が正しかった。

「はーい、おふたり様、こちらのテーブルへどうぞー！」

時刻は十二時八分、店内はほぼ満席だったが、ふたりはなんとか最後のテーブル席を確保することができた。

水を持ってきてくれた若い店員がメニューを差し出そうとするのを断り、麗佳はさっさと注文する。

「日替わりひとつと生姜焼き定食ひとつ。えーっと梶倉さん、ご飯の量は……」

「あ、少なめで」

「じゃあふたつともご飯は少なめで」

「はーい。大将、日替わり一丁、生姜焼き一丁！　ライス少なめで！」

歌うような節をつけて注文を繰り返し、店員は少し離れたテーブル席に向かう。そこにいるのは男性のふたり連れ、日和たちよりも先に入っていたのだが、メニューを見ながら考えていた分、注文が遅くなったのだろう。

「友だちとかとランチに行くと叱られるんだけど、やっぱり着席即注文が理想よね」

「叱られちゃうんですか？」

「叱られちゃうのよ。どうせならもっとちゃんとメニューを見たい、とか……」

「え、ランチなのに？　たいていお店の前に書いてあるじゃないですか」

「それでもよ」

麗佳によると、席に着いてからメニューを見たがる人は多いらしい。なんだかものすごく面白くなさそうな顔で彼女は言う。

「たぶんあれは決断力の欠如だと思うのよね」

「決断力？」

「そう。外でぱっと見て決められないから、席に着いてから考える。そうなるとメニューを見ながらじゃないと恰好《かっこう》がつかないんだと思うわ」

「そういうものですか……」

さすがにそれは暴論ではないか、とは思ったものの日和はなんとなく頷いてしまう。それぐらい、麗佳の口調は迷いがない。そして彼女は満足そうに付け足す。

「そういうもの。でも、梶倉さんは決断力あるわね。そういえば、ずっと前にも一緒にお昼を食べたことがあったけど、あのときも注文を決めるのがすごく早かった気がするわ」

「……私が入社したばっかりのころですね」

「だったかしら。総務の女性ばっかり五人ぐらいで一緒に行ったわよね。で、他の人がメニューを覗《のぞ》き込んでわいわいやってる中、私と梶倉さんだけが暇そうにお水を飲んでたわ」

まさに『お洒落』で女性客ばかりの店で、出された水がレモンの味と香りだったことを覚えている。人気の店らしく、店の前で少しだけ待つ時間があり、その間に日和はドアの前に置いてあったメニューを見て注文を決めていたのだ。そういえば、あのとき、麗佳も暇そうにスマホを弄《いじ》っていた……

「あのお店、デザートやドリンクの組み合わせがいろいろあって迷うのは無理もないんだけど、それでも梶倉さんはささっと決めちゃった。そのときの私の気分は『おお、同志！』よ」

「だって、パスタとピザならパスタだし、確かあの日のパスタはトマトかクリームしかなくて、私はクリームの気分だったんです。デザートは特に欲しくなかったし、クリーム系のパスタなら後味をさっぱりさせたいからドリンクはアイスティー。迷う要素はありませんでした」

そんな日和の意見に、麗佳は思いっきり賛同してくれた。

「そう、そうよね！　私も似たような感じだったの。なんでみんなこんなに迷ってるんだろう。いいからさっさと決めてよ！　って切れかけてた」

「え、切れかけてたんですか？　ぜんぜんそんなふうには見えませんでしたけど……」

「でもそうだったのよ。あの日は、好きな雑誌の発売日で、さっさと食べて本屋さんに寄ってから会社に戻りたかったのよ。あわよくば残りの昼休みでちょっと読めるかなーって」

ところがその日、同僚の女性たちはデザートまでしっかり付いたランチを選択した上に、食べるスピードも極めてゆっくり。あわや午後の始業に間に合わない、という展開だったせいで、麗佳は書店どころか、コンビニに寄ることすらできなかったという。

「もうね……気分は絶望、午後は気もそぞろよ。終業時間になるなり会社を飛び出して、本屋さんに直行。最後の一冊だったわ。危なかった……。もしも売り切れていたら、あの子たちを恨みかねないところだった」

「そんなに人気のある雑誌だったんですか？」

「逆よ、逆。人気がないから発行部数が少なくて、大きな本屋さんじゃないと入荷しないの。でも私みたいにその雑誌がすごく好きな人がいるから、のんびりしてると売り切れちゃうの」

「それは大変ですね」

「まあね。まあそれはさておき、そのときに思ったのよ。今後、このメンバーではご飯に行きたくない。行くなら梶倉さんだなーって」

「光栄です」

「ってことで、どうだった、熱海は？」

そこで思いっきり話題を転換させ、それからしばらく麗佳は日和の『ひとり旅』の報告に耳を傾けた。

パワースポットでソフトクリーム、茹で卵に日帰り温泉、アジの干物、海辺で魚の観賞までこなすなんてすごいじゃない、と麗佳は満足そうに頷いた。

食事はすっかり終わり、皿はすべて空っぽだった。生姜焼きは柔らかくてジューシー、付け合わせのキャベツもお代わりしたくなるほど甘かった。麗佳が頼んだアジフライも、向かいに座っている日和の耳にまで『かりっ』という音が聞こえてくるほどサクサクの揚げたて、手作りらしきタルタルソースもたっぷり添えられ、生姜焼きにしたことを一瞬後悔するほどだった。

グラスに残った水を一口飲み、麗佳は訊ねる。

「またひとりで旅に出たい？」

「もちろん。先週、本屋さんで加賀さんに会えて本当によかったです。すすめていただいたガイドブックもとっても使いやすかったし。本当にありがとうございました」

「お礼なんて言わないで。実は私、ひとり旅好きが増えて嬉しいだけ」

「本当にひとり旅は素敵《すてき》でした。帰ってからも次はどこに行こうかなーって考えるのがすごく楽しみで……。あ、そうだ、どこかおすすめはありますか？」

麗佳はひとり旅の経験が豊富らしいし、ガイドブックと同様にビギナーに打ってつけの場所を紹介してくれるのではないか、と思った。

ところが、麗佳はにんまりと笑って首を左右に振った。

「それを探すところからひとり旅の楽しみが始まるのよ。この前は本当に初めてだったみたいだからいろいろ言ったけど、次からは自分で探すのがいいと思うわ」

「そのとおり……ですね」

麗佳の言葉は、妙に日和の心に響いた。

自由を満喫するつもりのひとり旅で、行き先を人に委《ゆだ》ねてどうする。本末転倒もいいところだろう、と素直に思えたのだ。けれど、こっくり頷いた仕草にさえ、麗佳は嬉しそうに言う。

「あーやっぱりいいわね、梶倉さん。そうやってすぐに納得してくれる人って少ないのよ」

「そうですか？」

「そうなの。どうかすると、冷たい人みたいに思われちゃう。そもそも私が旅好きだって知ってて話題を振ってくる人の大半は、自分で決められないから誰かに決めてもらおうって魂胆なのよ。そういう人ってそもそもひとり旅には向いてないと思わない？」

「え、でも、ひとり旅とは限らないんじゃないですか？」

グループ旅行の幹事を引き受けたとか、親孝行のために旅行を計画しているとか、旅先を決めなければならないのはひとり旅だけとは限らない。いろいろな場合があるのでは？　という日和の意見に、麗佳は大きくため息をついた。

「それこそ問題よ。行き先ひとつ決められない幹事なんかに関わったら、その旅の全部をコーディネートさせられかねない。行き先が決まったら次は交通手段、その次はご飯を食べる店、呑みに行く店、挙げ句の果てはおすすめのお土産まで……。相手がどんなものを好きで、これまでどんなところに行って、どんな経験をしてきたかによって、提案内容は全然違ってくるし……。面倒くさいったらありゃしない！」

なんて真面目で親切な人だろう。しかも責任感もたっぷりある。もともと面倒見のいい人だとは思っていたが、ここまで相手のことを考えるなんて……と、日和はちょっと感動しそうになってしまった。

おそらくこれは、たくさんの旅をしてきた麗佳だからこその悩みなのだろう。だからこそ相手も麗佳に訊《き》きたがる。麗佳の悩みは気の毒だが、日和としては、彼女に訊きたくなる相手の気持ちに共感を覚える。だが、麗佳はもうすっかり日和を『同好の士』認定して喜んでいた。

「その点、梶倉さんは違うわよね。ひとり旅は行き先を決めることから、って言えば、素直に納得してくれるし、今回の熱海にしたってこっちが誘って聞き出そうとするまで口にもしない。普通なら朝一番で、私のところにすっ飛んできて経験談を語りまくりそうなものよ」

「それはないでしょう」

これから仕事を始めるというときに、週末の旅行の話を持ち出すなんてTPOを端《はな》から無視したおこないだ。社会人としてあり得ない、という日和に、麗佳はまたしても大喜びだった。

「そうよね！　私もそう思う。人によっては掃除の間中つきまとって一部始終を話し続けたりするのよ。私が旅好きだって知ってるからだろうけど、もうちょっと考えてって言いたくなる」

麗佳が言っているのは、おそらく昨年入社した霧島結菜《きりしまゆいな》のことだろう。麗佳にとっての彼女は、そういう存在だったのか……と、日和は意外な気持ちになった。

結菜は一言で表せば愛されキャラだ。おそらく彼女の辞書には『人見知り』なんて言葉はなく、誰にでも臆《おく》することなく話しかけ、上手に甘える。しかもその全てに嫌みがない。困っていれば面倒を見てやりたくなる上に、なにかをしてもらったらちゃんとお礼も言えるから、助けたほうも気持ちがいい。おまけに、仕事の呑み込みもものすごく速い。まさに『総務課のアイドル』と言うべき存在だった。

日和と結菜は入社が一年違い、年齢も一歳、正確には七ヶ月しか変わらないから、周囲はなにかとふたりを比較しがちだ。仙川に至っては、日和を貶《おとし》めるために、彼女がいかに優れているか語り出す始末だ。

結菜に罪はないとわかっていても、つい恨めしくなるし、そんな自分が情けなくなる。要するに日和にとって結菜は、劣等感を刺激し、自己嫌悪に陥らせる存在なのだ。

けれど同時に、彼女に対してそんなマイナス感情を抱くのは自分だけだとも思っていた。だが、今の話を聞く限り、どうやら麗佳も結菜を面倒くさい存在だと思っているらしい。うんざりしているような口調から、それがありありと感じられた。

「お掃除だって業務のひとつでしょ？　さっさと片付ければ、それだけ早くデスクにつける。月末で仕事は山積み、だらだらしゃべってないでさっさと終わらせて仕事にかかりたかったのよ。確かあれも月曜日だったたわ。週末に行って来た旅行の話を延々と……」

「確かに彼女、そういうところありますね。休憩時間に話しかけられても、ずーっと話が続いちゃって、そのまま休憩時間が終わっちゃったことも……」

「でしょ？　こっちは他にもやりたいことがあるのに……あ、これオフレコね！」

そこで麗佳は、いきなり両手を合わせて日和を拝んだ。

名前こそ出していなかったが、明らかに特定できる相手を悪く言ったことで、気が咎《とが》めたに違いない。それでも日和は、麗佳が『総務課のアイドル』に不満を持っていることが、少しだけ嬉しかった。麗佳は自分と違って、彼女に劣等感を刺激されることなどないとわかっていても、である。

「話がすっかり逸《そ》れちゃったけど、要するに今朝の梶倉さんは、私にしてみれば嬉しい驚き。だからこそお昼に誘ったの。そうでもしなけりゃ、梶倉さんのひとり旅の話は聞けないと思って」

「それ……聞きたい話でした？　私の話なんてつまらないし、他人の話なんて興味が持てないんじゃ……？」

思わず訊ねた日和に、麗佳は大笑いだった。

やっぱりいいわあ……とひとしきり笑ったあと、真顔で答える。

「自分からあれこれしゃべりまくる子の話はどうでもいいけど、全然しゃべらない子の話は気になる。人間ってそういうものよ」

そう言うと麗佳は立ち上がり、さっさと会計に向かう。慌てて日和も続いたが、レジに着いたときには彼女はふたり分の会計を終えていた。

「私の分は払います！」

「これは、初めてのひとり旅が大成功だったお祝い。よかったら、また次の旅の話も聞かせてね」

「じゃ、じゃあ、次は絶対私に出させてくださいね！」

「了解。梶倉さんのそういうところも好きよ」

　そして麗佳は店を出たところで、じゃあまた会社で、と言い残し去って行く。向かったのは書店のある方角だし、昼休みはあと二十分も残っている。きっとまたガイドブックか雑誌を買いに行き、残りの昼休みあるいは午後の休憩時間に読書を楽しむのだろう。


　落ち込んだ気分を払拭《ふっしょく》し、晴れ晴れと仕事に臨めたおかげか、その週は滞りなく過ぎていった。けれど『ひとり旅』の効用はたった一週間で終わりを告げ、その翌週の水曜日、日和はまたしても仙川に注意を受けることになった。しかも、今度は正真正銘自分のミス、十一日に納品して欲しい、という要望を十七日と聞き間違えたせいで、危うく商品の準備が間に合わなくなるところだったのだ。

　もちろん、普段ならそんな電話に総務課の日和が出ることはない。だが、たまたま日和が営業部に備品を届けに行っているときに電話が鳴り出したのだ。

　日中だったため営業部員は出払っており、ひとりしかいない営業事務員は他の電話に出ていた。彼女に片手で拝まれ、やむなく電話を取り、こちらからかけ直すと伝えたが、相手も出先だったらしく、有無を言わせず、伝言を頼まれた。

例の商品は、七月十七日に納めて欲しい——確かにそう聞いたと思ったのだ。

だからこそ日和はそのとおりにメモを取り、営業事務員に渡した結果、営業部は十七日に納品すべく商品を準備し、発送連絡をしたところで間違いが発覚したという次第だった。

幸い営業担当者の手際がよく、倉庫や運送会社にテキパキと連絡を取り、七月末納品予定の商品を融通できたことも味方して、なんとか間に合う段取りが整った。それでも、電話口できちんと日付を確認しなかった日和の責任は問われて当然だった。

「困るよ、梶倉さん。今回は幸いなんとかなったけど、在庫がなかったり、トラックが押さえられなかったりしたら、うちの信用はがた落ちになるところだった」

「申し訳ありません……」

「だいたい、二年も総務にいて電話ひとつまともに受けられないっておかしいと思わないか？　たとえよその部署の電話だったとしても、だ」

十一日と十七日は確かに聞き間違えやすい日付ではある。だからこそ、曜日を添えるか、『じゅうななにち』という言い方で再確認すべきだった、と言われれば、反論の余地はなかった。

返す言葉もなくただ項垂《うなだ》れる日和に、仙川は鬼の首を取ったように言う。

「これだから縁故採用は困る。正規の採用ルートなら、もっと使える人を採れたはずなのに。その上、愛想も良くない。総務課は会社の看板みたいなところなんだから、もっとこう、笑顔で対応できないのかね？」

こんなことばかりだと、会社としても考えざるを得なくなるよ、と仙川は最後通牒《つうちょう》を突きつける。

小宮山商店株式会社が扱っている事務用品は、たいていはある程度の余裕を持って発注される。したがって、突然パソコンが故障したといった場合を除いて緊急性の高い納品は少ない。それでも、顧客の要望にスムーズに応《こた》えるために倉庫にある程度の在庫を抱えている。倉庫の仕事というのは、主にそういった在庫の出入りの管理で、社外の人間に会うことは少ない。せいぜい、納品に来た業者と会ってはんこを押すぐらいだ。

仕事としては地味で単調、しかも郊外で通勤にも不便なため、倉庫勤務を望む従業員は少ない。はっきり言って倉庫への異動は左遷と同義語なのだ。もっとも、ただの事務員の日和には左遷という概念はない。もっと言えば仙川の言うとおり、自分には倉庫勤めのほうが向いているとさえ思っていたが……

「とにかく、もっと注意して仕事をしなさい。それにその陰気くさい顔もどうにかしなさい」

そして仙川は、片手を犬でも追い払うように振り、日和に仕事に戻るように指示した。踵《きびす》を返して席に戻ろうとしたとたん、同僚たちの視線が飛んでくる。みんながみんな、いたたまれないような顔をしていた。きっと、常々仙川のターゲットにされている日和に同情してくれているのだろう。

けれど、仙川の言い草はさておき、今回は紛れもなく自分の失態だ。責められるべきは自分だと思うと、誰とも目を合わせられない。日和は針のむしろに座らされているような気分で、それまでやっていた作業を再開した。

「梶倉さん、帰りに本屋さんに行くんだけど、一緒にどう？」

息も絶え絶えの心境で辿《たど》り着いた終業時刻、日和に囁《ささや》くような声をかけてきたのは麗佳だった。

「そろそろ新しいのがいるかなーと思って」

にやりと笑った顔で、『新しいの』が新しいガイドブックだと悟る。麗佳は、仕事をしくじった日和を見て、気分転換の旅が必要だと考えたのだろう。

「お邪魔じゃなければ……」

「邪魔だったら誘わないわよ」

そうと決まったらさっさと片付けて、と促され、日和は慌てて退社準備をする。ふたり並んで会社から出たのは終業時刻の五分後、最速と呼べるほど早い退社だった。

「とりあえず一息つきましょう」

そう言うと、麗佳は書店の中にあるカフェに足を向ける。そして、カウンターの上に貼ってあるメニューを見上げ、しばし考えたあと、日和を振り返った。

「私はカフェモカにするけど、梶倉さんは？」

「カプチーノにします。あ、私が払います」

この間、ランチをご馳走《ちそう》になったし……と財布を取り出すと、麗佳は嬉しそうに笑った。

「あら、ありがとう。やっぱりちゃんとしてるわねえ、梶倉さんは」

「そんなことありません。ちゃんとしていたら、今日の午後みたいなことにはなりません」

「失敗は誰にでもあるし、反省は必要だけど、長々と落ち込んでたっていいことないわよ」

「長々と言っても、まだ半日しかたってません」

「半日も落ち込んでたら十分よ。反省したならそれでいいじゃない。あとは楽しいことを考えて笑いましょうよ」

「いくら反省しても、改善できないんじゃ意味がないです……」

家族や教師からは散々、人見知りなんて大人になったら克服できる、と言われてきたけれど、二十四歳になっても克服できていない。相変わらずの『人見知り女王』だし、すごい勢いで話す相手には自分の意見を言うどころか、質問をすることもできない。こんなことで社会人としてやっていけるのかと自分でも不安になる。まさに『途方に暮れる』が服を着て歩いているような状態だった。

『途方に暮れる』が服を着て歩く……」

　面白い表現ね、と小さく笑ったあと、麗佳は出来上がった飲み物を持って空いている席に向かった。丸いテーブルを挟んだソファ席を確保し、カフェモカを一口飲んだあと、麗佳は早速切り出す。

「ってことで、さっさと計画を立てちゃいなさい。行き先の目処《めど》は立ってるの？」

「実は……佐原《さわら》に行ってみたいなあって。ご存じですか？」

「佐原！　いいところに目をつけるわね、梶倉さん！」

『佐原』という地名を聞いたとたん、麗佳は身を乗り出した。

「佐原なら日帰りできるし、なんなら帰りに香取《かとり》神宮とかにも回れるものね」

「香取神宮⁉　そこって……」

「そう。梶倉さんが興味津々のパワースポットよ。確か祀《まつ》られてるのは……」

「経津主大神《ふつぬしのおおかみ》。刀や剣の神様、つまり軍神です」

「お見事。やっぱりよく知ってるわね」

「関東では指折りのパワースポットですし、鹿島《かしま》神宮、息栖《いきす》神社とあわせて東国三社って呼ばれるぐらい格の高いお社なんです。そうか……佐原に近いんだ……」

「知らなかったの？」

　神社に詳しいのに、立地を把握してないなんて……と、麗佳は不思議そうな顔をした。佐原という地名で検索すれば、かなりの確率で香取神宮も出てくる。どうせ行くならそちらも一緒に、と考えそうなものだと彼女は言うのだ。

だが、日和はそもそも佐原について調べていない。なんせ、麗佳から『夏休みの観光地は学生で混み合う』と聞かされ、慌てて考えた結果、一番先に思い付いたのが佐原だったのだ。佐原が千葉県にあることは知っていても、どうやってそこに行くのか、周りに何があるのかも含めて、全て今から調べるという状態だった。ただただ、雑誌かなにかで見た水郷の風景をこの目で見てみたいというだけだったのだ。

日和のしどろもどろの説明に、麗佳はなんとか納得してくれたらしく、川越《かわごえ》と佐原は似たところが多いけれど、女性の賑《にぎ》やかな声は佐原のほうが少ないかもね、なんて笑った。

「いいと思うわ、佐原。私もあの町は大好き」

「やっぱり行かれたことがあるんですね」

「ええ。はっきり言って、この辺りの観光スポットで私の足跡が付いていない場所はほとんどないぐらいよ。ちょっとは家にいろ、って親が嘆くぐらい。そういえば、梶倉さんのご両親はひとり旅についてなにかおっしゃってる？」

「特には……」

「それはラッキーね。ご家庭によっては、女のひとり旅なんてとんでもない、って出してくれないところも多いから」

「うちも基本的にはそんな感じですけど、私はこれまであまりひとりでは外出しませんでしたから、それはそれで心配だったみたいで、外に出て見識を広めるのはいいことだ、って思ってくれたみたいです。ただ、泊まりがけとなるとどうなるか……」

「それは確かにちょっとハードルが高いかもね。でも、そこはがんばって説得あるのみよ。一度ＯＫとなったら、二回目以降は案外楽だし」

「そういうものでしょうか」

「そういうものです。だからこそ、ファーストトライは大事よ。今回は泊まりにするの？」

　麗佳に訊ねられ、日和はちょっと考えてしまった。

　学生が夏休みに入ってしまったらいろいろ面倒なことはわかった。この機会を逃すと九月……いや大学生の夏休みは九月まで続くところもあるから、次の旅行は十月になりかねない。

　熱海旅行はとても楽しかったけれど、日和としてはなるべく早く泊まりがけという大きなハードルを越えておきたい。気分転換が必要な状況でもある。

　ということで、日和は次の旅行は泊まりがけにすることにした。

「できれば泊まりがけにしてみようと思います」

「ホテルの検索とか大丈夫？」

「……大丈夫じゃないかも」

「そりゃそうか。経験がないものね」

　そう言うと、麗佳はスマホを取りだし、日和にいくつかの検索アプリを教えてくれた。

「これと、これと、これ。この三つぐらいをうまく使っていけばなんとかなると思う。交通手段は？」

「それはなんとか。熱海のときも乗り換え案内サービスを使って調べましたから」

「OK、飛行機とか船を使うならだめだけど、佐原ならそれで十分。特急だって佐原までは走ってないし、宿さえ押さえれば大丈夫。あとは見たい場所をリストアップして行程と移動時間を考えればいいだけよ」

そんなに簡単に言わないでください。

思わず泣き言を漏らしそうになった。ホテルだけでも麗佳が決めてくれないかと思っていたのに、それすらも自分でやらなければならない。正直、ちょっとぐらい手伝ってくれても……と思ったことは確かだった。

だが麗佳は、そんな日和の心中を見透かしたように、ククッと笑って再びスマホを手にした。

「梶倉さん、顔に『薄情者』って書いてあるわよ。おすすめぐらい教えて欲しい……って思ってるでしょ？」

「え……いや、そんな……すみません。実はそのとおりです。えーっと……これぐらい払えば許容範囲、って金額はあるんですか？」

「うーん……それは人によるとしか言いようがないわね。普段どれぐらいの宿に泊まってるかによって違ってくるし」

「普段って言われても……私は頻繁にホテルに泊まったりしませんし」

「まあそれはそうか……。じゃあやっぱり星の数頼りかしら」

とりあえず五つ星と一つ星はパス、できれば二つ星も避けたいところだけど、お財布に優しいのは二つ星から三つ星ぐらいのホテルだと麗佳は言う。

「サービスとか考えたら、おすすめは四つ星寄りの三つ星。それだとまず嫌な思いはしないはずよ。まあでもこれって理想を言えば、って感じだけど」

「結局、二つ星後半から三つ星前半が妥当ってことですね。でも、候補がいくつかあったらどうするんですか？」

「基本的には、ぱっと見て『いいなあ』って思えるところだけど、判断が付かない場合は、できるだけ評価者の数が多いほう。あとは口コミをじっくり読んでみることね」

行ったことのないホテルを判断するのはそれぐらいしか方法がない。良いホテルに当たるかどうかは時の運、それも旅の醍醐味《だいごみ》だ、と麗佳はなぜか嬉しそうに言った。

「わかりました。じゃあ佐原のガイドブックを買って帰ります」

「佐原だけの本はないと思うから、千葉県全域か関東一円……となると、雑誌タイプのほうがいいかも」

そこで麗佳はコーヒーカップの中身を飲み干し、さっと立ち上がった。おそらく、おすすめのガイドブックがあるコーナーに案内してくれるのだろうと考えた日和は、慌てて自分のカップも空にしようとした。だが、まだ半分以上残っているし、カプチーノはかなり熱く、一息には飲めそうもない。この際カプチーノはあきらめよう、と腰を上げかけたところで、麗佳に押しとどめられた。

「梶倉さんはここにいて。今から私がおすすめのやつを選んで持ってくるから」

そう言うと、麗佳は自分の鞄《かばん》も置いたまま書棚に向かった。

——そういえば、ここって三冊までは持ち込んで読めるんだった……

最近流行の書店併設のカフェには、買う前の本を試し読みできるところも多い。このカフェもそういった店のひとつで、お茶を飲みながら本を選ぶことができるのだ。日和はこの書店には何度も来ているが、購入前の本を持ち込んだことはおろか、カフェ自体を利用したこともなかった。

だが、どうやら麗佳はこのカフェの常連で、その度に試読もしているようだ。それぐらい、動作に迷いがなかった。

残りのカプチーノを飲みつつ待っていると、ものの数分で麗佳が戻ってきた。

彼女の手には、大判のガイドブックが三冊あり、そのうちの一冊はコンビニでも売られているほど有名なシリーズだった。

「サイズが大きいガイドブックは、写真がたくさん載ってて楽しいのよね」

どれがいいかしら、と言いながら、麗佳はテーブルの上に三冊のガイドブックを並べた。

改めて三冊を並べられ、日和はその中から一番メジャーな一冊を選んだ。麗佳は満足そうに頷く。

「選択が早い人は本当に大好き。さて、これで行き先は決まったし、ガイドブックもOK。あとはホテル次第で泊まりか日帰りかを決める、ってことで、本日は解散」

麗佳が鞄を持って席を立った。日和も慌てて立ち上がり、ぴょこんと頭を下げる。このあと一杯、あるいはご飯でも……とならないところが、いかにも麗佳らしかった。

「ありがとうございました！」

「どういたしまして。じゃあまた会社でね」

そう言うと、麗佳は日和が選ばなかった二冊を持って書棚に向かう。しまった、せめて自分で戻しに行くべきだったと思ったときには麗佳の姿はもう見えなくなっていた。

麗佳と別れて帰宅したあと、日和が一番初めにやったのは交通手段を調べることだった。

そもそも日和は、佐原の地理にはまったく詳しくない。どうやったら辿り着けるのか、どれぐらい時間がかかるのかをまず調べる必要があった。

――佐原って、時間によっては乗り換え一回で行けちゃうのね。しかも、品川《しながわ》を八時ごろに出る電車に乗れば十時過ぎには佐原に着ける。それより早く着いて一回乗り換えで行ける電車となると……あー六時品川発か。さすがにこれは辛いなあ。家を五時半に出ることになるし、家族にも迷惑。でも、日帰りにするなら、これぐらい早く着かないと駆け足で回ることになっちゃうかな……

ま、いいか。そのときは行けそうなところだけ行くことにしよっと。

できることなら一泊してみたい。でも無理そうなら日帰りでも大丈夫。佐原は今の日和にとって、かなり都合の良い場所だった。どうりで麗佳が簡単にGOサインを出したはずである。

交通手段の次はホテルの検索だ。

日和は麗佳に教えられたいくつかの旅行サイトから、最もおすすめと言われたものを選択し、利用者登録を試みる。個人情報をひとつひとつ入力し、何度かエラーを繰り返したものの、なんとか登録することができた。あとは、日付や目的地を入れて検索するだけだ。

「あー……けっこう満室だなあ。もう直前だから当たり前か……」

空いているのはドミトリー形式か、駅から相当離れた場所ばかりだ。『人見知り女王』としては、知らない人と同室になるドミトリー形式はもっての外だし、駅からバスやタクシー利用というのもできれば避けたい。そもそも検索の結果表示されたホテルは四つだけだった。やはり無理なのか……とあきらめ気分で画面をスクロールした日和は、おおっ！　と歓声を上げた。

奇跡的にひとつだけ、予算も場所も許容範囲内というホテルがあったのだ。星の数は三つ、口コミ情報も百件以上書き込まれている中、星一つは一件だけ。これなら大丈夫だろう、と日和は大喜びで予約欄をクリックした。

だが、クリックしたあと出てきた画面に表示されたのは『ご希望に添えるものはありません』という無情な文字だった。

「なんで……？　空いてるって書いてあったのに……」

何度見直しても目の前の文字は変わらない。おそらく、タッチの差で他の誰かが予約してしまったのだろう。日和にとって条件が合うホテルならば、他にも魅力的だと思う人もいるはずだ。

いつまでも同じ文字を見ていても仕方がない。縁がなかったとあきらめて、日和はもう一度最初の画面に戻って、検索をやり直した。

「あ！　違うホテルが出てきた！　しかもここ、朝ご飯無料だ！」

それから予約欄に進むスピードは、どちらかというとのんびり屋の日和からは考えられないものだった。今度こそゲットしてやる、の一念だった。

確定キーを押してからほんの数秒で旅行サイトからメールが届いた。

おそるおそる開いてみると、そこにあったのは『この度はご利用いただき誠にありがとうございます。以下のとおり、ご予約が成立いたしました』という文字。ほっとするあまり、日和はその場にへたり込みそうになった。

「取れた……」

グループ旅行の幹事なんて引き受けたことはない。家族旅行だって、手配をしてくれるのは両親か兄で、日和はただついていくだけだった。その自分が、生まれて初めてホテルを予約した。しかも、ひとり旅のためのホテルである。

今週末、ひとりでこのホテルに泊まるのだ、と思うと、嫌でも気分が高揚する。ものすごく大人になった気分だった。

ホテルは確保できた。一泊できるなら八時の電車で大丈夫だし、土曜日はゆっくり佐原の町を見て回り、翌日早い時間に香取神宮に行くこともできる。なんと言っても、神社は朝に限る。人でいっぱいになる前の静かな境内を散策すると、身も心もより浄《きよ》められるような気がするのだ。

午前七時半に家を出て、十時過ぎに佐原駅に到着する。荷物はコインロッカーに預けて佐原散策、早めにホテルに戻って一休みしたあと、夕食……

そこまで考えて、日和は、はっとした。

ひとりで泊まるということは、晩ご飯もひとりで食べなければならないと気付いたからだ。

昼ご飯をひとりで食べるのは慣れている。だが、夜はどうだろう。そもそもホテルの周りに食事を取れる場所があるのだろうか。コンビニぐらいはあるだろうけれど、初めての一泊旅行でコンビニご飯というのはさすがに悲しすぎる。いくら行き当たりばったりが魅力のひとり旅とはいえ、これは調べざるを得ない。

ということで、日和は、今度は買ってきたガイドブックで食事処を調べることにした。

──鰻《うなぎ》が美味しそう。でも駅から遠いし、さすがに高い。鴨もいいけど、これもかなり離れてる。やっぱりホテルに近いところがいいなあ……

ガイドブックには美味しそうな料理の写真が載っている。だが、そのどれもが駅から遠く、予算的にもかなりオーバーしていた。

やむなく日和はガイドブックをあきらめ、スマホで検索を始めた。

チェーン店はいくつかあるが、どうせなら東京にない店がいい。できればこぢんまりして温かい雰囲気のところ……と思って探してみるが、なかなか難しい。酒を呑む店はそれなりにあるのだが、晩ご飯を食べられそうな店はなかなか見つからなかった。

地元の素材を上手に料理する店というのは、案外呑み屋が多い。実際に、呑み屋であれば行ってみたい店はいくつか見つかった。けれど、女性がひとりで呑み屋に入るのは、相当な勇気がいる。『ひとり飯』に慣れた日和でも、呑み屋にひとりで入ったことはない。その高いハードルを旅の高揚で越えられるかどうかが課題だが、正直にいえば日和には自信がなかった。

スマホで地図を調べてみると、ホテルの近くにコンビニはある。ファミリーレストランの表示も見つかった。お馴染《なじ》みすぎるぐらいお馴染みのハンバーガーショップの印もあった。

とにかく行ってみよう。どうしても入れなかったら、そのときはコンビニか、チェーン店のお世話になればいい。日和はスマホの画面を見つめて、そんな覚悟を決める。

もしも初めての一泊旅行で、『ひとり呑み』まで達成できるとしたら、日和のひとり旅は大きく様相を変える。それどころか、生き方自体が変わりそうな気がするのだ。

——ダメ元上等、頼りは火事場の馬鹿力！

そして日和は、美味しそうな焼き鳥の写真が出ている居酒屋のホームページにブックマークをつけた。

ひとりで泊まりがけの旅行に行くと告げたとき、両親、特に須美子はものすごく心配そうな顔をした。それでも、行き先が近かったことと、ホテルもちゃんと予約済みと知って安心したようで、気をつけて行ってらっしゃい、と言ってくれた。


「日和ー！　時間は大丈夫なのー⁉」

母の声で目が覚めた。姿が見えず、ちょっと遠くから聞こえるところをみると、階段の下から叫んでいるのだろう。

——時間って……？　今日は土曜日だから仕事はお休み……

そこまで考えた次の瞬間、日和は飛び起きた。慌てて枕元にあったスマホを見る。

時刻表示は午前七時三十分、日和が家を出るつもりにしていた時刻だった。

「やっちゃった——‼」

ベッドから飛び出し、パジャマを脱ぎ捨てる。

着替えて、用意済みのリュックを肩に階段をどたどた下りた。

リビングに現れた日和を見て、キッチンカウンターの向こうに立っていた母がお鍋《なべ》の蓋《ふた》を取る。

「今、お味噌汁《みそしる》を……」

「ごめん。時間がないからパス！　途中でなにか食べる！」

「もう……せっかく用意したのに……」

軽く文句を言いつつも、母は心配そうに壁に掛かっている時計を見上げる。日和の慌てぶりから、スケジュールが相当遅れていることがわかっているのだろう。

味噌汁が入った鍋に蓋を戻し、側まで来て訊ねる。

「大丈夫？　忘れ物はない？」

「うん。昨日のうちに全部入れたし、何度も確認したから、忘れ物はないはず」

「そう。駅まで送ろうか？」

「いい。走った方が早いから」

こんなことなら、電車の時間も知らせておけばよかった。母ならきっと、間に合うように起こしてくれただろうに……後悔しても後の祭り。まさか、ベッドに入ってから期待半分、不安半分でなかなか眠れず、朝方深い眠りに落ちた結果、寝過ごすなんて想定外としか言いようがなかった。おまけにアラームまで止まっている。おそらく無意識のうちに止めてしまったのだろう。

――だ、大丈夫、大丈夫。電車なんていくらでも来るし、誰かを待たせているわけでもない。スケジュール表を全部プラス十五分にすればいいだけ。リスケなんてよくあることだもん！

駆け足に近いスピードで駅に向かいながら、日和は自分に言い聞かせる。

佐原はJR成田《なりた》線にある駅なので、品川から成田空港行きのJR横須賀《よこすか》線に乗り、成田駅で銚子《ちょうし》行きに乗り換えようと考えていた。

とはいえ、乗り遅れてしまった以上、他の電車に乗るしかない。一回ぐらい乗り換えが増えても仕方がない、と思いながらスマホで検索した結果わかったのは、スケジュール表にプラスするのは十五分ではすまないという事実だった。

——マジ？　八時一分の電車に乗れなかったら到着時間が一時間も遅くなるの⁉

あり得ない……と何度画面を見直しても、優先条件を入れ直して検索しても、結果は変わらない。成田までは二十分程度の遅れで到着できるが、それから先、佐原に向かう電車が一時間に一本しかない。当初予定の八時一分の電車なら九時四十一分の銚子行きに間に合うが、それ以降だと次の十時四十一分にしか乗れないのだ。

日本には、公共交通機関が極めて不便な地域があることぐらい知っていた。だがそれはあくまでも知識としてにすぎなかった。

事実は事実だ。嘆いていても、電車の本数が増えるわけではない。日和は気を取り直して、横須賀・総武《そうぶ》快速線、成田線と乗り継いで佐原に向かうことにした。

――来週、お祭りだったんだ……

佐原駅の改札を抜けたところで、日和はそこにあった看板を目にしてがっかりした。どうせ訪れるなら、お祭りのときのほうがいい。ガイドブックによると、佐原の夏祭りは十台の山車《だし》が川沿いの古い町並みを練り歩き、それは見応えのあるものらしい。どうせ訪れるならそれに合わせて、と考えるのは当然だった。

――それでこんなに空《す》いていたのね……

本当はたまたま空いた電車に乗っただけかもしれない。しかも、人混みが苦手ならお祭りなんて避けたほうがいいに決まっている。それでも日和は、小野川《おのがわ》沿いをゆっくりと進んでいく山車行列が見られなかったことが悔しくてならなかった。

自分を殴りつけたい気持ちになりながら、日和はとぼとぼと歩き始める。

どれだけ嘆いてもお祭りが始まるわけではない。不幸中の幸いは、客が少なくて駅前のコインロッカーががらがらだったことだ。無事に荷物を預けられたことにほっとしつつ、日和は川沿いの古民家群に向かうことにした。

朝ご飯を食べ損ね、空腹のまま電車に乗った。売店でおにぎりかサンドイッチを買って電車の中で食べればよかった、と気付いたけれど後の祭りもいいところ。結局、スマホゲームやSNS巡りで空腹を紛らわしつつ佐原に着いた。まずは、朝からグゥグゥ言い続けているお腹を黙らせる必要があった。

――えーっと……この踏切の手前で曲がって、線路沿いにずっと進んで……

ガイドブックに載っている地図を頼りに川を目指して歩く。スマホの道案内アプリを起動すべきかどうか悩みはしたものの、目印になっている酒屋や和菓子屋はすぐに見つかり、特に迷うことなく小野川に架かる開運橋に到着した。

小野川は利根川《とねがわ》の支流で、町並みに沿ってたくさんの橋が架けられている。開運橋は利根川との合流点から五つ目の橋で、このあたりから古民家群が始まるらしい。

そこで日和は、開運橋を渡ってすぐのところを右に曲がり、川を流れる水と並進しつつ散策を始めた。

まず目に入ったのは旅館の名を記した看板だった。

古民家を改造した旅館で、日和がインターネットで検索したときに、一番興味を引かれた宿だ。口コミによると朝食が素晴らしいとのこと。料金もなんとか手の届く範囲だったため、泊まってみたいと思ったけれど、あいにく満室だった。

もともと大人数を泊められる造りではない上に週末が重なってはやむを得ないとあきらめたが、前に立ってみるとこぢんまりとして温かい雰囲気に溢《あふ》れている。口コミにも朝食の美味しさがたくさん語られていたし、次に来ることがあったら、是非ここにお世話になりたい。そんな思いを込めて写真を一枚撮り、日和はその旅館を通過した。

どこからか醬油《しょうゆ》の香ばしい匂いが漂ってくる。おそらくあれは鰻の匂いだろう、と思いつつも、日和は歩を進める。鰻は佐原の名物で味は上々、それでいて都内の有名料理店よりもずっと安いという評判は知っているが、昼ご飯に三千円以上という値段は払えない。せっかくのひとり旅ならそれぐらい奢《おご》っても……という人もいるだろうが、日和は頑張っても二千円、できれば千円前後で収めたかった。

とはいえ、普段と同じようなカレーやパスタというのも芸がない。なにかひとり旅に相応《ふさわ》しいような昼ご飯はないものか、と探しつつ歩いていた日和は、とある看板の前で立ち止まった。

『寿司《すし》ランチ九百円　一人前ずつにみそ汁、サラダ、茶碗蒸《ちゃわん》し、デザート付き』

本当はお蕎麦《そば》でも軽く、と思っていた。けれど九百円で茶碗蒸しやデザートまでついたお寿司が食べられるなんてすごい。すぐさまスマホで検索してみたところ、口コミも上々、頑固親父が一見《いちげん》の客を追い返す、なんて店ではなさそうだ。

お寿司の昼ご飯なら、鰻に負けず劣らず贅沢《ぜいたく》だし、初めての泊まり旅の記念に相応しい。これだけ人出が少ないのだから、お寿司屋さんも大行列ということはないだろう。佐原は「小江戸《こえど》」と呼ばれているし、ここはひとつ『江戸前』ならぬ『小江戸前』のお寿司をいただこう。

かくして日和は、道から少し入ったところにある寿司屋の暖簾《のれん》をくぐることにした。時刻は十一時四十分、開店したばかりらしく、店内には先客が二組いるだけだった。気さくそうな女性店員に案内され、小上がりの席についた日和はメニューをじっくり読む。

――ランチが九百円、並が千円。おすすめは上……あ、上でも千六百円なのね。これぐらいならなんとか……

わざわざ『おすすめ』と書いてあるぐらいだから、コスパもいいのだろう。逆らう手はない、予算もなんとか範囲内ということで、日和は上にぎりを注文することにした。

「お待たせしましたー」

程なくサラダ、味噌汁、茶碗蒸しが届き、あまり間を置かずに寿司がのった皿もやってきた。思わず写真に収めたくなるほどきれいなにぎり寿司に、日和は迷うことなくスマホのシャッターを切った。焼きたての干物と違い、寿司は冷めない。なにより、この美しい寿司を記憶に留《とど》めるためにも、写真を残したかったのだ。口コミにもたくさん写真が上がっていたから、咎められることもなさそうだ。

無事写真を撮り終え、それでは……と箸を取る。

皿の上にのっているのは、玉子、イクラ、イカ、赤貝、穴子、甘エビ、マグロ、鉄火巻きもある。マグロはけっこう脂がのっているから中トロだろう。どれも美味しそうだし、何から食べようかと目移りしてしまう。

寿司は、味の薄いものから濃いものへと食べていくのがいいと何かで読んだことがあるが、日和はあまり気にしない。とにかく、鉄火やカッパ、干瓢《かんぴょう》といった巻きものがあれば最初に、そのあとはランダム……というか、好きなものほど後のほうに回すようにしていた。

これは、お腹がいっぱいになりかけていても好きなものなら美味しく食べられる、というのと、最初に好きなものを食べてしまったらあとの食事がつまらなくなる、というふたつの考え方から来るものだが、ちょっと保険を掛けすぎかもしれないと自分でも思う。

それでも、子どものころからずっとこうだったので今更変える気にはなれないし、無意識に『お気に入り』は最後まで残している。

どうせなら、一番好きなものから食べ始められるぐらい思いきりのいい性格ならよかったのに、なんて思いつつ、日和は鉄火巻きのひとつを口に入れた。

巻き立てらしく海苔《のり》はぱりっとしているし、海苔の風味を邪魔しない酢の塩梅《あんばい》も日和の好みにぴったりだ。三つあった鉄火巻きをたちまち平らげ、次なるターゲット、イカに目をやる。

純白とアイボリーの間ぐらいの白さのイカだが、種類まではわからない。あの気さくそうな店員ならきっと教えてくれるだろうけれど、『人見知り女王』にできる芸当ではない。

ま、イカはイカだよねーなどと勝手に頷き、イカを口に運ぶ。しっかりとした歯ごたえ、そして纏《まと》わり付くような粘りがある。微《かす》かな甘みと醬油のコラボを楽しんだあと、今度は赤貝に箸を伸ばした。

思い切りよく一口で頬張ると、微かにキュウリのような香りを感じた。貝なのに野菜っぽいってどういうことだろう、と首を傾げつつ、どんどん食べ進む。最後をマグロにするか、穴子にするか悩んだ挙げ句、中トロと思《おぼ》しきマグロを選出。普段なら最後は甘みのある穴子にして、デザート代わりにしてしまうこともあるが、今日はちゃんとデザートがついているから、安心して、一番好きな中トロを最後に食べることができた。

抹茶のアイスクリームをゆっくり味わい、濃いお茶で口の中をさっぱりさせたあと、日和はすぐさま席を立った。時刻は正午を回り、昼の書き入れ時となっている。ひとりでテーブルを占領しているのは気が咎めた。

レジに向かうとすぐに、案内してくれた女性店員が飛んできて対応してくれた。店は満席に近いのに、よく目が届いてるなあ……と感心しつつお金を払う。

聞こえるか聞こえないかぐらいの声で、ご馳走さまでした……と言った日和ににっこり笑い、女性店員は『ありがとうございました一！』と元気よく送り出してくれた。

——美味しかった……。お蕎麦も捨てがたかったけど、あの値段であんなにいいお寿司が食べられるなんて大ラッキー！

なんという単純さ、と苦笑しつつ、日和はまた川沿いの道を歩き始めた。

数メートルも行かないうちに、『いかだ焼本舗』という文字が入ったクリーム色の幟《のぼり》が見えた。いかだ焼きってなんだろう？　と思ってスマホで検索してみると、どうやら佃煮《つくだに》のことらしい。串《くし》に刺した小魚が筏《いかだ》に似ていることから名付けられたそうだ。佐原のお土産として有名なようだし、お酒のつまみにもぴったり。酒好きの父が喜びそうだ、ということで、日和はその店に入ってみることにした。

串刺しにした小魚や貝、エビなどの佃煮が真空パックにされて並んでいる。佃煮だけではなく、醬油や鯛《たい》、ハマグリの酒蒸しもあった。気軽に買えるようにと考えたのか、ひとつひとつのパックは小さく値段も手ごろだ。

日和は早速小エビとワカサギのいかだ焼き、そしてハマグリの酒蒸しを買い、またしても大満足で店をあとにする。

次なる目的地は、日本全国を歩いて測量したといわれる伊能忠敬《いのうただたか》の旧宅だった。

——あー疲れた……それにしてもずいぶん歩いたなあ……

足が棒になるとはこのことだ、と思いつつ、日和はベッドにころんと横になる。

いかだ焼きのお店で佃煮を買ったあと、伊能忠敬の旧宅を見学したものの、そこはただの家の跡なのでもっと詳しいことを知りたくなった日和は、伊能忠敬記念館に行くことにした。

行くことにした、とはいっても場所は目と鼻の先、小野川に架かる樋橋《とよはし》を渡ればすぐだった。この樋橋は『じゃあじゃあ橋』とも呼ばれ、もともとは江戸時代に作られた水田に水を送るための橋だったそうだ。今でも、三十分ごとに落水され観光名所のひとつになっているが、日和が通りかかったのは落水時間ではなかったため、ごく普通の橋にしか見えなかった。

船着き場があったのを良いことに、そのまま舟に乗る。この舟はガイドブックにも

『小江戸さわら舟めぐり』として紹介され、佐原観光の定番とされている。乗らないという選択肢はなかった。

一周して舟を下りた日和は、古い書店や、江戸時代そのままの型紙を使い、当時の方法で染めた手ぬぐいを売っている呉服店、来週は大活躍するだろう山車が納められた倉庫、酒蔵などを巡ったあと、伊能忠敬記念館まで戻って近くにあったカフェで休憩した。そこで食べた田舎汁粉は、疲れた身体をそっと撫でられるような優しい甘さだったけれど、回復したのは気持ちだけで、足は依然としてだるいまま……

座り仕事で足の筋肉が衰えまくった日和にとって、一日中町歩きをするのは無理難題。ちょうど三時を過ぎ、チェックインができる時刻になった、ということで、日和はホテルに行くことにした。

ホテルは古い町並みとは駅を挟んで反対側にあるというので、線路を越える歩道橋を渡っていたら、ホテルの名前が大きく書かれたビルが目に飛び込んできたのだ。

とはいえ、ホテルにひとりで泊まるのは初めてだから、チェックインの手続きもよくわからない。どきどきしながら入っていくと、日和の父よりいくつか年上そうな男性がフロントに立っている。特別にこやかでもなければ、あちらから声を掛けてくれるわけでもない。

無言で見つめ合っていても埒《らち》があかないので、やむなく日和はこちらから話しかけることにした。

「予約した梶倉ですが……」

男は無言でパソコンを操作し、小さく頷いたあと一枚の紙を差し出した。

「こちらにお名前と住所をお願いいたします」

「あ、はい……」

インターネット予約なのだから、住所も名前も全部わかっているはずなのに、とがっかりしつつ、渡された紙の名前と住所の欄を埋めていく。最後に宿代を現金で支払って手続きを完了させた。

領収書もレシートも渡されず、本当に大丈夫なのかと思ったけれど、それを問う勇気なんてあるわけがなく、差し出されたキーを受け取ってエレベーターに乗った。

部屋に入ってみたものの、狭い上に暗い。シングルだから仕方ないとはいっても、せめて照明だけでももう少し明るければいいのに、とがっかりしてしまった。

――やっぱり、こんなに直前でも予約できる宿っていうのは、何かしらあるものなのね……

一休みしたら夕食のことを考えなければならない。けれど、足はかなり辛いし、体中がなんとなくだるい。なによりまだ時刻は三時半だ。ほんの少しだけ昼寝をしよう。アラームをセットしておけば寝過ごすこともないだろう。

アラームは一時間後にセットしてあった。けれど、日和が目を覚ましたのはセット時刻のおよそ十五分前、どこかから響いてくる重低音によってだった。

最初はアラームのバイブレーションかと思った。だが、それにしてはあまりにも大きすぎるし、スマホを確かめても、アラームが作動した形跡はない。外だろうか、隣だろうか、ときょろきょろしているうちに音は止み、静かな室内が返ってきた。

――なんの音だったんだろう？　どこかで工事でもやってたのかなあ……

首を傾げつつも、もう一度横になり、あと十五分の眠りをむさぼろうと試みる。うまく眠りの世界に戻れそうだと思った瞬間、またしても重低音が響いてきた。

その時点で悪い予感しかしなかった。もしかしたらこの重低音は定期的に発生するのかもしれない。そして、夜間も続くとしたら、今夜の日和の睡眠環境は最悪だ。数分に一度、こんな音を聞かされては、熟睡なんて望むべくもない。そして、日和の答えは当然、黙って我慢する、だった。

自分でフロントに訊くか、黙って我慢するかのどちらかしかない。そして、日和の答えは当然、黙って我慢する、だった。

ゆっくり休めないとわかっているなら、これ以上疲れることはできない。明日は香取神宮に行く予定になっているから、少しでも体力を温存したい。そう考えた日和は、当初の駅の向こう側に戻って夕食を取るという考えをあっさり却下、ホテルの近辺で間に合わせることにした。

幸い、ホテルの周りにはファストフード店やファミレスがたくさんある。窓から覗いたら、持ち帰り弁当屋やコンビニの看板も見えたから、最悪、買って帰ってくればいい。

財布とスマホを小さなポシェットに移し、日和は部屋を出た。

キーを預けようとフロントに行くと、フロントマンは相変わらず笑顔とはほど遠い表情をしている。帰ってきたらまたこの人からキーを受け取るのか、と思うと気が重くなった。

ところが、少々暗い気持ちで歩いていた日和は、大通りに出たとたん歓声を上げた。

「あ、本屋さんがある！」

ホテルに着いたときには気がつかなかったけれど、大通りから少し入ったところに書店の看板が見える。レンタルビデオショップを併設している全国規模の書店で、日和の住む町にも、会社の近くにもある。思わぬところで旧知の友に出会った気分になり、日和はうきうきと書店に入った。

へえ、こんな本があるのね……あ、このシリーズ、新刊が出たんだ！

思わず手を伸ばしそうになり、はっとして戻す。なにも旅先で本を買うことはない。鞄はそう大きくないし、どうせならお土産を入れたい。

とにかく本はだめ！　と自分に言い聞かせるも、シリーズ最新刊が頭から離れない。店内のあちこちでいろいろな本を眺めてみても、やっぱり思いは最新刊へ……とうとう日和は、あきらめて新刊文庫のコーナーに戻った。

もしかしたら今夜は眠れないかもしれない。それに、これは文庫だから大きさだってたかがしれている。最悪このポシェットに突っ込むことだってできる。

がありさえすれば——そんな言い訳を山盛りにして、日和はその本を買った。眠れぬ夜も、お気に入りの本があればずっと過ごしやすいはずだ。

意気揚々と書店を出た日和は、さて本題……と周りを見回した。

赤、黄色、オレンジ……様々な色の看板が見える。どれも手ごろな価格でそこそこ美味しい食事が取れるチェーン店だ。

その時点で時刻は午後六時、ホテルを出たのは五時前だから、書店に一時間近くいたことになる。いったい何をしにきたのだ、と苦笑いが出たが、日和にとってはいつものこと。書店に入ったが最後、一時間ぐらいあっという間に過ぎてしまうのだ。

ともあれ、書店で時間を潰《つぶ》したおかげで夕食には適当な時間になった。せっかくのひとり旅でどこにでもあるファミレスというのも芸がないとは思うが、お昼は素敵なお寿司を食べた。明日の昼ご飯をちょっと豪華にすることにして、今夜はこの辺りですませよう。なんなら、デザートを張り込んでもいい。ファミレスのデザートは案外侮れないものがある。

季節的にはメロンだろうか、それともモモ？　とデザートのフルーツを予想しながら歩き始めようとした日和は、ふと隣をみて、そこに一軒の蕎麦屋があることに気付いた。

——そういえば、お昼はお蕎麦を食べるつもりだったんだっけ。

当初の予定を思い出した日和は、その蕎麦屋に入ってみることにした。

「いらっしゃいませー！」

元気な女性店員の声に迎えられ、曖昧《あいまい》な笑みとともに指を一本立てる。もちろん、『おひとり様』の意味だ。

店員は店をぐるりと見回して、壁際の大きなテーブルを示した。

「え……こんな大きなところ……」

とりあえず今はひとりだけれど、あとから誰かが来る、と勘違いされたのだろうか。これは困ったと思ったけれど、店員は高らかに笑って宣言した。

「大丈夫。席はいっぱいあるし、広いところを使って」

そして彼女は、座布団《ざぶとん》をもう一枚渡してくれた。

「その座布団、薄いから二枚重ねたほうがいいよ」

なんともあっけらかんとした店員だった。親戚《しんせき》のおばちゃんみたいだ、とクスクス笑いたくなってしまう。さすがに失礼だろうから笑うのはやめ、それでも言われたとおりに座布団を重ねた。確かに、一枚よりずっと座り心地がいい。

すぐにメニューとお茶が運ばれてきたが、店員はさっさと行ってしまう。きっと注文を決めるのに時間がかかると思ったのだろう。普段なら入店前、あるいは入店直後に注文を決めてしまうけれど、せっかく持ってきてくれたのだから、とゆっくり見ることにした。

そして、日和にしては珍しい熟考の結果、注文したのは、豚の角煮とタコの唐揚げ、それからレモン酎《ちゅう》ハイだった。本は買ったけれど、できれば眠りたい。酒の力を借りれば、すんなり寝られそうな気がしたのだ。

「豚の角煮、タコ唐、レモン酎ハイ一丁！」

さっきのあっけらかんとした店員が、元気よく日和の注文を繰り返して去って行った。その背中を見送りながら、日和は心の中でガッツポーズを決める。

——すごいぞ日和！　蕎麦屋でひとり呑みだ！

晩ご飯をひとりで食べるだけでもすごいのに、ひとりで酒を呑むなんてすごすぎる。麗佳が聞いたら拍手喝采《かっさい》してくれるに違いない。

だが、自画自賛していたのはそこまでで、しばらくして届いた料理を見た日和はちょっと青ざめてしまった。なぜなら、タコの唐揚げは普通の居酒屋で出てくるおよそ二倍、豚の角煮に至っては三倍ぐらいの量があったからだ。

メニューに書いてあった値段は、チェーンの居酒屋と大差なかったから、てっきり出てくる量も同じぐらいだろうと思っていたのに、予想外の大盛り。しかも、目の前にはお通しの小鉢まである。

——どうしよう……こんなに食べきれない。残したら失礼だろうし……

そんな日和の迷いを見て取ったのか、店員は豪快に笑った。

「大丈夫！　うちの角煮、すごく美味しいから、これぐらいペロリだよ！」

「は、はい……」

口の中で、『頑張ります』と呟《つぶや》いたときには、彼女の姿はもうなかった。

とはいえ、食事にきて『頑張ります』というのは変すぎる。聞かれなくてよかった。

まずは、酎ハイから……と持ち上げたグラスはしっかり冷やされている。

さて、お料理、と箸を入れた豚の角煮は、とんでもない軟らかさ。味の塩梅も濃すぎず薄すぎず、酒のつまみはもちろん、おかずにしたらいつもの倍ぐらいご飯を食べてしまいそうだった。

続いて食べてみたタコの唐揚げは、レモン酎ハイとの相性が抜群だった。衣につけられた少々濃い目かな、と思った醬油味は酎ハイのレモンとぴったりだし、揚げ物の後味を炭酸が爽《さわ》やかにしてくれる。酎ハイに限らず、炭酸系の飲み物と揚げ物の組み合わせの素晴らしさを再確認させられた。もっと暑くなったらきっと、このタコの唐揚げと生ビールの組み合わせに唸《うな》る客が続出するのだろう。

豚の角煮とタコの唐揚げはボリュームたっぷりで、それだけでお腹は八割方いっぱいだった。だが、さすがにつまみと酒だけで食事を終えるのは寂しすぎる。今は満足でも、夜中にお腹が空くかもしれない、と考えて最後に注文した盛り蕎麦は、舌触りが滑らかでなおかつ歯ごたえは十分で、ペロリと平らげることができた。

食べ終わると同時に届いた蕎麦湯で割ったツユはほんのり甘く、山葵《わさび》の辛さが程よいアクセントで、蕎麦湯を飲むという習慣をつけてくれた両親に改めて感謝してしまうほどだった。

夕食は大満足だったし、レモン酎ハイのおかげですんなり眠れそうだ。それでも駄目なら、お気に入りシリーズの新刊がある！　ということで、日和はご機嫌でホテルに戻った。

『蕎麦屋呑み』を達成した喜びか、はたまた軽い酔いのおかげか、さっきはちょっと恐いとまで思ったフロントマンもさほど気にならない。おまけに、フロントに辿り着く前にルームキーが用意され、なにひとつ告げる必要がなかった。

幸い、あの重低音は聞こえていない。今のうちに！　と日和は大急ぎでシャワーを済ませ、ベッドに飛び込み、そのまま夢の中へ……気付いたときには、朝になっていた。

フロント前の小さなラウンジで、トーストとコーヒー、茹で卵という朝食を取った日和は、ホテルを後に佐原駅に向かった。本日の予定は香取神宮参拝、それには駅前からバスに乗る必要がある。バスの本数は少ないが時間に合わせて出てきたから安心だった。

ところが、バス停に向かう途中で日和はふと気がついた。一日に数えるほどしかバスがないということは、香取神宮に着いたあと、帰りのバスまでの時間が相当あるということではないか。

日和はパワースポットに興味があることもあって、神社に行くのは大好きだが、何時間もそこで過ごせるほどではない。境内を一回りして、お参りを済ませ、おみくじのひとつも引けば満足してしまう。今流行の御朱印も、写経も納めずにいただくわけには……

…なんて思ってしまうのだ。

そんなことを考えながら歩いていた日和が思い付いたのは、『レンタサイクル』の利用だった。

確か、佐原駅と香取神宮は四キロぐらいしか離れていないはずだ。ネットにはレンタサイクルで行ったという記事もあったし、自転車なら時間に縛られることもない。今日は天気も良いし、自転車なら利根川沿いにある道の駅にも寄れる。

なんだ、良いことづくしだ、と大喜びで、日和は急遽《きゅうきょ》バスを取りやめ、自転車を借りることにした。レンタル料金が、バスの往復運賃よりも少し安かったのも決め手のひとつだった。

四キロというのは自転車で走った場合、どれぐらい時間がかかるものだろう。

そんな疑問とともに自転車を漕《こ》ぎ出したものの、レンタサイクル屋さんが丁寧に道を教えてくれたおかげで迷うこともなく、日和は三十分もかからずに香取神宮に到着した。

何台か自転車が止まっている場所があったので、そこに自転車を置き、参道に入る。団子やわらび餅《もち》、大福に蕎麦……いろいろな店が並ぶ間を抜けた先に大きな鳥居があった。

真ん中は神様の通り道だから端を通るのよ、なんて母の声を思い出しながら鳥居をくぐり、どんどん進んでいくと大きな門があり、その先が本殿だった。

朱塗りの鳥居や門と打って変わり、社はシックな色合い。見るからに厳かな雰囲気が溢れていた。

手水《ちょうず》を使い、賽銭《さいせん》を投げ入れ、そっと柏手《かしわで》を打つ。柏手は神様への挨拶だから、大きな音を立てるべきとわかっていても、注目されるのがためらわれたのだ。

心の中に願い事はいろいろあった。それでも『いつもありがとうございます』と感謝するにとどめ、日和は踵を返す。

境内の澄んだ空気を浴びただけで十分、旅に出てひとりきりで一夜を過ごすという行動そのものが、これからの自分を変えてくれるような気がした。

そして、日和は奥宮のほうにある『要石《かなめいし》』を見に行ったあと、自転車で来た道を戻った。

途中で道の駅『水の郷さわら』で休憩、おにぎり弁当とお茶を買い、川を眺めながら昼食を取った。お弁当のおにぎりはいかにも手作りらしく角が丸く、全体的に茶色っぽい。煮物や揚げ物が中心だからだろう。彩りの全てをミニトマトとブロッコリーに託しました！　という感じが、高校時代に母が持たせてくれたお弁当のようだ。

その唯一の華やか要素のミニトマトやブロッコリーすら迷惑そうにしていた兄、ブロッコリーは嫌いだから枝豆にしてくれと直訴していた父、家族から文句が出ても『身体に良いんだから食べなさい！』と言い切り、三人分のお弁当を詰め続けてくれた母……

父や兄は日和よりも家を出るのが早かったが、ふたりは自分のお弁当を鞄に入れたあと、決まってもそもそと朝食を頬張っている日和の頭をぽんと撫で、急がないと遅れるぞとか、今日も頑張れよ、と言ってくれた。

慌てて頷き、食べる速度を上げようとしてトーストを喉《のど》に詰まらせる。母が飲み物を注ぎ足してくれる、までがお約束みたいな流れで、それは兄が家を出るまで続いていた。今は両親と日和の三人だけのやりとりになっているけれど、やっぱり気遣われる自分の幸せを痛感する時間なのだ。

――お父さんとお母さん、昨夜はふたりきりだったから、ゆっくり晩酌とかしたのかな。そういえば、お兄ちゃんはこの前、パソコンの画面ばっかり見てるから目が疲れるって言ってたけど、大丈夫かな。加賀さんも疲れ目が辛いって目薬を使ってるけど、あれはけっこう効くみたい。今度、教えてあげよう……

外で買ったお弁当を食べながら、こんなに家族に思いを馳《は》せるなんて考えもしなかった。

しっかりしなければとひとり旅を始めたのに、まったく家族離れができていない自分に苦い笑いが湧く。

家族の中で一番年下ということで、日和はこれまでかわいがられる一方だった。もう大人なんだから、少しは自分も家族を思いやらなければ……

とりあえず、家族が好きそうなお土産を買っていこう、ということで、日和は電車までの時間を使って、佃煮や漬け物などを買い足した。さらに会社の同僚たちにも焼き菓子を買う。

その底には、お土産を配ることで自分が旅に行ったこと、ひいては、失敗続きの自分でもひとりで計画を立て、旅を楽しむことができたのだ、と伝えたい気持ちがある。

これまで人の後ろに隠れ、卑下ばかりしていた自分の小さな変化に、日和は戸惑いと同時に微かな誇らしさを感じていた。

第三話　仙台

——牛タンと立ち食い寿司

——もう着いちゃった……

それが、仙台駅に降り立った日和の最初の感想だった。

宮城県の県庁所在地である仙台市は政令指定都市で、東北最大の都市と言われている。伊達政宗《だてまさむね》が建てた青葉城《あおばじょう》があり、夏には東北三大祭りのひとつである『仙台七夕まつり』も開催される。

自宅の最寄り駅から東京駅に出るまでが四十分、その後、東北新幹線で一時間半、家の玄関から計算しても二時間半で到着してしまった。

今日は九月七日、日和にとって三度目となるひとり旅は極めて順調で、気分も爽快《そうかい》だ。

これまでの二回のひとり旅は、半ば……いや、まぎれもなく憂さ晴らしだった。

そりの合わない上司に叱られて落ち込んで、少しでも前向きになりたくて出かけた。同僚は、上司の意地が悪すぎると慰めてくれたけれど、そもそも発端となる失敗がなければそんな目に遭うこともなかった。悪いのは自分だとわかっていたからこそ、気分転換が必要だったのだ。

だが、三回目の旅となった今回は、これまでとは違う。純粋に二回の旅が楽しくて、また旅に出たいと思っての計画なので、最初から気分はうきうき、さーてどこに行ってやろうか！　という状態だった。

今回の旅の計画を立てたのは、八月の半ば過ぎのことだ。

昼休みがもうすぐ終わるというころ、日和が机の上のカレンダーを見て考え込んでいると、麗佳が戻ってきた。

日和がカレンダーを睨《にら》んでいるのを見ても、麗佳は何も言わない。

助力を乞《こ》われれば無下にはしないが、何も言わなければ放置。それが、彼女のポリシーのように思える。初めてのひとり旅にあたって、いろいろ助言をくれたのは、日和があまりにも不甲斐《ふがい》なくて見ていられなかったから……つまり、特例中の特例に違いない。

そういえば、自分は散々相談に乗ってもらったし、旅行の話もたくさん聞いてもらったのに、麗佳の話を聞いたことがない。彼女はどんな旅行をしているのだろう、次の予定は？　と気になった日和は、麗佳に話しかけてみた。

「加賀さん、次の旅行の予定は立てられたんですか？」

ところが麗佳は、困ったように首を横に振った。

「今のところ予定はないの。とはいっても、来年あたり長い旅行に行こうかと思って、有休を残してるからなんだけどね」

「そうなんですか……。すみません。私ばっかり出かけて……」

「なに言ってるの。そんなこと気にすることないわ。個人の勝手よ。むしろ、私が続けて休んだら梶倉さんにも迷惑をかけることになるし、今のうちにたくさん楽しんでおいてね」

「そう言っていただけると気が楽になります。じゃあ、そろそろ次の予定を立てなきゃ」

「そう来なくっちゃ。今度はどのあたりを狙ってるの？」

「そうですねえ……今度はもう少し遠くてもいいかなって」

「遠く？」

なぜか目を輝かせた麗佳は、尻尾《しっぽ》があったら盛大に振りまくっていただろうという様子だった。

「そうなんです。熱海、佐原と近場が続いたから、そろそろもうちょっと離れたところでもいいかなって」

「長さは？　やっぱり一泊二日？」

「ええ。今年は三連休も多いですけど、そういうときってすごく混みますよね？　だったら普通の週末のほうが狙い目なんじゃないかと思って、九月の第一週ぐらいにしようかと……」

「そっか……九月か。九月ね……」

そこで麗佳は、カレンダーに目をやり、小さくため息をついた。

一瞬、秋の行楽シーズンに旅の予定を立てられないことが辛《つら》いのだろうか、と思ったけれど、長い旅行を控えているなら、そんなに落ち込むことはない。

「なにか、困ったことでもあるんですか？」

怪訝《けげん》に思った日和は、ついため息の理由を訊《たず》ねてしまった。

引っ込み思案、かつ『人見知り女王』の自分が、こんなふうに誰かの、しかも先輩である麗佳の相談に乗ろうとするなんて信じられない。だが、きっとそれも二度のひとり旅の効果、自信の表れだろう。

日和以上に驚いたのか、麗佳はしばらくじっとこちらを見ていた。けれど、再びカレンダーを見たあと、麗佳は意を決したように話し始めた。

「梶倉さん、仙台に行くつもりはない？」

「仙台って……東北ですよね？　さすがにちょっと遠くないですか？」

「東北って言ってもいろいろよ。岩手や秋田、青森あたりだと移動に時間がかかるし、一泊二日じゃ駆け足になってもったいないけど、仙台ぐらいなら余裕」

「余裕ですか……」

そこで日和は頭の中に日本地図を思い浮かべた。日和は方向音痴気味ではあるが、日本地図そのものはしっかり記憶している。学校でやった白地図に都道府県名を書き入れるテストはほぼ満点、今でも九割以上埋めることができる。

「東京から仙台はね……」

麗佳がスマホに出発地と到着地を入力し、表示されたルートを一緒に確認する。驚いたことに、一番停車駅が少ない新幹線を使えば、東京から仙台は一時間半で行ける距離だった。

「ほらね？　時間だけなら佐原とあまり変わらないでしょ？」

かかるお金は全然違うけどね、と少し申し訳なさそうにしつつも、麗佳は、仙台は一泊二日の旅行に打ってつけの場所だと推した。むしろ、これから先は寒くなるし、秋の東北は美味しいものが数多《あまた》あるから、今のうちに行ったほうがいい、とまで言うのだ。

「わかりました。じゃあ、秋の東北を満喫してくることにします。ところで、ここまで推すのには、なにか理由があるんですよね？」

「ごめんなさい！」

そこで麗佳は、派手《はで》に両手を摺《す》り合わせて日和を拝んだ。

「できれば買ってきて欲しいものがあるの。本当にできればでいいんだけど……」

「あー……そういうことでしたか」

麗佳は以前、旅先の選定も楽しみのひとつだと言っていた。それなのに、今回はやけに仙台にこだわり、違和感を覚えるほどだった。やはり、目的あってのことだったのか、と苦笑を漏らしながら、日和は答えた。

「いいですよ。ものすごく大きかったり、重かったりするんじゃなければ……」

麗佳には入社以来お世話になりっぱなしなのだ。少しでも恩返しができるなら、買い物ぐらいお安い御用だった。

　ところが麗佳は、そこでさらに申し訳なさそうな顔になった。

「ごめん。もしかしたらちょっと重いかも……」

「重いんですか？」

「ええ。お酒だから。あ、なんなら宅配便で送ってくれてもいいわ」

「お酒！」

　そういえば、麗佳はかなりの酒豪だ。

　個人的に呑《の》みに行ったことはないが、総務課主催の歓送迎会や忘年会といったイベントのときは、けっこうなペースでグラスを空にしている。しかもちっとも酔わない。それどころか、ぐいぐい呑みながら、酔っ払った同僚たちの世話を焼いたりするのだ。

　量だけではなく、酒そのものについても詳しく、日本酒、ビールは言うまでもなく、焼酎《しょうちゅう》やワイン、ウイスキーなどにも通じているそうだ。

　そんな彼女が、わざわざ後輩を誘導してまで買ってきて欲しがる酒とはどんなものだろう。日和は興味津々で訊ねた。

「どんなお酒ですか？　東北は酒どころだし、一升瓶を担いでこいとか……？」

「まさか。それに、今回お願いしたいのは、日本酒じゃなくてウイスキーなの」

「ウイスキー！」

「そう。仙台駅から少し離れたところに蒸溜《じょうりゅう》所があるんだけど、そこで限定販売されてるウイスキーが欲しいのよ」

「仙台に蒸溜所があるんですか？　知りませんでした」

「あら！」

そこで麗佳は、心底驚いた顔になった。限定酒はともかく、蒸溜所の存在そのものを知らないことが信じられなかったらしい。

「本当に知らないの？　かなり有名よ？」

「知りません……どこのメーカーですか？」

「ニッカウヰスキー。『竹鶴《たけつる》』とか『スーパーニッカ』って銘柄を聞いたことはない？」

「『竹鶴』なら知ってます！　ドラマにもなりましたよね！　でもあれって北海道なんじゃ……？」

「そうそう。あのドラマで日本のウイスキー人気が大爆発したのよ。ニッカウヰスキーが初めて蒸溜所を造ったのは北海道の余市《よいち》なんだけど、そのあと、仙台にも造ったのよ。で、そこでしか買えないウイスキーがあるの」

「なるほど……レアものなんですね」

「レアもレア。で、私の父が前々から呑んでみたいって言ってたんだけど、なかなか手に入らなくて」

麗佳の父親はもうすぐ誕生日を迎える。しかも、六十歳になるそうだ。還暦ということで、家族で御祝いパーティを開くことにしたのだが、その席で長年呑みたがっていた限定酒をプレゼントしたい、と麗佳は考えたらしい。

通販で買えないかと調べてみたらしいが、メーカー通販がないことはもちろん、酒屋でも扱っていない。わずかに数件ヒットするにはするが、かなりの高値だった。麗佳曰《いわ》く、おそらくプレミアがついているのだろうとのことだった。

「そんなプレミアを払うのは悔しいから、自分で買いに行こうかと思ってたの。でも、父の誕生日は九月十四日。私も家族も予定があって、それまでに行けない。もうね、思い付くのが遅すぎるって自分を殴りつけたい気持ちだったわ。だけど、やっぱり父に喜んで欲しいから、いっそ『目録』だけ渡して、現物はあとにしようかって相談してたのよ。そこに……」

「ひとり旅第三弾を目論《もくろ》み中の後輩登場、ってことですね？」

「そうなの……あ、でも無理なら……」

「いいんですよ。事情はよくわかりました。それに、そんなに珍しいお酒なら、うちの両親も欲しがると思います」

「梶倉さんのご両親も『いける』口なの？」

「はい。父も母もお酒は好きで、よくふたりで晩酌してます。ウイスキーも好きみたいです」

「よかった……少し良心の呵責《かしやく》が減ったわ。じゃあ、頼まれてくれる？」

「はい。任せてください」

かくして日和は第三回ひとり旅の行き先を仙台に決定し、麗佳のお遣いを引き受けることにした。

行き先さえ決まればあとは簡単、ホテルを探し、新幹線も予約した。麗佳のすすめで、JR東日本《ひがしにほん》の予約サイトに登録し、インターネットから乗車券や指定券を予約できたのは大きな成果だ。これからはスマホやパソコンを操作するだけで特急や新幹線の座席が確保できる。しかも発券するまでは変更も自由、便利この上なかった。

そして旅行当日、自動発券機で切符を受け取って改札を抜けてから、本当に一時間半で仙台駅に到着したという次第だった。

——お昼にはちょっと早いな……

仙台に到着したのは、午前十一時七分。今回は寝坊をしなかったので、朝食はしっかり取れたし、お腹はそれほど空《す》いていない。とはいえ、昼食時間帯はどこも混み合う。その前に済ませたほうがいいかもしれない。

食事を取るタイミングを迷いながら新幹線改札口を出た日和は、一枚だけ吐き出された乗車券を見てあることに気付いた。

——もしかしたら、この切符で作並《さくなみ》まで行けちゃうんじゃない？

作並というのは、麗佳に買い物を頼まれたニッカウヰスキー仙台工場宮城峡蒸溜所の最寄り駅だ。日和が持っているのは東京から仙台までの乗車券だが、仙台で改札から出なければそのまま作並まで行けるかもしれない。

麗佳は、日和が行きたいところを全部回ってからでいい、余分にかかった交通費も負担する、と言ってくれたが、頼まれ事は先に済ませたほうが気楽だし、交通費だって安く済むほうがいい。可能ならこのまま行ってしまいたい。問題は本当にこの乗車券で作並まで行けるかどうか、だった。ということで日和は改札口の脇でスマホを取り出し、作並について調べようとした。ところが地名や温泉についての記述はたくさんあるが、求める情報は出てこない。

こういうときは窓口で訊ねるのが一番なのはわかっているが、『人見知り女王』にはなかなか難しいことだった。やむなく、欲しい情報が出てくるまで検索するか、と思ったところで、在来線乗り換え用の改札口にいた職員に声をかけられた。

「なにかお困りですか？　ご案内いたしましょうか？」

こちらからは無理でも、声をかけてもらえれば質問ぐらいできる。日和は、ほっとして訊ねた。

「あ……あの……この切符で作並まで行けますか？」

職員は、日和が差し出した乗車券を見てあっさり頷《うなず》いた。

「大丈夫ですよ。十一時十八分発の山形行き快速がありますので、こちらの改札を抜けて八番ホームからご乗車ください」

「ありがとうございます！」

発車まであと三分、日和は大急ぎでホームに向かい、無事乗車することができた。しかも、電車には空席が多く、座ることができて大ラッキーだった。

――あーよかった。これで片道分の交通費が浮いた。改札を出る前に、このまま行けるかもしれないって気がつくなんて、私もずいぶん旅慣れてきたなあ！

上機嫌でスマホを取り出し、ニッカウヰスキー仙台工場宮城峡蒸溜所までの道順を検索する。

結果、週末、祝日限定で運行している無料シャトルバスに乗れば、七分で蒸溜所に到着することがわかった。

正直に言えば、蒸溜所自体に興味はない。目的は限定販売のウイスキーだけなのだから、ギフトショップに直行して、買い物を済ませれば大して時間もかからないだろう。

そんな軽い気持ちで作並駅に到着した日和は、間もなくやってきたシャトルバスで蒸溜所に向かった。

薄いブルーの縞《しま》模様のバスは国道沿いに走り、程なく右折、木立を抜けてあっという間に蒸溜所に到着した。見学するつもりはなかったけれど、とりあえずということで、他の客にまざってビジターセンターに入る。そこにあったのは「ロッカー」という案内板だった。

――あ、これ、お金が戻るやつだ！

ただ買い物をするだけだから、キャリーバッグは持ったままでもかまわない。わずか数分のためにロッカー料金を払うのはもったいないと思っていた。だが、無料で使えるなら話は別だ。

日和はこれ幸いとロッカーに荷物を預け、建物の奥に入っていった。それが大間違いだったと気付いたのは、わずか一分後だった。

「いらっしゃいませ。こちらにお名前をお願いいたします」

受付にいた女性が、そう言ってクリップボードを差し出した。

否《いや》も応もない雰囲気を感じ、大人しく名前を記入したところ、彼女はにっこり笑って言う。

「ありがとうございます。十三時からのご案内になりますので、それまでそちらでお待ちください」

ギフトショップに入るのに時間制限があるのだろうか……と考えかけて、はっと気付いた。

さっき記入したのは見学希望者名簿で、十三時というのはおよそ七十分かかるという場内見学ツアーが始まる時刻なのだ。

——ちょっと待って、ここでそんなにじっくりウイスキーの作り方を勉強するつもりなかったよー！

ここに七十分滞在するのは想定外だ。けれど、よく考えたらシャトルバスは電車の時間に合わせて運行されているらしいから、次は一時間後だろう。歩いて戻るという手もあるにはあるが、三十分近くかかるというし、ウイスキーを抱えてその距離を歩くのは辛い。滅多《めった》にない機会だし、まあいいか、ということで、日和は見学ツアーに参加することにした。

——すごく面白かった……。あのままウイスキーだけ買って帰ることにしなくて本当によかった。

それが、およそ七十分の見学を終えた日和の感想だった。

最初にミニシアターでガイドムービーを見たあと、ガイドについて蒸溜所のあちこちを巡った。ほのかに漂う麦の香りを感じつつ、レンガ造りの建物を出たり入ったりして、蒸溜機や仕込み樽《だる》を見せてもらった。合間に語られる創業者竹鶴政孝《まさたか》や、第二の工場としてこの地を提案した政孝の息子威《たけし》のウイスキー造りにかけた思いも語られ、その感動は最後に出された試飲のウイスキーの味をさらに深めてくれた。

ウイスキーの味などよくわからず、積極的に呑もうと思ったこともない日和ですらそうだったのだから、普段からウイスキーを愛好している人ならどれほど感銘を受けることか。

この『お遣い』を日和に頼んだ麗佳は、きっと自分自身がここに来たかったのだろう。もしかしたら還暦を迎えるお父さんと一緒に訪れたかったのかもしれない。けれど、タイミングが合わず、日和に託さざるを得なくなった。さぞや無念だっただろう、と思う半面、この経験を自分にくれた麗佳への感謝が湧き上がる。

——もしも『お遣い』を頼まれなかったら、私がここに来ることはなかった。ありがとう、加賀さん。いつか、お父さんと一緒にここに来られるといいですね……

麗佳に頼まれた蒸溜所限定販売のウイスキーの大瓶と、日和が一番美味《おい》しいと感じたアップルワインを二本、両親へのお土産としてミニボトルの三本セット、加えてこれまた限定販売のラングドシャクッキーを二箱買った。アップルワインとラングドシャクッキーは麗佳へのお土産だった。

本当は持って帰りたかったけれどさすがに重すぎる。全てを宅配便にしたあと、日和は大満足で帰りのシャトルバスに乗った。


作並駅から各駅停車に乗り、仙台駅に戻ってきたのは午後四時半だった。

試飲のときにおつまみであられを食べたものの、昼食は取っていない。お腹はグウグウ鳴っているが、なんとも中途半端な時間だ。このまま夕食まで我慢するべきか……と悩みつつ、ガイドブックを開いた日和は、綴《と》じ込まれた地図の中に前々から行きたいと思っていた店の名前を見つけた。

——仙台にも支店があったんだ!! この時間ならもしかしたら入れるかも！

その店はフルーツタルトが有名で、東京に数ヶ所、京都や大阪にも店がある。何度か足を運んでみたが、いつも行列であきらめてばかりで、憧《あこが》れだけが募っていた。その憧れの店が仙台にあるとわかったとたん、いても立ってもいられなくなってしまった。

幸いその店は、仙台駅から歩いて行ける距離にある。このまま空腹を抱えて、夕食を待つのは辛すぎる。フルーツタルトはボリュームがあるし、こんなときのおやつにぴったりだった。

キャリーバッグをどうするか一瞬迷ったが、予約したホテルはフルーツタルトの店を過ぎた先にある。ここでロッカーに預けると取りに戻ることになるので、そのまま引っ張っていくことにした。

仙台駅から歩いて八分、例によってスマホにお世話になりながら辿《たど》り着いた店には、行列の欠片《かけら》もなく『待ち時間〇分』というありがたすぎる案内板が待っていてくれた。

店に入ったとたん、色とりどりのフルーツタルトが並んだショーケースが目に飛び込んでくる。

どれも美味しそうで、決めるに決められない。立ったまま悩んでいると、ショーケースの向こうから店員が声をかけてくれた。

「お召し上がりですか？」

「はい……」

「でしたら、お席のほうでゆっくりお選びください」

すぐにフロア係らしき店員が出てきて、窓際の小さなテーブルに案内してくれた。メニューを開いてみると、中にはずらりとタルトやドリンク類が並んでいる。

これではショーケースと変わらない。やっぱりひとつに決めることなんてできそうにない、と困っていると、見かねたように店員が言った。

「おすすめはマンゴーか、桃のタルトです」

「じゃあ桃で！」

マンゴーも嫌いではないが、桃は大好きだ。それに桃というのは生で食べられる季節が限られる果物だ。せっかく桃があるなら、選ばない手はないということで、日和は桃のタルトとコーヒーを注文した。

店内には四組ぐらいの客がいたが、どのテーブルにも既にタルトが届けられている。待ち時間は少なそうだ、と思っていると、本当に二、三分でタルトとコーヒーが運ばれてきた。

キツネ色のタルト生地の上に乳白色の桃の薄切りがたっぷり載っている。美味しそうではあるが、あまりにも地味な姿で、日和は少し離れたテーブルに目をやってしまった。その席の客はオレンジや緑、赤、紫といったカラフルなタルトを口に運んでいる。おそらく季節のフルーツタルト、というやつだろう。

あれにしておけば、いろいろなフルーツを楽しめたのに……と小さなため息をつきつつ、日和はフォークで切り取ったタルトを口に運んだ。

——うわっ!!　ごめん、桃のタルト！　私が悪かった！

思わず、皿の上のタルトに土下座したくなった。それぐらい、タルトの上に載っている白桃が圧倒的な甘さだったのだ。甘いだけではなく、瑞々《みずみず》しさもたっぷりある。これまでに食べた桃の中で一番と言っていい程の味だった。

オレンジもメロンも苺《いちご》もブルーベリーもどうでもいい。とにかく全部が桃でよかった、と思うほど、桃は美味しく、下に敷かれたカスタードクリームとの相性も抜群。しかも口溶けの良さと言ったら、綿飴《わたあめ》あるいはアイスクリームかと思うほどだった。

ゆっくり味わいたいのに、タルトを切り取る手は止まらず、口に入れればあっという間に消えていく。スタンディングオベーションしたくなるほどのタルトを食べ終わるのに、かかった時間は五分足らずだった。

――美味しすぎる！　できればおかわりしたい。でも、さすがに恥ずかしすぎる。そもそも、このタルト、絶対すごいカロリーだ！

ただでさえ、旅行中は美味しいもの三昧《ざんまい》で、帰ってから体重計に乗ると悲鳴を上げてばかりだ。いくら昼ご飯抜きとはいえ、タルトふたつは食べ過ぎだ。日和はあきらめて、深く濃い味のコーヒーをゆっくり飲みほし、ホテルに向かうことにした。

日和が今回予約したホテルは、繁華街の端っこにあった。

建物自体は古くて小さいものの、食事に定評があるらしく、『朝ご飯が抜群だった』という口コミが並んでいる。そこに住むわけではないのだから、多少古くても清潔であればいい。それよりもご飯のほうがずっと大事、という基準で選んだホテルだ。正直、繁華街というのがちょっと恐いなと思っていたが、到着してみると大通りに面していて、特に危険はなさそうだった。

泊まりのひとり旅は二回目、チェックインも経験済みだ。

それに、インターネットで予約してクレジットカードで支払いまで済ませてある。チェックイン時には、せいぜい宿泊カードに名前と電話番号を書くぐらいで、難しいことはなにひとつなかった。

部屋の並び方が迷路のようで少々苦労したものの、なんとか部屋に辿り着き、洗面所や冷蔵庫の具合を確認、夕食まで一休みすることにした。


――うわっ、もう七時半じゃん！

日和は、枕元についていたデジタル時計を見てぎょっとした。

部屋は予想外に狭く、ベッドの他にいる場所がなかった。やむなくころりと横になったとたん眠りに落ち、次に気付いたときには、辺りはすっかり暗くなっていたのだ。

極端な空腹ではないが、このまま朝を迎えるのも厳しい。なにより他にすることがない。せっかくの旅行だから美味しいものを食べたかった。

――さて、お昼寝で体力もばっちり回復。何を食べに行こうかな……

日和はベッドに寝転んだまま、小さなポシェットに手を伸ばす。

狭い部屋は息苦しいけれど、なんでも手が届くところにあるのは便利だ、と無理やり評価を上げげつつ、ガイドブックを取りだした。

淡いグリーンの表紙はひとり旅、しかも女性をターゲットにしたガイドブックで、ひとりでも入りやすいお店がたくさん紹介されている。旅行会社が出しているのだから間違いないだろう、と選んだものだったが予想以上に使い勝手がいい。

和食、イタリアン、中国料理……様々な店が紹介されていたが、日和のお目当ては牛タンだった。

仙台と言えば牛タンと言われるぐらいで、仙台駅には『牛たん通り』と呼ばれる専門店街があるし、土産物屋にも冷凍の持ち帰り用牛タンがずらりと並んでいる。

東京への出店も多く、ガイドブックに載っているいくつかは、日和も食べたことがある店だ。どの店も、スーパーで買う薄っぺらな牛タンとは段違い、肉厚かつ濃厚な味わいで、是非とも現地で食べてみたいと思わずにいられなかった。

——東京にあるお店はパスだな。どうせなら、ここでしか食べられない味を試したい。でも、ものすごく美味しかったとしても、東京にないお店じゃ二度と食べられないかもしれない。うーん迷う……

そこまで考えて、日和は頭をぶん、と振った。

——そんなことを言ってたら、ご当地ものなんてなんにも食べられなくなるじゃん！
なんのために旅行してるのよ！　ここは東京にはない店、一択でしょ！

旅の目的は、そこでなければできない経験をすることだ。

まだ入ったことがなくても、東京にあるなら味わう機会はある。初志貫徹、ここにしかない店と決め、知っている店を片っ端から排除していく。立地も考えて検討した結果、日和はホテルから徒歩数分の店に行くことにした。

ところが、いざ着いてみると店の前に行列ができている。しかもグループが何組かいて、日和が席に着けるまでにかなりかかりそうだった。さすがは地元の人気店……とため息が出たが、時刻は既に八時を過ぎている。あまり遅い時刻の食事は避けたかったため、やむなく日和は第二候補の店に向かった。

店の前に行列はなかった。間口も狭いし、グループで入れるような大きな店ではないのかもしれない。そっと扉を開けて覗《のぞ》いてみると、やはりカウンターと小上がりにテーブルがふたつあるだけの小さい店だった。

「いらっしゃいませ。カウンターへどうぞ」

言葉のあとに感嘆符がつくほど元気でもなければ、愛想良くもない。それでも不思議と不快には思えない声で迎えられ、日和はカウンター席に座った。

L字形のカウンターは八人掛け、ふたつあった空席の左側に案内され、すぐにおしぼりが出される。目の前には炭火コンロがあり、焼き網の上には五枚ほどの牛タンが載っていた。

――うわあ……美味しそう。厚みもたっぷりだ……それに……

そこで日和は、ちらりと隣の客に目を走らせた。テールスープと思《おぼ》しき器にたっぷり葱《ねぎ》が浮かんでいる。その圧倒的な量に生唾《なまつば》を呑みそうになる。口コミによると、牛タンからテールスープの葱に至るまで噛《か》み応《ごた》えたっぷりとのこと。昨今、柔らかいことが肉の美味しさの第一条件のように言われることが多いが、日和は噛み応えのある肉は嫌いではない。噛んでいるうちにしみ出してくる旨《うま》みが堪《こた》えられないと思う。野菜も然《しか》り、それが、日和がこの店を第二候補にした理由だった。

目の前に置いてあった品書きから、牛タン四枚の定食を選んで注文した。

店に入るまではビールぐらい呑んでもいいかなと思っていたが、網の上で焼かれている牛タンを見たとたん、ご飯と一緒に搔《か》き込むことしか考えられなくなってしまった。

日和の分らしき牛タンが四枚、焼き網に載せられた。

牛タン、ご飯、テールスープ、合間に白菜の漬け物。頭の中でその四品がぐるぐる回る。あーもう我慢できなーい！　となったところで、ご飯と牛タンが載った皿が出された。

すぐに女将《おかみ》さんらしき人がカウンターの向こうからテールスープの器を渡してくれる。

いただきます、と手を合わせたのはほんの一瞬。いつもならもう少し長く手を合わせるが、挨拶《あいさつ》すらすっ飛ばしたくなるほど牛タンの焼け具合が見事だった。

――塩加減が絶妙！　ふんわり炭の香りがついてるし、このしっかりした食感ときたら！　スープの葱と白菜のお漬け物はしゃりしゃり。あ、そうだ……七味を振ってみよう。

牛タンに七味を振る食べ方は、父が教えてくれた。そのままでも十分美味しいのだが、ぴりっとした七味の刺激は、牛タンの味をさらに引き立てる。父曰く、最初に鰻《うなぎ》の蒲焼《かばや》きに山椒《さんしょう》をかけた人と、牛タンに七味をかけた人は、国民栄誉賞に値する、とのことだった。

——お腹はいっぱい。頼まれていたウイスキーもちゃんと買えたし、憧れだったタルトも牛タンも堪能《たんのう》できた。三回目のひとり旅は極めて順調、仙台に来て本当によかった！

人波に紛れて繁華街を歩きながら、日和は大いに満足していた。

美味しいものを堪能してゆっくり眠ったおかげで、朝の目覚めは快適だった。

えいやっとベッドを出て、日和は浴室に向かう。昨夜《ゆうべ》もシャワーは浴びたが、朝のシャワーは旅のご褒美みたいなものだ。

熱くて水量もたっぷりのシャワーを浴びながら、日和は思う。

——朝、シャワーを浴びると眠くなることがあって、我慢するのが大変……とはいっても、実際は、いつも誰かに叱られないかってびくびくしてて、眠気なんてどこかに吹っ飛んでるんだけどね。眠くならないのはありがたいけど、もうちょっとゆったり仕事ができるといいのになあ……

厳密に言えば、『誰かに叱られないか』というのは間違っている。

理不尽に日和を叱るのはたったひとりだけで、問題はそのひとりがいつもすぐそばにいるということだ。周りに言わせれば、あれは叱るではなく怒るらしいが、いずれにしても気持ちのいいことではない。とにかくそういう羽目に陥らないように、終始びくびくしているのだ。

――あれ……でも……？

そこで日和は、ここ最近の自分を思い出して首を傾げた。

そういえば、近頃あまり小言をもらっていない。直属上司の仙川が異動になったわけではないし、日和の仕事ぶりが急激に向上したとは思えない。それなのに、嫌みを言われた記憶がないのだ。大きな失敗もなかったから、月に一度や二度は必ずあった『会議室説教』も、七月に佐原旅行を決めたときが最後だった。

ひとり旅を始めたことで、なにかが変わり始めているのかもしれない。なにより予定外のことが起こっても、なんとか対処できたという自信が、こいつは何を言われても反論ひとつできない、というイメージを薄め、仙川の八つ当たりから逃れさせてくれている可能性もある。あるいは、今までだったら嫌みと感じていたことを、気にせずにいられるようになった。スルー力がついたのかもしれない。

だとしたら本当に嬉《うれ》しい。これからも仕事を頑張ることはもちろん、プライベートな旅が自分を高めてくれるなら、こんなにいいことはない。これからもっともっといろいろなところに出かけよう。

ひとり旅の効果に期待を高めつつ、日和はシャワーの湯を止めた。

——さすが朝ご飯が評判のホテル！

朝食会場となっているレストランに行ってみた日和は、軽い感動を覚えていた。

おひとり様の旅行では、店に入っても複数の料理が頼めなくて悔しい思いをすることが多い。その点、ホテルの朝食ビュッフェは少しずつ食べることができる。その上、その土地ならではの料理を中心に出してくれるので、気になる郷土料理を片っ端から試せるのだ。

料理でいっぱいになったトレイを見ながら、日和は麗佳の言葉を思い出していた。

『梶倉さん、ホテルに泊まるなら、絶対に朝ご飯の評判がいいところにしなさい。できればビュッフェスタイルがおすすめよ』

多少高くても、しっかりとした朝食を出すホテルを選べ、と麗佳は言った。

朝食サービスと書いてあるホテルのほとんどは、トーストとコーヒー、茹《ゆ》で卵ぐらいしか出さない。

無料で出してくれるのはありがたいけれど、一泊二日の短い旅では食事の回数は限られる。その貴重な一回を、トーストとコーヒーで済ませるなんて愚の骨頂だ、と息巻いたのだ。

その時点で、実は日和は少々疑問だった。

朝ご飯を手っ取り早く済ませれば、時間に余裕ができる。あるいは、近くの店に食べに出るという選択肢もあるではないか。ホテルの朝食は割高になることが多いし、そんなところにお金をかけなくても……と思ったのだ。

だが、実際に料理を目にすると、そんな考えは霧散した。美味しそうな郷土料理満載のトレイと、トーストとコーヒーだけが載ったトレイ。どちらが旅のテンションを上げてくれるかなんて、比べるまでもなかった。

ご飯とお味噌汁《みそしる》で和風のおかずを堪能したあと、小さなクロワッサンとウインナー、オムレツ、フルーツまで食べた。

特にオムレツは『シェフの手作り』と謳《うた》われる看板メニューだったため、どうしても食べてみたかったのだが、レストランに入ったときはシェフの姿が見えなかった。ところが、和食を一通り食べ終わってふと見ると、オムレツコーナーでシェフがフライパンを振っていた。これは食べるしかない、ということで、日和は列に並び、オムレツをゲットしたのだ。

オムレツはとろとろのふわふわ、ケチャップの塩加減が抜群だったし、チーズソースも絶妙だった。

どちらをかけるか迷っていた日和に、両方どうぞ、そのほうが美味しいですから、とすすめてくれたシェフに大感謝だった。

朝食を終え、ホテルをチェックアウトした日和は、ご機嫌で仙台駅に向かった。

帰りの新幹線は午後六時半過ぎにもかかわらず駅に行ったのは、荷物を預けたかったからだ。

観光地のコインロッカーはいっぱいになりやすい。キャリーバッグが入るような大型コインロッカーは数が少ないかもしれないし、預けることができずに、一日中荷物を持って移動するのは嫌すぎる。

ホテルのチェックアウトはたいてい十時、最近では十一時のところも増えてきた。先手必勝ということで、日和は九時にホテルを出たのだ。

仙台駅に着いてみると、最初に見つけたコインロッカースペースは半分ぐらい埋まっていた。特に大型コインロッカーは八割以上が利用中を知らせる赤ランプが灯《とも》っている。それでもなんとか奥の方に空きを見つけ、日和は無事キャリーバッグを預けることができた。

チェックアウトタイムぎりぎりまでのんびりしていたら、ロッカー難民になるところだった。早めに出てきて大正解、と気分を良くし、日和はバスステーションに向かう。仙台市内を巡る『るーぷる仙台』というバスに乗るためだった。

面白いのは、このバスは一方通行で、いったん通り過ぎたらたとえ隣の停留所であってももう一度ぐるっと回ってこなければならないことだ。

――まずは乗車券。一回乗るたびに二百六十円、一日乗車券だと六百二十円か。何ヶ所か見たいところがあるし、乗ったり降りたりになるなら一日券のほうが絶対お得だよね！

迷うことなく一日乗車券を購入した日和は、一緒にもらったパンフレットを開き、降りる予定の停留所をオレンジ色の蛍光ペンで大きく囲う。こうしておけば、乗り過ごす確率も少しは下がるだろう。ちなみにこのオレンジ色の蛍光ペンは、『ガイドブックやパンフレットを見て、気になったところにはどんどんチェックを入れなさい』と麗佳がくれたものだ。

特にパンフレットについては、現地に行かなければ手に入らないものが多い。その場でマーキングするために、是非一本持っていくべきだ、と言うのだ。

旅行に行くときの筆記用具はせいぜいボールペンぐらい、どうかするとそれすら持たずに行くことが多かった日和は、蛍光ペンを持っていくという発想がまったくなかった。だが、実際に使ってみるととても便利で、筆記用具ひとつにしても『達人』は違うなあ……と感心させられた。

『るーぷる仙台』と書かれたバス停で待っていると、三分ぐらいでバスがやってきた。乗車券を買ったときに、本日の運行間隔は十五分です、と説明を受けたが、タイミングが良かったらしい。一般的なバスよりかなり小さいが、レトロなデザインがなんともかわいらしい。

これは乗るよりも見たほうが楽しいバスだな、と思いつつ乗り込むと、一番前の座席に小さな男の子が座っている。観光客には見えないから、地元の子どもなのだろう。バスが走り出すと歓声を上げ、隣に立っているお母さんらしき女性に嬉しそうに話しかける。運転席のすぐ近くだったため、運転手さんも時折声をかけていて、なんとも微笑ましい光景だった。

日和がバスを降りたのは、男の子とお母さんが降りていったふたつ先、瑞鳳殿《ずいほうでん》前の停留所だった。

仙台の藩祖である伊達政宗が眠る霊屋で、仙台観光において外せない観光スポットである。

とは言っても、日和は歴史にも建造物にも興味がない。ここを訪れたのは、瑞鳳殿がパワースポットとしても有名だからだ。

パワースポットなんて馬鹿馬鹿しいと考える人は多いかもしれないが、鰯《いわし》の頭も信心からという言葉もある。実際に、パワースポットに行ったあとは気分も爽快だし、なんとなく良いことが起こっているような気がする。日和自身が納得し、いい方向にいけるのであればそれでいいのだ。

ということで、ご機嫌でバスを降りた日和は、バス通りから小道へ逸《そ》れ、行く手を確かめた瞬間、絶望的な気分になった。『急斜面』という言葉がこれほど相応《ふさわ》しい場所はない、というほどの階段が、遥《はる》か上の方まで続いていたのだ。

——この階段、どこまであるの⁉　徒歩で上がるってことは、帰りもこの足で下りてくるってことよね？　勘弁してー！

即座に踵《きびす》を返したくなった。だが、一緒にバスを降りた人は皆、平然と階段を上がっていく。中には、日和の両親どころか祖父母に近いような年齢の人もいる。ここであきらめるのは、さすがに二十代として情けなさ過ぎるし、この階段の先は仙台屈指のパワースポットだ。きっと帰りは、元気いっぱいで下りてこられるに違いない。そもそも次のバスが来るまでここでぼけーっと待っているのは虚《むな》しすぎる。

覚悟を決め、日和は延々と続く階段を上り始めた。

途中で足の筋肉がこわばり始め、日頃の運動不足を痛感させられることにはなったが、なんとかガイドブックやインターネットでお馴染《なじ》みの緻密《ちみつ》な彫刻が施された門の前に到着した。

――赤いなあ……。神社やお寺に赤が使われがちなのは、赤が魔除《まよ》けの色だからって聞いたことがあるけど、伊達政宗ならそんなの関係ないぐらい強そうなんだけど……

案外普通の人だったのね、などと失礼な感想を抱きかけて、はっと気付く。これはいわば伊達政宗のお墓なのだから、建てられたのは彼が亡くなったあとだ。本人の意思は関係ない。むしろ、伊達政宗が強そうであればあるほど、化けて出たりしないように魔除けや魔封じとしての『赤』が必要だったのではないか。

いずれにしても、『伊達者』の由来とされる伊達政宗の霊屋に華やかな赤や金色が多用されるのは、イメージを守るという意味でも間違っていない気がした。

再び『るーぷる仙台』に乗り込んだ日和は、次の停留所で降りるかどうか迷っていた。次の停留所にある国際センターにはフィギュアスケートのモニュメントが設置されているらしく、スケートに興味を持つ観光客がたくさん訪れているそうだ。

日和も一般的日本人並みの興味はあるが、いかんせん今は足が辛い。もうちょっとだけ座っていたい、という気持ちから、ここはパスすることに決めた。

停留所をひとつパスしたものの、次の目的地にしていた仙台城跡まではわずか七分。大して差はなかったかな、と思いながら日和はバスを降りた。

青葉城の別名を持つ仙台城は、確か山城だったはずだ。ここでもものすごい上り坂だったらどうしよう、と心配になったが、意外になだらかな坂が続き、瑞鳳殿ほどの負担は感じずに広場に着くことができた。

——うわー、さすがにかっこいい。こういう人が地元出身だったら自慢できるよねえ……

実際の伊達政宗がどういうルックスだったかは知らないし、銅像は遥か頭上で表情もはっきりとはわからない。それでも『伊達者』の名にふさわしい出《い》で立ちだと思えた。ただ、そう思う理由のひとつには母による刷り込みがあるのかもしれない。なにせ、日和の母は大の歴史ドラマ好きで、日和が生まれる前に放映されたドラマで伊達政宗役を務めた俳優の大ファンでもあった。幼いころから録画されたドラマを繰り返し見せられたせいで、その俳優イコール伊達政宗になってしまっている可能性が高い。確かに、風貌《ふうぼう》のみならず、人として尊敬できる生き方をしていて、彼こそが現代の伊達政宗だと主張する母をファンの贔屓目《ひいきめ》と切り捨てることはできなかった。

旧仙台藩主の勇姿に目を留めたのは数分、次のバスはまだ来ない。やむなく資料館に入り、跡形もなくなった仙台城についての見聞を微《かす》かに深めたあと、日和は三度《みたび》『るーぷる仙台』に乗り込んだ。

次なる目的地は大崎八幡宮《おおさきはちまんぐう》、安土桃山《あづちももやま》時代の遺構として日本で唯一国宝に指定されている神社だった。

さぞやたくさんの人が降りるだろうと思っていたのに、大崎八幡宮前で降りたのは日和の他に数人、しかもそのうちの何人かは社に続く石段を上ることなく、どこかに去って行った。おそらく彼らは先ほどの親子同様この町の住民で、移動手段として利用しただけなのだろう。

石段は延々と続いている。両親に連れられてあちこちの神社仏閣を訪れたが、霊験あらたかな神社はかなりの確率で山の頂や中腹にあり、石段を上らねば辿り着けない。そんな日和の経験をもってしても、先ほど訪れた瑞鳳殿とこの大崎八幡宮の石段は難物だった。

——うーん……さすが仙台。お城も山なら、神社はもっと山だわ……

我ながら意味不明、と思うような感想を抱きつつ、一歩一歩石段を上がる。下りてくる人の半分ぐらいは手すりに縋《すが》っていた。足腰の強さとは関係なく、なにかに摑《つか》まらなければ恐いと感じさせる勾配《こうばい》だった。

結局、自分の旅はひとりになるための旅、あるいは美味しいものを食べるためだけの旅なのかもしれない。その土地の歴史を学んだり、芸術に触れたりして感銘を受けることは少なく、足跡を残すことだけが目的になっている。各観光スポットの滞在時間の短さがそれを物語っていた。

昨日の宮城峡の蒸溜所はずいぶん勉強になったし、来てよかったと思ったけれど、よく考えればあれだって、希少なウイスキーについて学べたからこそかもしれない。純然たる歴史、しかも食にまつわるものでなかったら、あんなに素晴らしいと感じただろうか。

神社仏閣にしても、訪問先として選ぶ基準は、そこがパワースポットかどうかにかかっているのだ。

それを思うとかなり虚しさが増すが、グルメ旅という言葉があるぐらいだし、パワースポットめぐりだって誰に迷惑をかけるわけじゃない。好きなように行動するためのひとり旅だし、日常からの解放という意味では、どんな旅だってありだった。

腕時計を確かめつつ、日和はため息をついた。お昼時を過ぎても、一向に空腹を感じない。せっかく市場にやってきたというのに、揚げたてのコロッケにも、名物と言われる朝市ラーメンにも食指が動かないのだ。

美味しいものをいくらでも食べられる胃が欲しい。それよりもっと欲しいのは、いくら食べても太らない身体だが、いずれも無理難題だろう。

こんなに美味しいものがたくさん並んでいるのに、なにも食べたくないなんて、悲劇としか言いようがない。何周かしたらお腹も空くのではないかと思ったけれど、市場は意外と小さく、端から端まで歩いてもものの数分。三往復ぐらいしてみたが、結局お腹は空かず、日和はあきらめて家族へのお土産を買うことにした。

実を言うと、生ものを買うつもりはなかったのだが、並んでいるものがあまりにもお値打ちすぎて、買わずにいられなくなってしまったのだ。

一般客が入れる朝市や市場の中には、観光客目当ての価格設定になっているところも多いらしい。だが、この朝市は本当にその辺りのスーパーと変わらない、それどころかスーパーよりずっと安いのだ。

出世魚の名前はよくわからないが、鰤《ぶり》のうんと小さい感じの魚が二尾で三百円とか、鯵《あじ》も山盛りで五百円だ。野菜にしても大根が一本で百円、ほうれん草も大きな束が百円、みずみずしい青ブドウは一盛り三百円……母ならきっとここに住むと大騒ぎするに違いない。

――仙台のお土産は牛タンとスイーツ、あとは笹かまぼこぐらいにしようと思ってたけど、そういうのって案外都内でも手に入るんだよね。いっそ大きな鮭を一匹ってどうだろう。お母さんはびっくりするだろうけど、鮭なら冷凍もできるし、喜んでくれそう……

塩を振って焼く、小麦粉をまぶしてバターでムニエル、タルタルソースを添えてフライ。ホイル焼きにも打ってつけだし、うんと寒くなればお鍋《なべ》にだって入れられる。母は料理好きだから、アラさえ捨てずにお味噌汁にしてくれるはずだ。なにより、梶倉家は外で暮らしている兄まで含めて全員が大の鮭好きなのだ。母のみならず、みんなが楽しんでくれるだろう。

かくして、さらにもう一往復して丸々と太った美味しそうな鮭を見つけた日和は、店頭にいたお兄さんに声をかけた。

『声をかけた』と言えば、家族は『おお、あの「人見知り女王」の日和にそんなことが……』と感動されそうだが、自発的な行動ではない。威勢良く魚を売りさばく店主らしき男性に気後れして立ちすくんでいたところ、偶然こっちを見た若い男性店員と目が合った。面立ちがよく似ていたからきっと親子だろう。その彼に間近まで来られ、ようやく日和はお目当ての鮭を指さし『この鮭をください』と言えたのだ。『声をかけた』というのは、かなりの誇大表現だが、とにかくお兄さんは『はーい！』と元気よく返事をし、さくさくと発送手続きをしてくれた。

支払いと引き替えに発送伝票の控えを受け取った日和は、店を離れながら少々戸惑っていた。

日和はどちらかというと、お土産は『極力持って帰りたい派』だ。だが、さすがに丸ごとの鮭を持ち帰るわけにはいかない。あきらめて発送手配をしてもらったが、そうなったらなったで、手の中の空っぽ感が半端ないのだ。

蒸溜所で限定販売のウイスキー、さらに丸ごとの鮭という大物を買い込んだというのに、もうひとつぐらい手で持って帰れるものを……なんて考えてしまうのだから、もはや『帰宅するなりお土産を披露したい症候群』だった。

とはいえ、市場にあるのはおおむね生鮮食料品だ。魚介類は言うまでもなく、果物や野菜だって重さを考えれば宅配便任せになってしまう。朝市はこれまでとして、日和は持って帰れるお土産を探すために、駅に戻ることにした。

仙台朝市から仙台駅は徒歩五分の距離だった。

母があの鮭をどのように料理してくれるかを楽しみに想像しつつ駅に着いたのが午後一時半。それから何種類もある笹かまぼこや牛タンの中から、家族の口に合いそうなものを四苦八苦して選び、仙台土産の定番と言える『萩《はぎ》の月』や、『ずんだ餅《もち》』も追加した。他にも美味しそうなものはたくさんあったけれど、これ以上はキャリーバッグに入らないだろう。

お土産選びはこれで終了、となったのが午後二時を少し過ぎたころ、そこで日和は、ようやく空腹感を覚えた。新幹線は六時半発なので、帰宅するのは九時頃だろう。中途半端な時刻ではあるが、帰宅するまでなにも食べないというのは辛い、ということで、日和は食事を取ることにした。

——牛タンはもう食べたし、お土産にも買った。仙台は冷やし中華の発祥の地だって聞いたけど、今はちょっと気分じゃないなあ。インターネットでセリと鴨のお鍋の美味しい店が紹介されてたから、あれはちょっと食べてみたい。でも確か居酒屋さんだったから夜しかやっていないかも……って、そもそもひとりで鍋料理は食べきれないか。あとは、はらこ飯とかが有名だけど、それは家に帰ったらお母さんが作ってくれそう。ってことで、ここはやっぱり……お寿司《すし》！

ついさっき、新鮮な魚をたくさん見たせいか、日和の頭はお寿司、しかもにぎり寿司でいっぱいになっていた。佐原で食べたお寿司も絶品だったが、なんと言ってもここは仙台、三陸の美味しい魚の宝庫なのだ。あのランチに負けず劣らず美味しいお寿司が食べられるに違いない。

そうと決まったらお店選びだ。いつもならすぐさまガイドブックかスマホを取り出すところだが、今回はその必要はない。なにせキャリーバッグを預けに行ったときに、寿司屋ばかりが何軒も並ぶ『すし通り』を見つけてある。お昼時はとっくに過ぎているから、今ならどの店でも待たずに入れるだろう。

どの店で食べよう。どうせならカウンターで好きなものを握ってもらいたい。でもそれは『人見知り女王』にはハードルが高すぎる気がする。やはりテーブル席があって、一人前のにぎりに茶碗蒸《ちゃわん》しかお吸い物がついたセットがいいかもしれない。お酒も少し注文してしまおうか。

土産物屋がずらりと並んだスペースから、レストラン街に向かいながら、日和は寿司と日本酒の組み合わせを思い浮かべてうきうきしていた。ところが、『すし通り』に着いた日和は、いつの間にか立ち食い寿司の店に入り、気付いたときにはカウンターの前に立っていた。しかも、お飲み物は？　という問いに、あっさり『お茶で』と答えてしまった。

――ちょっと日和、なにやってるのよ！　落ち着いてゆっくりお寿司を食べるんじゃなかったの？　それにお酒も少し呑んでみようって！

いやもうごめんなさい、としか言いようがなかった。

正直に言えば、数軒並んでいる店を端から覗いてみたが、昼時を外していたせいか、どこもかなり空いていた。しかも、どの店もカウンターは無人、寿司職人が人待ち顔でこちらを見てくる。

日和はおひとり様だし、きっと入るなりカウンターに案内されて、あの職人と対峙《たいじ》することになってしまう。テーブルでお願いします、と言えばいいだけの話だが、それが言えれば苦労はない。値段だってそれなりに高そうだ。そう思ったら、とてもじゃないが暖簾《のれん》をくぐることができなかった。

今、日和がいる店は、立ち食い専門でテーブル席はない。外に書いてあった値段も回転寿司と大差ないぐらいだし、半分ぐらい席が埋まっている。どうせカウンターを免れないなら、いっそこんな店のほうが気楽だ。寿司はそもそも立ち食いから始まったと聞いたし、元祖スタイルを経験する絶好の機会だ――というのが、日和が後付けした理由だった。

あちらへどうぞ、と案内係の女性に言われ、店の奥に進む。一番奥からふたつ目に空きスペースがあり、割り箸《ばし》と伏せた小皿が置いてあった。日和はそこに立ち、目の前のガラスケースに並んでいるネタを見た。カウンターの向こうからすかさず、何を握りましょう？　と声がかかる。

――こういうときって、何から注文するとかあるのかな……。白身とか味が淡泊なネタからと聞いた気もするけど、好きなものを好きなように食べろって書いてある本もあった。いいや！　旅の恥は掻き捨てって言うし、食べたいものから食べちゃおう！

そして日和は、思い切って注文をした。

「イカとカンパチをお願いします」

「イカは真イカとアオリがありますが」

「え？」

慌ててガラスケースを見ると、そこには『真イカ』という文字がある。九十五円という嬉しい数字に安心し、日和は改めて注文した。

「真イカで」

「へい。真イカ一丁、カンパチ一丁！」

職人は、答えながら伝票にチェックを入れている。なるほど明朗会計だ、とさらに安心しながら湯飲みに口をつける。熱くて深い味わいの日本茶だった。

カウンターの向こうには四人ほどの寿司職人がいて、ひとりあたり三人ぐらいを担当しているようだ。左隣は日和の父親と同じぐらい、右は兄ぐらいの年齢の男性で、いずれもどんどん注文している。

それでも、ふたりの分を握る合間合間に、注文を問うようにこちらを見てくれたため、日和もなんとか欲しいものを頼むことができた。

カウンターで食べられたなんてすごい、という喜びが湧く。だが、なにより握りたての寿司の旨さが感動的だった。

――イカってこんなに甘かったっけ？　それにこのカンパチ……鰤より脂が少なそうだからどうかなと思ったけど、嚙み応えがしっかりして酢飯とすごく合う！　お刺身なら甲乙つけがたいけど、お寿司にするならカンパチのほうが好きかも。あ……シマアジもあるんだ。じゃあ次はシマアジとマグロにしようかな。

そんな調子で次々注文、あっという間に十貫ほど平らげたところで、ふと振り返った日和は店の外に行列ができていることに気付いた。

時刻はもうすぐ三時になるところ、昼食でも夕食でもない時間帯だが、駅の飲食店にはそんなことは関係ないらしい。日和は、食事時を外せば空いているだろうと考えてやってきたけれど、実際は乗る電車に合わせて食事を取る人が多く、空いていたのはたまたまだったようだ。

お腹もいっぱいになったし、いつまでも席を塞《ふさ》ぐのは迷惑だ。立ち食いの店だから、さっと食べてさっと帰るのが恰好《かっこう》いいに違いない。

ひとり旅は三回目とはいっても、まだまだ初心者に毛が生えたようなものだ。それでも、いつかは麗佳のような旅の達人になりたいという志だけはある。たとえ一段ずつ、しかもものすごく低い階段であっても機会があれば上りたい。状況に相応しい行動を取れるというのは、大事な一段だろう。

そして日和は、ご馳走《ちそう》様という言葉と引き替えに伝票を受け取り、レジに向かう。支払いは本当に回転寿司と大差なく、このクオリティで……と申し訳なくなるとともに、この店の行列がどこよりも長い理由が頷けた。

立ち食い寿司を堪能した日和は、お土産でいっぱいになったキャリーバッグを引っ張って、改札前の広場に戻った。

――予約した時間にはまだなってない。でも、発券していないってことは、新幹線の時間を変えられるってことだよね？　帰りの切符を発券しなかったのは、加賀さんが『何があるかわからないから、ぎりぎりまで発券しないほうがいい』って教えてくれたからだった！

どこにいても予約ができて、ぎりぎりまで変更可能。それがネット予約の最大の利点だ。ただし、その利点には『発券しない限り』という条件がつく。いったん発券してしまったら、あとは普通の乗車券や指定券と同じで変更には制限がつくし、窓口での手続きが必要になる。だから、行きはともかく、帰りの指定券についてはいざ帰るとなるまで発券しないほうがいい。旅というのはアクシデントに見舞われがちで、予定の電車に間に合わなくなるというのはよくあることだ。アクシデントとは無縁だったとしても、ものすごく楽しくて一本遅らせたいと思うかもしれない、というのが麗佳の教えだった。

遅らせたい、ではなくて、早めたいというのは珍しいのかもしれない。だがもう見たいものは見たし、食べたいもの、買いたいものも全部クリアした。

ありがたい麗佳の教えに従って、日和はスマホを操作し、新幹線を六時半から四時半に変更する。

――ぱっと行って、好きなものだけつまんでさっと帰る。私の旅は立ち食い寿司に似ているのかもしれない。だからこそ、私はひとり旅が好きなんだ。もしかしたら加賀さんも同じかも……

彼女がどんなふうに旅をしているのかを詳しく訊《き》いたことはない。だが、なんとなく同じ匂いを感じる。麗佳があれこれと世話を焼いてくれるのも、そのせいかもしれない。好き勝手に旅をしたい人間同士が、一緒に旅に出たらどうなるのだろう。ひとり旅好きは『女子旅』を楽しむことができるのだろうか。もしかしたら、ものすごく楽しいのかもしれない。

そんな思いが頭をもたげたが、確かめる機会はきっと来ない。彼女は彼女、自分は自分、それぞれの旅を楽しむほうがいいのだ、と自分に言い聞かせ、日和はホームに新幹線が入ってくるのを待っていた。

第四話　金沢

――海鮮丼とハントンライス

北陸では、すっきり晴れる日が少ないことは知っていた。

とりわけ冬は、青空はほとんど望めず、どんよりと曇った空から雪がちらつく……ということもちゃんとわかっていた。けれど、さすがに十月、秋の行楽シーズン真っ盛りなら心地よい天候になるのではないかと期待していたのである。

ところが、東京から北陸新幹線で金沢《かなざわ》に到着した日和を迎えたのは、今にも泣き出しそうな曇り空だった。駅前の大きな鼓形の門を見上げながら、日和はため息をつく。

——あーあ……せっかく北陸の美味《おい》しい魚介類を堪能《たんのう》しようと思ったのに……

天気が悪いすなわち、海も荒れている。ということは魚の水揚げ量も減っているのではないか、と日和は危惧《きぐ》する。

そもそも金沢に旅行しようと思ったのは、先日、家族で行った和食屋で出された鰤《ぶり》があまりにも美味しかったからだ。聞けば、氷見《ひみ》の鰤だという。歯触りはしっかり、脂もたっぷり、それでいてしつこくない味わいで、スーパーで売られている鰤の刺身とは段違いだった。もちろん、値段は相応で、日和が食べられたのはほんの数切れ、もっと食べたいという欲だけが残った。

この美味しい鰤を堪能したい。産地に行けば少しはお値打ちだろうから、たくさん食べられるかもしれない。そんな単純な動機から、日和は四回目のひとり旅の行き先を金沢に決めた。

鰤が食べたいなら富山に行けばいいのに、と母には言われたが、小京都と名高い金沢を一目見てみたいという気持ちが強かったのだ。

それなのに、到着したとたんこの泣き出しそうな空。あんまりじゃないの、という気分だった。

事前に調べたところによると、金沢は町そのものがそう大きくなく、時間に余裕があれば歩いて観光することも可能だという。だが、明らかに天候の悪化が予想される現状では、徒歩散策はパスしたい。ということで、日和は今回もバスのフリー乗車券を買うことにした。

鼓門を抜けたところにある案内所で、一日フリー乗車券を購入。茶色地に金文字が浮き出るデザインのフリー乗車券は、いかにも小京都といった感じで、使用後持ち帰れば、素敵《すてき》な旅の思い出になることだろう。

乗車券と一緒に時刻表兼ルートマップを受け取った日和は、まずはホテルに行くバスを探した。

時刻はお昼の十二時を過ぎたばかりでチェックインはできないけれど、ホテルの案内にチェックイン前でも荷物を預かってくれると書いてあった。昼ご飯も観光も荷物を持ったままでは面倒この上ない。ホテルに荷物を預けに行ってから食事にすれば、昼時の混雑も終わって一石二鳥だろう。

今回のホテルは金沢の台所と言われる近江町《おうみちょう》市場の近くだ。訪れる観光客も多いため、そこに向かうバスもたくさんあり、日和は難無くホテル近くの停留所に辿《たど》り着くことができた。

フロントで荷物を預け、やれやれと外に出る。

家を出たのが午前七時半、朝ご飯を食べたのは六時半頃だからお腹はぺこぺこだ。何はともあれ昼ご飯ということで、日和は近江町市場に向かった。

――うわあ……すごい！

バス通りから市場に入ったとたん、いかにも『市場』という雰囲気になる。

狭い通りの両側に、海産物や野菜、総菜の類《たぐ》いを売る店が並び、今回のお目当てだった鰤もあちこちでごろんと横になっていた。

ところどころにある飲食店はどこも行列ができている。時計を見るとまだ十二時半にもなっておらず、昼時の混雑を避ける作戦は見事に失敗だった。おそらく思った以上に、駅とホテルの距離が近かった上にバスを使ったのが敗因だろう。

まだ雨は降り出していない。こんなことなら歩いてくればよかった、と後悔しながらも、日和は市場の喧噪《けんそう》に紛れ込む。市場を見て歩くのは大好きだし、店頭で牡蠣《かき》やウニも食べられるらしい。いっそ食べ歩きで昼ご飯を終わらせてもいいし、空いている店があれば入ってもいい。目当ての店はあるにはあるが、強いこだわりはない。こんなに新鮮で美味しそうなものばかり並んでいる市場にあるのだから、どの店だってきっと美味しいに違いない。

そんな考えで歩き出した日和だったが、数メートルも行かないうちに足を止めた。いきなりガイドブックで目星をつけてきた店に遭遇してしまったからだ。しかも、ちょうど待っていた七人ぐらいの客がまとめて店内に入っていく。どうやらひとつのグループだったらしく、彼らが案内されたあと、待っている客はひとりもいない状態だった。

グループ客の案内を終えた店員が、そこに立っていた日和に声をかけてくる。

「カウンター席なら、すぐにご案内できますよ」

「あ、じゃあ……」

元々入りたかった店だから、断る理由はない。むしろ、すぐに入れてラッキーと大喜びで店員に続く。店内のテーブルは満席、カウンターも飛び石状態で二席が残るのみで、日和はその片方に案内された。

すぐに水とおしぼり、そしてメニューが運ばれてきた。注文する料理は決めていたが、なにせ情報がガイドブックによるもので、今もちゃんと提供されているかどうかわからない。分厚いメニューを開き、目的の料理が載っていることを確認した日和は、ほっとしてメニューを閉じた。

すかさず、店員が近寄ってくる。

「お決まりですか？」

「はい。ミニ海鮮丼とおでんを……」

「おでんは盛り合わせでよろしいでしょうか？」

「いえ……バイ貝と車麩《くるまふ》をお願いします」

「はーい。ミニ海鮮丼一丁、おでん、バイ貝と車麩！」

カウンターの中の板前に元気よく告げると、店員はメニューを下げていった。

近江町市場に来たからには海産物、特に鰤を食べるのは大前提にしても、海鮮丼か寿《す》司《し》かというのは迷うところだ。回転寿司という手もあるが、どうせなら『金沢おでん』も味わいたい。そこで日和は、海鮮丼とおでんが両方楽しめるこの店を選んだ。ご飯は少量ながらもたっぷり具がのった海鮮丼があること、そしてこの店がおでんの老舗《しにせ》であることが決め手だった。

まず運ばれてきたのはおでんだった。

大きめの中深皿に、たっぷりの出汁《だし》と車麩、そして巻き貝が盛り付けられている。バイ貝は北陸の名産らしいので注文してみたが、大きさが子どもの拳《こぶし》ぐらいあり、食べきれるか不安になってしまう。

けれど、そんな不安は車麩を口に入れた瞬間に霧散した。

車麩そのものを見たことはあるが、食べたことはなかった。乾いた状態でも、お味噌《みそ》汁《しる》に使う麩よりもずっと大きかったが、出汁を吸ったことでさらに大きくなっている。それをレンゲで削り取り、ふうふう吹いて口に運んだとたん、滲《し》みだした出汁が口中に広がった。

——なにこのお出汁……。色は薄いのに、ものすごく濃厚！　でもしょっぱすぎず、甘すぎず、癖のない麩にぴったり……ああもう、どれだけでも食べられそう！

三口続けて車麩を食べたあと、バイ貝に刺してあった竹串《たけぐし》に手を伸ばす。これを上手に引っ張れば、中身をくるりと取り出せるに違いない。

とはいえ、日和は巻き貝を食べ慣れているわけではないし、そもそもかなり不器用だ。やってみる前から結果は明白で、案の定、大きなバイ貝は途中でぷつん、と切れてしまった。

貝殻の中に残った部分はあとからほじくり出すことにして、何はともあれ食べてみた。

——すごくしっかりした歯ごたえ。でも、嚙《か》んでいるうちに貝特有の旨《うま》みがじわーって……。貝のおでんってちょっとどうかなって思ってたけど、頼んでみてよかった……

ガイドブックやインターネットのあちこちで紹介されるだけのことはある。

日和はものすごく貝が好きというわけではない。サザエの壺《つぼ》焼きなら、途中で切れて貝殻に残った部分はあきらめてきた。これまで、貝についてはそれぐらいの執着しかなかった。だが、このバイ貝は別格、竹串を奥の奥まで突っ込んで全ての身を取り出そうと躍起になってしまう。異論は認めるにしても、『金沢おでんの王様』と呼びたくなる逸品だった。

いじましく貝をつつき回し、なんとか空っぽにしたころ、ミニ海鮮丼が届いた。

こちらはこちらで鰤を筆頭にマグロ、イカ、鯖《さば》、ボタンエビ……と美味しそうな海産物がてんこ盛り。驚いたことにカニの剝《む》き身やイクラ、そして金粉までちりばめられている。ミニ海鮮丼の値段は、普通の海鮮丼のおよそ半分なのに、この豪華さ。どうやら『ミニ』なのはご飯の量だけらしい。

盛り付けの美しさは言うに及ばず、味も極上だ。家族と食べた刺身よりもさらに味わい深くてしっかりした食感の鰤、甘みたっぷりのエビやカニ、ねっとりと絡みつくイクラにイカ、薄いピンクに輝くマグロ、きらびやかな金粉……全てが『ようこそ金沢へ！』と言ってくれているようだった。

支払いを終えた日和は、腹八分目、いや八・五分目だな、と思いつつ市場の奥へと向かった。

串に刺した果物に心を惹《ひ》かれたものの、とりあえず一回りしてから……と我慢する。そしてすぐに、あの我慢は本当に意味があったのか、と首を傾げたくなってしまった。なぜなら、果物の次はドジョウや鰻《うなぎ》の串焼き、割ってすぐ食べられるようにしたウニ、生牡蠣、エビ……と美味しそうなものが次々と現れたからだ。これでは一周したところで決められっこなかった。

観光客たちは、あちこちで買い物をしている。だが、日和は最初から生ものを買うのは明日《あした》にしようと決めていた。

今日買い物を済ませて宅配便で送ってしまえば、帰宅と前後して届くことはわかっていたけれど、初日に買い物三昧《ざんまい》して財布の中身が寂しくなるのが怖かった。それぐらい、目の前には魅力的なものばかりが並んでいたのだ。

結局、その後すぐに遭遇した殻付きのウニとドジョウの串焼きを食べ、最後に串刺しのパイナップルで口の中をさっぱりさせて日和は近江町市場をあとにした。


大満足でバス通りに出てみると、雨が降り出していた。

市場の中はアーケードがあったから気付かなかったが、ぽつりぽつり……では納まらない降り方だった。しかも空はどんよりと暗く、雨が止《や》む気配はまったくない。

せっかくバスの一日フリー券を買ったのだから、使わない手はない。ということで、日和はバス停に行き、ちょうどやってきた『一日フリー券利用可』と書かれたバスに乗り込んだ。

町の繁華街を抜けて金沢城跡や兼六園《けんろくえん》に向かうバスだったが、この天気で広い公園を散策する気にはなれない。スマホで天気予報を調べたところ、明日は晴れるらしい。公園散策は明日にして、日和は兼六園の手前にある金沢21世紀美術館でバスを降りた。

バス停から玄関に向かう途中で、様々な色がついたガラス造りのオブジェが目に入った。

修学旅行らしき中学生が、雨も気にせずに出たり入ったりを繰り返している。どうやら立つ位置によって外の風景、というかガラスの色が違って見えるらしい。せっかく来たのだから、と中学生が途切れるのを待って、日和も中に入ってみる。確かにガラスの重なりによって様々な色に見える。ちょっと幻想的だな、何色もの光を重ねると最終的には白になるらしいけど、色ガラスでも同じだろうか。晴れていたら確かめられたかもしれないなあ……と残念に思いながらもオブジェを出た。

雨は徐々に勢いを増している。さっきの中学生たちはどこに行ったのだろう、と捜してみると、ふざけ合いながらさらに先へと歩いて行くところだった。雨なのに元気なことだ、と感心しながら踵《きびす》を返し、日和は館内に入ることにした。

正直に言えば芸術、特に現代芸術はよくわからない。それでもこの美術館の『スイミング・プール』という作品だけは見てみたかった。なんでも、一見満水のプールのようだが、その下は自由に出入りできる空間になっていて、上から覗《のぞ》くと水底に人がいるように見えるらしい。

誰かと同行していれば、水底にいるように見える自分の写真を撮ってもらうことも可能だろうが、日和はあいにくのひとり旅だ。それでも、とにかくどんな風に見えるのかを確かめてみたかった。

——本当に水の中にいるみたい……

上から覗き込んでみたときも思ったけれど、実際に水の下の空間に入り込んでみるとよけいにそう思った。

日和は子どものころ、プールの底に沈んで空を見上げるのが好きだった。それだけのために、嫌がる友だちを引きずって、わざわざ屋外プールに行ったりもした。水の中から見上げる空、とりわけ太陽の光は言葉に尽くせないほど美しくて、日焼けを気にしてこれを見ないなんてあり得ないと思ったものだ。

『スイミング・プール』ですっかり満足し、あとの作品はさらりと見て通過。家族には、もっとじっくり見ればいいのに、と言われるが、日和は気に入った作品をじっくり見てあとはスルーというタイプだ。全部を見るのは疲れる気がするし、いろいろな作品を見ることで、気に入った作品の印象が薄れるのがいやだ。

この美術館も然《しか》り。他の作品を作った人には申し訳ないと思うが、『スイミング・プール』と最初に見た色ガラスによる『カラー・アクティヴィティ・ハウス』、そして金属で出来た半球の集合体『まる』でお腹いっぱい状態だった。

美術館見学を終えてみても雨は止んでいなかった。それどころか、ますます勢いを増しているような気がする。時刻は午後三時半、もうホテルにもチェックインできる。日和はいったん観光をあきらめ、ホテルで休憩することにした。

降りたのと反対側の停留所に行き、五分ほど待ってやってきたバスでホテルに戻ると、預けた荷物は部屋に運んでくれてあるという。

なんて親切なんだ、と感動していると、今度は真っ白なタオルが差し出された。ありがたく拝借し、濡《ぬ》れた身体を拭《ふ》く。

「ありがとうございました」

「どういたしまして。それでは、こちらにご住所とお名前を……」

柔らかい声で案内され、チェックイン手続きは速やかに終了。割り振られた部屋は、とても見晴らしの良いツインルームだった。

この値段でツインをシングルユースできるなんて大ラッキーだ。

とりあえずジャケットを脱いでハンガーにかけ、部屋をぐるりと見回す。

ベッドがツインなだけではなく、部屋そのものがかなり広い。その上、いかにも小京都金沢らしい和の装飾が施され、とても落ち着ける。お風呂《ふろ》とトイレはユニットだが、アメニティはかなり上質なものが並べられているし、置いてあるドライヤーも一流メーカー品だった。

そういえば母は、備え付けドライヤーは、ホテルの客に対する気遣いの絶好の評価基準だと言っていた。ドライヤーとは名ばかり、風量に乏しく、延々とかけ続けなければ乾かないような機種を置いているホテルは、経費節減ばかりを気にして客を思いやる気持ちが薄い。目立つ建物や装飾にだけお金を掛けて、実際に客が使うもののランクを落とすようでは、サービスに期待はできない。その一番の判断基準がドライヤーなのだと母は力説した。

確かに、過去の経験を考えると、ホテルのグレードが高くて建物は立派なのに、玩具《おもちゃ》みたいなドライヤーしか置いていないところもあった。そういうホテルはアメニティの質も今ひとつで、サービスも十分とは言えなかった。だが、このホテルは大丈夫。ドライヤーを確かめるまでもなく、客への気遣いに溢《あふ》れていた。

さらに、このホテルは最上階に大浴場が備えられている。雨で冷えて疲れた身体も、大きな浴槽にゆっくり浸《つ》かれば、たちまち回復することだろう。

夜の茶屋街散策は、金沢観光の魅力のひとつでもある。雨が弱くなったらまた外に出ることに決め、日和はとりあえずお風呂に入ることにした。


――私って、ホテルに入るとどうして寝ちゃうんだろう……

チェックイン早々にお風呂に入る人は少ないのか、大浴場は日和のひとり占め状態だった。

案内には兼六園や金沢城跡が一望できると書いてあったけれど、雨で暗かったせいか、どこが兼六園かもわからない。なんとなくあっちかな……と思われるほうを向いてしばらくお湯に浸かり、しっかり身体を温めた。そのせいか、部屋に戻るなり、吸い寄せられるようにベッドに入ってしまった。

――雨……止んでないなあ。でもちょっと弱くなった気がする。ホテルのレストランで食べるって手もあるけど、朝ご飯はホテルだし……

やはり外に出ることにしよう、と決めた日和は、軽く化粧をし、ドアの前に広げてあった折りたたみ傘を手にする。びっしょり濡れていた傘は、眠っている間にきれいに乾いていた。

カードキーを抜き、エレベーターで一階に降りる。預ける必要がないカードキーのありがたみを痛感しつつ、香林坊《こうりんぼう》に向けて歩き出した。

止みかけたと思った雨がどんどん強くなってきた。

折りたたみの傘では受けきれず、みるみるうちに肩が濡れていく。バスを使おうにも目的地は目と鼻の先、というよりも次のバス停は香林坊のはずだ。とにかく歩くしかない。

週末の繁華街だというのに人影は少なく、誰もが雨の強さに外出を控えたとしか思えなかった。

——逆に考えるのよ、日和。これだけ人出が少なければ、お店だってきっと空《す》いてる！

自分を励ましながら、日和はとあるイタリアンレストランを目指した。

インターネットやガイドブックに紹介されている有名店で、しかも『おひとり様』におすすめと書いてあった。ネット予約が可能とあったので早速試みたが、その時点で空席はなかった。いくつかは当日席が用意されているようなので、並んで待てば入れるかも……と考えて結局予約しなかったのだ。

バス通りから一本入った道に面したその店に近づいても、人影は見られない。大きな店ではなさそうだったから、待っている人がいるとしても店内に入れるぐらいの人数なのだろう。やはり雨の影響、ラッキーだったとほくほくしながら到着した日和は、ドアを見るなりがっかりしてしまった。

ドアに『本日貸し切り』という無情なお知らせが貼られていたのだ。

この店で食べられるなら、多少の待ち時間は……と思っていたが、貸し切りではどうしようもない。

やむなく踵を返し、日和はまた雨の中をとぼとぼと歩き始めた。

――旅先でワイングラス片手に優雅におひとり様イタリアン、なんて気軽に考えていたけど、そううまくはいかないものね。やっぱりそういうことをやりたかったら、ちゃんと予約を取らなきゃ駄目ってことか……

雨脚は一向に弱まらず、冷たい風まで吹き始めた。その後も、いくつか雰囲気の良さそうな店を訪ねてみたが、どこもいっぱい、日和は席にありつくことができなかった。デパートの地下で総菜やお弁当を買い込んで部屋で食べるという手段もあるが、何軒も断られたあとだけに侘《わび》しさが急加速しそうだ。せめてきちんとテーブルにつき、温かい料理が食べたい。さすがにホテルのレストランなら、断られることもないはずだ。多少割高になるけれど、美味しそうなしゃぶしゃぶの写真も出ていたし、きっと満足のいく食事になるに違いない。

そんなことを考えながら、日和はバス停に向かう。さすがに今来たばかりの道を、雨に濡れつつ戻る気にはなれなかった。

ところがバス通りに戻る途中、走ってきた車を避けようと道端に寄ったところで、日和は、はっと目を見張った。すれすれまで近寄った立て看板に、ガイドブックに出ていた店名が書かれていたのだ。

海産物を中心に扱う店で、日本酒の品揃えが豊富。週末ともなれば、予約なしでは入れないし、その予約自体が数ヶ月前でないと取れない、という大人気の居酒屋だった。調べたときに出てきた住所とは違う場所なので、おそらく支店なのだろうが、口コミ情報では本店ほどではないにしても、似たり寄ったりの予約が取りにくい店とされていた。しかも予約は電話のみ、『人見知り女王』の日和にはハードルが高すぎた。

ここがあの店か……とぼんやり見ていると、中から作務衣《さむえ》の店員が出てきた。大学生ぐらいに見えるから、きっとアルバイトだろう。その店員は、看板を見ている日和に気付き、なにかを問うように首を傾げた。

雨に濡れた服に風が吹き付け、身体がどんどん冷えていく。ホテルを出てから、かれこれ一時間近くが過ぎている。できれば暖かい場所で一休みしたい。この店の前で立ち止まったのは、神様の思《おぼ》し召しかもしれない。とにかく訊《き》いてみるだけでも……と、いうことで日和は店員に声をかけた。

「あの……予約はしていないんですけど……」

同時に、人差し指を立て、『おひとり様』であることを示す。

店員は一瞬日和の姿に目を走らせたあと、振り向いて店内に戻った。ちらりと見えたカウンターには空席がいくつかあったが、もしかしたら予約席かもしれない。それでもすぐに断られなかったことに一縷《いちる》の望みを抱きながら待っていると、店員がにこにこしながら出てきた。

「カウンターでよろしければ、ご案内できます」

地獄で仏とはこのことだろう。日和は店員に続いて店に入り、無事L字カウンターの曲がり角に座ることができた。

目の前に箸置《はしお》きと割り箸が置かれ、おしぼりを渡される。顔を埋《うず》めたくなるほどの温かさにほっとしながら、日和は品書きに目をやった。

ここは居酒屋だ。ランチタイムならまだしも、飲み物を注文しないわけにはいかない。無難なのはビールかサワー類だろうけれど、濡れた身体に冷たい飲み物は辛《つら》い。かといって、ずらりと並んだ中から、燗《かん》に向いている酒を選べるほど日本酒に造詣《ぞうけい》が深くない。

これは困った……と思っていると、カウンターの向こうの板前と目が合った。日和と大差ない年齢にしか見えない板前だったが、なんだかとても落ち着いている。もしかしたら、この仕事について長いのかもしれない。それなら、お酒を選ぶのだってお手の物だろう。たとえそうでなかったとしても、日和には選ぶ術《すべ》がないのだから頼るしかない。

日和は勇気を振り絞って彼に声をかけてみた。

「お燗にして美味しいお酒とか……ありますか？」

「もちろんです。お料理はどういったものを？」

そういえば、料理との相性というものがあるんだった……と、また考え込みそうになる。

日本酒のおつまみで一番無難なのは刺身だろう。北陸の魚介類が美味しいことは昼ご飯の海鮮丼で体験済みだし、鰤ももっと堪能したい。だが、品書きを見ると、刺身の盛り合わせは二人前からとなっている。ひとりでふたり分の刺身は食べきれないから、もう鰤だけでいいか……と決めかけたところで、また板前の声がした。

「品書きにはございませんが、おひとり様用のお刺身盛り合わせもお出しできますよ」

「本当ですか！　じゃあ、それで！」

「なにかお好みの魚はございますか？」

「えーっと……できれば鰤を……」

「かしこまりました。では鰤を中心に。お酒は一合と半合がございますが……」

「半合で……」

前情報によると、この店の日本酒の品揃えは折り紙付きだ。料理に合わせて選んでくれた酒ならば、ことさら美味しいに違いない。美味しい日本酒は口当たりがよくてぐいぐい呑《の》んでしまうため、酔いが回りやすいと聞いたことがある。もともとそんなに強いほうではないのだから、量は控えめにするべきだろう。

品書きにないものを出してもらうのに、半合だけなんて申し訳ないと思ったけれど、板前はまったく気にする様子もなく注文を通した。

「四番さんに『菊姫《きくひめ》』半合、燗で！」

「はーい！」

飲み物担当らしき女性店員がかわいい声で返事をし、奥に入っていった。おそらくそこに日本酒用の冷蔵庫や燗をするための設備があるのだろう。

目の前の板前は、カウンターの後ろから小さな木桶《きおけ》を取り、氷やツマを盛り付ける。さらに何種類かの魚を取り出し、二切れ、三切れと引いていく。三切れ盛りつけられた鰤は、白と赤のコントラストがため息が出るほど美しく、そうそうこれを食べに来たのよ！　誰にともなく告げたくなる。

お燗された酒を持った店員が近づいてくると同時に、カウンターの中から刺身の木桶が差し出された。見事なタイミングである。

「美味しそう……」

思わず漏れた一言に、板前がにっこり笑った。

「手前から甘エビ、タコ、ヒラメ、奥に入ってスズキ、ガンド鰤でございます」

「ガンド……？」

「小さめの鰤、一般的にはワラサと呼ばれる大きさですね。寒鰤よりは淡泊ですが、秋のガンド鰤は脂ののり加減がちょうど良いとおっしゃる方が多いです」

鰤は出世魚として有名で、大きさによって様々な名前がつけられている。だが、『ガンド』という呼び方は初めて聞いた。世の中知らないことばかりだ、と反省してしまった。

だが、いつまでも反省しているわけにはいかない。せっかくの酒が冷めてしまう、ということで、日和は小さな徳利《とっくり》から酒を注ぎ、盃《さかずき》を口に運んだ。

人肌よりは温かいが、熱いと感じるほどではない。今の日和にとって、ちょうど良いとしか言いようがない温度で出された酒が、するりと喉《のど》を通っていく。

続けて食べてみた『ガンド鰤』は、東京で食べたことがある鰤に匹敵する脂の乗りようで、これでまだ鰤じゃないなら、本当の鰤ってどれほど？　と思うほどだった。

日本酒と肴《さかな》の相性を語れるほど熟練者ではないが、酒が刺身の旨みを引き出し、刺身が酒の味を膨らませてくれていることぐらいはわかる。こうやって旅を続け、あちこちで経験を積むことで、酒や料理の世界を知っていければいいな、と日和は考えていた。

本当は午後、どこかのカフェでスイーツを食べる予定だったが、雨に負けてホテルに戻ったせいで、おやつは抜きになってしまった。その上、入れる店を探して歩き回って空腹は限界、日和は次々と刺身を口に運んだ。

忙《せわ》しく箸を動かす日和を見て、板前が訊《たず》ねた。

「焼き物でもご用意いたしましょうか？」

「え……？　あ、はい。でも……」

焼き物には時間がかかるから、早めに頼んでおかないとつまみがなくなってしまう。そんな板前の心配はありがたいが、焼き物と言われても、何を頼んでいいかわからない。不安そうに板前を見返すと、彼はおすすめが書かれた黒板にちらりと目をやって言った。

「塩焼きか、西京《さいきょう》焼き、魚でいいますと、今日は、鮭、鯛《たい》、銀ダラ、秋刀魚《さんま》あたりがおすすめです。のどぐろもございますが……」

そこで板前は言葉を切った。

日和も、のどぐろが金沢を代表する海の幸だとは知っていた。どうせなら味わってみたい、と思っていたのに板前は積極的にすすめるつもりはないらしい。疑問に思った日和は、つい訊ねてしまった。

「もしかして、今はのどぐろの時期じゃないんですか？」

「いいえ。のどぐろというのは全国各地で獲《と》れる魚でして、場所によって旬も変わります。そのときどきで一番美味しい産地のものを仕入れますので、当店では一年中美味しく召し上がっていただけます。本日は島根産ののどぐろをご用意しております」

「島根産……金沢で獲れたものではないんですね」

どうせなら金沢で獲れたものが食べたかった。金沢が旬になる時期に来ればよかった、という気持ちから小さなため息を漏らした日和を見て、板前は申し訳なさそうに説明を加えた。

「お客様、のどぐろの消費量は金沢が日本一ですが、水揚げ高自体は断然島根なんです。

ですから、金沢で食べられているのどぐろは、かなりの割合で島根を中心とする石川以外で獲れたものなんですよ」

『のどぐろといえば金沢』というイメージが定着したせいで、全国で水揚げされたのどぐろが金沢に集まってくる。そのせいでさらに消費が高まる、といった図式があるらしい。

その後も板前は、のどぐろの消費や産地についていろいろ話してくれて、日和は、板前さんというのは本当にいろいろなことを知っているんだなあ……と感心してしまった。

「なるほど……。とにかく、今日ののどぐろは島根産ってことなんですね」

「はい。脂が乗ってとてもいい具合なんですが、実はかなり大きめで……」

そこで板前は曖昧《あいまい》に微笑んだ。おそらく言外に、食べきれない、あるいは値が張る、と伝えたかったのだろう。

そんな板前の姿勢にほっとして、日和は銀ダラを頼むことにした。いつだったか母が『西京焼きなら銀ダラが最高』と言っていたのを思いだしたからだ。さらに、酒のお代わりも注文する。

「じゃあ、銀ダラの西京焼きと、お酒は……」

「次もお燗になさいますか？」

おすすめしたい酒があるが、常温あるいは冷酒のほうが西京焼きには合うだろう、と彼は言う。日和はもうそのころには、板前に絶対的信頼を置いていたため、迷うことなく冷酒を注文した。

「かしこまりました。では銀ダラの西京焼きと……お酒は半合で？」

そこで日和が無言で頷《うなず》くと、板前はまた奥の方に向かって注文を通した。

「四番さんに銀ダラの西京焼きと『風の森』を半合」

きっとまた、タイミングを合わせて出してくれるのだろう。日和は安心して、残りの刺身と少々温《ぬる》くなった燗酒を楽しむことにした。

その後頼んだ締めのお茶漬けも期待を裏切らない味で、さぞや丁寧に出汁を取ったのだろうな、と感心させられた。雨の中を延々と歩き回ってずいぶん情けない気持ちになったけれど、いつも予約で一杯の店に入れたのも雨のせいかもしれない。そう思うと、冷たい雨も許せるような気がした。


翌朝、目が覚めてみると時計は午前六時になるところだった。

昨日はホテルにチェックインするやいなやお風呂に入ったので、夜はそのまま寝てしまった。最上階の大浴場は六時から使えるし、朝食が始まるのは七時だから今から入浴すればちょうどいい。

日和は元気よくベッドから起き上がり、カーテンを開けてみた。

窓の外には、抜けるような青空が広がっている。天気予報では気温もそう下がることはないと言っていたし、絶好の行楽日和になることだろう。

——なんかすごく良《い》い感じ。さて、朝風呂をいただいて、ご飯にしよっと！

早起きは三文の得、ひとり旅の指南役である麗佳は、ホテルの朝食ビュッフェは郷土料理が含まれる確率が高いし、少量ずつ試せるからおすすめだ、とも言っていた。確かに目の前のビュッフェは和洋折衷、絶対一度では味わいきれないと思うほどバラエティに富んでいる。一日中動き回るのだから、朝ご飯はしっかり食べておかなければ、と勢い込み、日和はトレイに次々と料理をのせていった。

治部煮《じぶに》や名産の豚肉を使ったしゃぶしゃぶ、車麩の卵とじに紅白が渦巻きになったかまぼこ……どれも美味しくて次々平らげた。とろとろのスクランブルエッグや、茄子《なす》のグラタンにまで手を出した結果、『もう当分なにも食べられません』状態になったが、日和には一筋の後悔もなかった。

朝風呂で心身ともにすっきりし、お腹もいっぱい。空は秋晴れだし、今日一日存分に観光を楽しめるに違いない。

——さーて、まずはにし茶屋街を目指しますか！

チェックアウトを済ませ、ホテルに荷物を預けた日和は、元気よく歩き始めた。

秋の朝の冷たい空気はウォーキングにはもってこいだ。ホテルでバスのフリー券も買っておいたから、歩き疲れたとき、あるいは時間が足りなくなったときはバスも使える。

過剰摂取気味のカロリー消費のためにも、できる限り自分の足で歩きたいが、大人ならば疲れを明日に残さないように考える必要もあった。

金沢にはひがし茶屋街、主計町《かずえまち》茶屋街、にし茶屋街という三つの茶屋街がある。にし茶屋街はその中で一番規模が小さいものだが、おかげで観光客が少なくゆっくり風情を楽しむことができるそうだ。

ホテルを出て尾山《おやま》神社にお参りし、にし茶屋街から近所にある寺町寺院群、そのあと兼六園と金沢城跡を回ったあと、ひがし茶屋街、主計町茶屋街を通って近江町市場に戻る、というのが、本日の観光ルートだった。

尾山神社の有名なステンドグラスをじっくり鑑賞、お守りを授かったあと、香林坊を通って片町《かたまち》に行く途中で、交差点にある香林坊地蔵尊に手を合わせる。尾山神社と香林坊地蔵尊は、金沢のパワースポットとして紹介されていて、尾山神社は勝負事、香林坊地蔵尊は火事よけや眼病に効果があるそうだ。パワースポット好きはもとより、勝負は勝てたほうがいいに決まっているし、仕事でパソコンを使うことが多く、視力の低下や疲れ目が気になる日和としては、いずれも外せない場所だった。

早々にパワースポットをふたつも回れて大満足のあと、日和は犀川《さいがわ》を目指す。片町を過ぎたところにある犀川大橋を渡れば、もうすぐにし茶屋街だった。

ホテルを出たのが九時ちょうど、にし茶屋街に到着したのは九時三十分過ぎだった。

日和の予想どおり、人影はほとんどない。静かな通りをゆっくり歩いて行くと、どこかから三味線と笛の音が聞こえてくる。にし茶屋街は、現在の金沢で一番たくさんの芸《げい》妓《ぎ》を擁していそうなので芸妓さんが朝からお稽古《けいこ》に励んでいるのだろう。

いいものを聞かせていただいたと感謝しつつ、資料館をさらりと見学したあと、願掛け寺として有名な香林寺《こうりんじ》へ。ここでは何人かの他の客と一緒にお寺の説明を聞き、十二支像が配された『幸福の道』をぐるぐる三周して願をかける。実のところ、これといった願いはなかったのだが、ガイドブックには『恋愛成就に効果あり』と書かれていた。年頃の娘の行く末を心配しているらしき両親の心情を慮《おもんぱか》って『いい人に出会えますように』と祈っておいた。

他の参詣者《さんけいしゃ》はみんな、神妙な顔つきで自分の干支《えと》らしき像に手を合わせている。そんな中、こんなに適当な願をかける自分はある意味罰当たりでは？と心配になったが、親孝行のひとつと考えれば許してもらえるだろう。

天気が良いせいか、はたまたさっき行ったパワースポットが早速効果を発揮してくれているのか、ずいぶん楽観的になっている。いずれにしても、悪いことじゃない。日和はさらに良い気分になって、次なる目的地、兼六園に向かうことにした。

——歩いて三十分かあ……でもまあ天気も良いし、のんびり歩いて行きますか。

タイミングよくバスが来れば乗ったかもしれないが、あたりにバスの姿は見えない。なにより、バスの間隔は十五分から二十分となっているが、電車ほど正確ではないに決まっている。十五分もあれば、おやつのひとつぐらい食べられる。バス停でただ待っているのは時間がもったいなかった。

いた。

——ひ、広い、広すぎる！　足が棒だ!!

一時間後、日和は見所のひとつである花見橋《はなみばし》の手前で、座り込みたい気持ちになって

座り込みたいなら座ればいい。休み処はいくらでもあるだろう、と言われそうだが、その休み処はいずこも観光客でいっぱい。行列する元気すら残っていない日和は、虚《むな》しく通り過ぎるしかなかった。

にし茶屋街から兼六園まで歩いたのは大失敗だった。なんなら、ホテルからにし茶屋街に行くときもバスを使えばよかった。どのバスに乗るべきか調べるのが面倒でつい歩いてしまったが、あれだけでも三十分以上かかっている。結局朝からずっと歩きっぱなしだ。一日フリー券を買ったのだから素直にバスに乗っておけば、ここまでへとへとにはならなかったに違いない。

それにしても情けない。日和よりもずっと、いや日和の両親よりも年上に見える人たちが元気に歩き回っているというのに、この体たらく。いくら内勤で一日の大半を座って過ごしているとは言え、体力がなさ過ぎだ。旅行を楽しむには体力が必要だとはわかっていたけれど、自分の衰え具合がまったくわかっていなかった、と日和は頭《こうべ》を垂れてしまった。

その後、日和はようやく見つけた誰もいないベンチにへたり込んだ。位置としては入

った門から見て一番奥で、バス停に戻るためには今までと同じぐらいの距離を歩かなければならない。見所のうち、まだ見ていないのは瓢池《ひさごいけ》と翠滝《みどりたき》だ。できるものならここでリタイヤしたいぐらいだが、進むにしても戻るにしても歩く距離は変わらない。それなら進むしかない、と泣きそうになりながら立ち上がりかけたところで、日和は花見橋を渡ってくる男の姿に目を留めた。

「あれ……？」

なんだか見覚えがある人だ。でも、どこで会ったかわからない……と首を傾げていると、相手も日和に気付いたらしく、やあ！　と片手を上げた。

「こんにちは！　意外なところで会いましたね」

「え……？　あ、こんにちは……」

「その顔は、さては俺のことを覚えていませんね？」

「……いえ、あのお顔は覚えてるんですが……その……」

「どこで会ったか記憶にない？」

「そう、そうなんです！」

力一杯頷いた日和に、男は大笑いだった。

「顔を覚えてもらってただけよしとしなきゃ駄目かな。以前、一緒に卵を茹《ゆ》でた者です」

「あ、熱海の!!」

卵と聞いた瞬間、脳裏に『小沢の湯』での出来事が浮かび上がってくる。

彼は、ひとりで六個入りの卵を抱えて困っていた日和に、これに入れて持ち帰ればいいとファスナー式のビニール袋をくれた人だった。一緒に卵を茹で、六個のうちのひとつと塩を進呈、その前後でそれなりに会話も弾んだ。あとになって『人見知り女王』とは思えない行動だった、と自分でも驚いたぐらいだ。だが、熱海で会った男と金沢で再会するなんて想定外もいいところ、わからなくても仕方がないだろう。

「あのときはお世話になりました」

「こちらこそ。茹で卵は無事だった？」

「それはよかった」

「はい。お陰様で」

「はい。それにしても……」

「奇遇だね。こんなところで再会するなんて」

「びっくりです。そう言えば、あのとき『またね』っておっしゃってましたけど、本当になるなんて」

日和は内心、変わった人だとは思ったけれど、まさか予知能力者だとは……と思っていた。だが、そんな日和の心中を見透かしたように、彼は説明した。

「あーそれ、俺の口癖みたいなものなんだ。『さようなら』って言うのはなんだか寂しいだろ？　だから、再会の予定なんてなくても『またね』って言っちゃう」

確かに日和も、日常生活で『さようなら』を使うのはちょっとためらう。これっきりです、と宣言しているような気がする。この人も同じように感じているのだ、と思うと少し嬉《うれ》しかった。

「ところで、ずいぶん疲れてるみたいだけど大丈夫？」

男は心配そうに日和を見た。

どうやら日和は、座ったまま無意識にふくらはぎを撫《な》で続けていたらしい。そんな姿を見れば、誰だって足が痛いとわかるだろう。

「かなり歩いたの？」

「近江町市場の近くからにし茶屋街に行って、寺町を見て、そのあとここに来ました」

「それ全部徒歩？」

どうしてバスに乗らなかったの？　と真顔で訊かれ、日和は改めて自分の身の程知らず加減にうんざりした。

「金沢は小さい町だって聞いてたから、大丈夫かなーと思ったんです。それに天気もすごくよくて気持ちがよかったし……」

「なるほどね。まあ、わからないでもないけど、朝からずっと歩きっぱなしじゃさすがに大変だよ」

「おっしゃるとおりです。でもバスに乗るにしても、とりあえずバス停まで歩かないと……」

出口はまだまだ遠い……と俯《うつむ》く日和をしばらく眺めたあと、男は目を上げて少し先を窺《うかが》った。

「少し行ったところにも門があるけど、そこからだってバス停は遠いか……。絶対に兼六園を踏破したいっていうのでなければ、とりあえずそこから出てタクシーを拾うって手もあるよ」

「こんな奥の門の近くにタクシーが来るんでしょうか？」

「たぶん。ここは伝統産業工芸館が近いから……」

「伝統産業工芸館……ってことは、金澤神社の近くですか⁉」

思わず甲高い声が出た。

金澤神社は学業成就、商売繁盛、各種厄《やく》除《よ》けと、万能のパワースポットで、日和としては是非とも行ってみたい場所だった。兼六園の近くにあることはわかっていたし、とりあえず兼六園を一周したあと回ればいいと思っていたが、この調子では無理そうだとあきらめかけていたのだ。

金澤神社がすぐそこにあると聞いて、いきなり目を輝かせた日和を見て、男は苦笑しながら訊ねた。

「うん。たしか隣だったと思うよ。でも兼六園踏破より、金澤神社なの？」

「……そうなりますね」

足はすっかり棒になっている。これから先、ひがし茶屋街や主計町茶屋街も回りたいし、近江町市場でお土産も買いたい。とりあえず兼六園の半分は見たということで、残りを踏破するよりも金澤神社にお参りしたかった。

「面白い人だねえ……。金澤神社って観光地としてはそんなに優先順位が高いとは思えないけど、そこはまあ人それぞれか……。あ、ごめん。非難してるわけじゃないよ」

「いいんです。わりと慣れてますから」

申し訳なさそうにしている男を安心させるように、日和は言った。

「いい情報をありがとうございました。私はその門から出て、金澤神社に行くことにします」

あなたはお先にどうぞ、という意味を込めてぺこりと頭を下げた。

ところが、男はちょっと考えたあと、意外な質問をしてきた。

「帰りの電車ってもう予約してるよね？　何時ごろか訊いていい？」

「十五時五十五分です。確か、かがやき五一〇号……」

「やっぱり同じだ。俺はこのあと、ひがし茶屋街、近江町市場と回ったあと駅ってコースなんだけど、よかったら一緒にどう？」

「え？」

「いや、タクシーを使ったらって提案しておいてこんなことを言うのはなんなんだけど、君ってタクシーを捕まえるの苦手そうだし、電話で呼ぶとかもっと無理そう……」

――なぜわかる！

思わず男の襟を捕まえて訊ねたくなった。

もちろん、そんな不躾《ぶしつけ》なことができるわけもなく、日和は無言で男を見返した。男は面白そうに日和を見ていたあと、はっと気付いたように言った。

「ごめん……怪しすぎるよね。これじゃあナンパだ」

「ナンパされるタイプじゃないことはわかってます。でも、どうしてそんなに親切にしてくださるんですか？　危なっかしすぎて見ていられないとか……」

「なきにしもあらず……。ああもう、種明かししておこう。加賀さんって知ってるよね？」

「加賀……？」

「そう。小宮山商店株式会社の加賀さん」

「加賀麗佳さん⁉」

「その麗佳さん。実は俺、加賀さんとは高校の同級生なんだ。つい最近、会う機会があったんだけど、そのときに近況報告がてら熱海旅行の話をしたら、加賀さんが『なんか聞いたことある話ね』とか言い出して……」

日時、状況、一緒に卵を茹でた女性の雰囲気などを細かく聞き出された結果、それは自分の会社の後輩に違いない、ということになったそうだ。

「加賀さんは俺の趣味が旅行だって知ってるし、休みのたびに泊まりがけで出かけてることも知ってる。それで、今度はどこに行くつもりだって訊かれたから、十月最終週に金沢って答えたら大笑いされた」

「大笑い……それってもしかして、私が行くからですか？」

「らしい。日付も行き先も同じだなんて、よっぽど縁があるに違いない。どこかで会うかもしれないから、そのときはよろしく、なんて言われた。まさかとは思ったけど、本当に会うとはね」

口癖みたいに『またね』と言ったけど、本当になっちゃったね、と男は柔らかく笑った。

「やっぱり金沢って狭いんでしょうか？」

「かも。加賀さんには高校時代から頭が上がらなかった。彼女の後輩なら親切にするのは当たり前、ってことでＯＫ？」

「……お疲れ様です」

そう言ってまたぺこりと頭を下げる。お疲れ様というか、お気の毒様としか言いようがなかった。

麗佳はとても頭がよくてしっかりした女性だし、それは昨日今日のことではないはずだ。高校生、いや中学生以前から有能な仕切り屋だったに違いない。高校時代から頭が上がらなかったというぐらいだし、麗佳に面と向かって『よろしく』と言われれば、断るのは難しかっただろう。

「というわけで、俺は君に親切にしないと、加賀さんにどんな目に遭わされるかわからない」

「いや、あのそれ……会わなかったことにすればいいだけじゃ……」

「嘘はよくない」

「はあ……」

確かに嘘はよくないなあ……と考えているうちに、男はポケットからごそごそと名刺入れを取り出し、日和に一枚差し出した。

「はいこれ。俺は、こういう者です。不安なら、加賀さんに電話でもなんでもして……」

「いいえ、大丈夫です」

――なにが大丈夫なんだ、日和！　確かに会社名も名前も書いてあるけど、この名刺が本物かどうかなんてわからないでしょ？

そんな考えが頭に浮かんだ。けれど、彼は熱海で出会ったとき、日和が麗佳の後輩だと知る前から親切だった。きっと元々親切な人なのだろう。その上、麗佳の同級生だという。日和は一切彼女の名前を口にしなかったのだから、知り合いだというのは本当に違いない。

普段の自分なら、ひとりのほうが気楽だと断っただろう。けれど、歩き疲れたこともあって、この先の行動予定を考えるのが面倒だった。

徒歩で移動していたせいで、帰りの新幹線までの時間は残り少ない。この男は旅慣れているようだから、道に迷うこともなく、効率よく移動できるかもしれない。ここで断ったら麗佳の顔を潰《つぶ》しかねないし、熱海で一緒に茹で卵を作って食べたことで、悪い人ではないとわかっていた。

なにより自分は、彼──吉永蓮斗《よしながれんと》と行動するのが嫌じゃない。むしろ、話し上手で楽しい彼ともっと一緒にいたいと感じていた。

「すみません。じゃあ、ご一緒させていただきます」

よろしくお願いします、と頭を下げた日和に、彼は安心したように言った。

「よかった。せっかくのひとり旅を邪魔して悪いけど、君がここで行き倒れでもしたら、加賀さんに首を絞められかねない」

──加賀さんならやりかねないけど、そんな面倒をおかけするわけには……

なんて、見当違いのことを考えているうちに、蓮斗は出口を目指して歩き始める。きっと金澤神社の場所も知っているのだろう。いちいちスマホで調べなくていいのは、大助かりだった。

「大丈夫？　歩くの速すぎない？」

「平気です。ごめんなさい。もしかして合わせてくださってます？」

「いや、いつもこんな感じ。で、女性と歩くとけっこう叱られるんだ。置いてきぼりにするな、ってさ」

「加賀さんとかにですか？」

「彼女は平気だな。どうかすると俺が置いていかれそうになる。彼女は、歩くのが速いっていうよりも、誰かと行動を共にするって概念が希薄だ」

そこで思わず日和は噴き出してしまった。

確かに麗佳は、『我が道を行く』そのものの人だ。たまたま日和は歩くのが速いほうだから置いていかれることはないが、もしものんびり歩くタイプだったら、ランチの店に辿り着くのに時差が生じかねない。そして、食べ終わったあとは言わずもがな。さーっと自分が行きたいところに行ってしまう。『行動を共にするって概念が希薄』というのは言い得て妙だった。

「ね？　わかるだろ。ということで、歩き方について俺を叱るのは、加賀さん以外の人……って、これじゃあ俺はそこら中で叱られまくってるみたいに聞こえるな」

情けねえ……と蓮斗は頭を抱えている。

本当に面白い人だなあと思いながら歩いていると、ほどなく金澤神社に到着した。

蓮斗は鳥居の端で一礼したあと、手水舎《ちょうずや》に歩み寄る。右手に持った柄杓《ひしゃく》で水を掬《すく》って左手、持ち替えて右手、もう一度持ち替えて左手に水をためて口を漱《すす》ぎ、さらに左手に水をかけたあと、最後に柄杓を立てて水を流して柄を浄《きよ》めた。

淀《よど》みなく手水を使う蓮斗を見て、日和は驚いてしまった。

日和は子どもの頃から神社仏閣に行く機会が多かったため、お参りにも慣れている。それでも、手水を使うときは頭の中でいちいち確認しながらやっている。それなのに、蓮斗はなんのためらいもなく、流れるような所作で手水を使ったのだ。

――思いっきり教科書どおりだ。もしかして、この人も神社仏閣フリーク？　いや、もしかしたらパワースポットにも興味を持ってるんじゃ……？

日和自身、正面切ってパワースポットに興味を持っているとは言いにくい。努力もせずにそんなものに頼り切るのはおかしい、と言われかねない。努力しているかどうかなんて知りもしないで、と反論したくなるが、日和の性格では曖昧に笑ってごまかすのが関の山だろう。

だから日和は、余程のことがない限り自分が『パワースポットに興味がある』とは言わないようにしている。話の成り行きで麗佳には告げてしまったけれど、あれは例外中の例外だ。また、もしも蓮斗が同類だったとしても、あえて指摘されたくはないだろう。

それでも、どんなものであっても礼儀に適《かな》う行動が取れるというのは悪いことではない。お参りの作法が身についているのは、普段からそういう機会が多いか、身近に詳しい人間がいるかに違いない。

なんとなく親近感と安堵《あんど》感を抱きつつ、日和もお参りを済ませた。

「さて、お参り終了。お守りとか授かりたいタイプ？」

「よほど変わったお守りならいただきたいですけど、どっちかっていうとお参りすれば満足するタイプです。それに……」

そこであえて言葉を切ったのに、蓮斗はにやりと笑って付け足した。

「あっちこっち回ると、初穂料も馬鹿にならない？」

「図星です」

「だよね。御朱印は？」

「それも……」

「了解。俺も写経も納めないのに御朱印でもあるまいって考え方。しかも、最近はフリーマーケットアプリで売買するやつまでいるそうじゃないか。あり得ないよな」

「罰当たりだと思います」

「うん。めでたく意見の一致を見たところで、そろそろ行こうか」

そしてふたりは金澤神社から通りに出た。ちょうどそこに、タクシーが停まり、乗っていた客が降りてきた。

「ラッキー！」

蓮斗は言うが早いかタクシーに近づき、なにやら交渉を始めた。すぐに話がまとまったらしく、片手をひらひらさせて日和を呼んだ。

「そろそろ腹が減ったから、昼ご飯にしない？」

ひがし茶屋街に行くのではなかったのか、と怪訝《けげん》な顔をする日和に、蓮斗は運転手に美味しい店を教えてもらったから、まずはそこまでタクシーで行こうという。

「実はこっちに来てから魚介尽くしで、ちょっと洋風なものが食べたい気分なんだ。タクシーの運転手さんに訊いてみたら、オムライスをすすめられたんだ」

「オムライス？」

「そう。あ、でもちょっと変わり種なんだ。オムライスにエビフライと魚のフライがのってて、タルタルソースがかかってる……」

「それ『ハントンライス』じゃないですか？　ガイドブックで見ました！」

「そうそう『ハントンライス』って言ってた。やっぱり君も知ってたのか」

「北陸地方のB級グルメで有名みたいですよ。でも、けっこう量が多いらしくて……」

実は日和も『ハントンライス』には興味津々だったが、男性でもお腹いっぱいになる量だと書かれていたし、今日回る予定の場所とも離れていた。これはあきらめるしかないと思っていたのだが、タクシーを使うなら話は別だ。量については、死にものぐるいで平らげる覚悟だった。

蓮斗の言うとおり、海産物や郷土料理は堪能した。『ハントンライス』は北陸ならではの料理だし、発祥の地は金沢だとも聞く。是非とも味わってみたかった。

日和が諸手《もろて》を挙げて賛成すると、蓮斗は、ほっとしたように言った。

「よかったよ。君が、金沢に来たからにはとことん和食って人じゃなくて」

「和食はたっぷりいただきました。お昼はラーメンかカレーでもいいな、と思ってたんですけど『ハントンライス』が食べられるなんてすごく嬉しいです」

「ラーメンかカレー……。確かに捨てがたいけど、それはお土産で我慢するってことで」

「了解です」

かくしてふたりはタクシーに乗り込み、『ハントンライス』発祥と言われる店に行った。

運転手は、人気店だから行列を覚悟だと言っていたが、タイミングがよかったのか先客は五人ほどで、十五分ぐらいで席につくことができた。

さりげなく周りのテーブルを見回し、蓮斗が訊ねる。

「ここ、かなりボリューミーみたいだけど大丈夫？」

「だ、大丈夫です。頑張って食べます」

「無理はしないほうがいいと思う……あ、なんだ、小さいのがあるよ」

そう言われてメニューを見ると、確かに『小』という文字がある。これならきっと日和でも食べきれることだろう。

「じゃ、俺は普通、君は小ってことで」

そのタイミングで水が運ばれてきた。蓮斗はすかさず注文し、入店後十分少々でふたりの前に熱々の『ハントンライス』が置かれた。

従業員が皿から手を離すか離さないかのうちに、蓮斗が訊ねた。

「これ、写真を撮ってもかまいませんか？」

「どうぞどうぞ」

ふたつ返事をもらったあと、彼はスマホでパシャパシャと写真を撮った。ラッキー、と思いながら、自分もテーブルに置いていたスマホを手に取る。

旅の記録として残したいけれど、撮影禁止のお店もある。こんなふうに許可を取ってもらえば、堂々と写せるというものだった。

どうぞと言われてから撮り終わるまでわずか五秒。料理が冷める間もなく、蓮斗はスマホを置いた。

料理が冷めるのも気にせず写真を撮りまくる人もいるが、日和にしてみれば論外だ。その点、秒速で撮影を終えた蓮斗は、好印象そのものだ。彼を見習って、日和も大急ぎでシャッターを切り、スマホをスプーンに持ち替えた。

「オムライスみたいでもあるし、分解して再構成したカツ丼みたいでもあるし……」

蓮斗はそんな呟《つぶや》きを漏らしながら、ハントンライスを完食した。

もちろん日和もきれいに食べきった。運ばれてきたとたん、ボリューミーなエビフライと魚フライにいささか不安を覚えたものの、タルタルソースとケチャップが絶妙であっという間に食べてしまった。

「あー美味しかった……。吉永さん、ありがとうございました」

興味津々ではあったが、自分ひとりでは来なかったに違いない。ハントンライスを味わえたのはこの人のおかげだという感謝を込めて、日和は深々と頭を下げた。

「いやいや、俺も助かった。たぶんひとりだったらパスしただろうし」

「え、そうなんですか？」

　この人なら、さっさとタクシーを拾って乗りつけてしまいそうなのに、と思っていると、蓮斗はクスリと笑って理由を説明してくれた。

「店名を聞いて思い出したんだけど、この店、開店前から行列ができるような人気店なんだ。俺の友だちも来たことがあるらしくて、そいつらは三十分以上並んだそうだ。さすがにひとりで三十分行列するのは退屈すぎると思ってたんだよ」

　話し相手がいれば別だけど、と思っていたところに日和と出会った。もっけの幸いということで、ハントンライスを食べに行くことを提案したそうだ。

「そうだったんですか……じゃあ、お互いによかったんですね」

「そういうこと。ってことで、次に行こうか」

　棒みたいだった足も、北陸ならではのB級グルメを堪能したおかげで無事回復。日和は元気いっぱいでひがし茶屋街、主計町茶屋街をめぐり、近江町市場で鰤とフグのタタキ、干物、ズワイガニを購入した。

　カニはそこら中で売られていて、どこで買えばいいのか決めかねたが、蓮斗がおすすめの店に連れて行ってくれた。鰤のタタキに至っては、日和はそんなものがあることも知らなかった。

　鰹《かつお》のタタキならわかるが鰤のタタキって？　と首を傾げていると、店の人が味見をさせてくれた。脂の乗りは抜群、ご飯にもお酒にもよく合いそうだ。真空パックで冷凍されていて、持ち帰りも簡単だし、刺身とは違った美味しさに父と母も大喜びするに違いない。

タタキは鰤の他にも、カンパチ、サーモン、フグと多種多様。蓮斗に能登《のと》は全国で一番フグの出荷量が多いことを教えられなければフグのタタキを買わなかったし、そもそも店自体が市場のかなり端のほうにあり、ひとりだったら気付かなかっただろう。

その後、蓮斗と近江町市場の入り口で別れた日和は、ホテルに戻って預けていた荷物を受け取り、ちょうどやってきたバスで駅に向かった。

彼はとても親切だったし、博識で話していて楽しかった。正直に言えばこのまま東京までずっと一緒でもかまわないと思ったほどだ。けれど、おそらく彼は麗佳の頼みを断り切れずに日和の面倒を見てくれたのだろうし、これ以上の迷惑はかけられなかった。

さすがにカニは宅配便で送ったものの、干物とタタキは持ち帰りにした。保冷剤をたっぷり入れて包んでくれたため、干物もタタキもけっこうな重さだ。しかも、駅で若干時間が余ったため、琥珀糖《こはくとう》や小瓶の日本酒まで買い込んだ。

琥珀糖というのは寒天に砂糖を大量に加えて乾燥させたもので、外側のしゃりしゃりとした歯触りと、中身の寒天の軟らかな食感の対比がなんとも楽しいお菓子だ。東京でも売られているが、季節限定のところが多く、日和はてっきり琥珀糖というのは夏のお菓子だと思い込んでいた。そのため、駅の土産物屋で見つけたときは大興奮、種類を違えて三箱も買ってしまったのだ。

琥珀糖自体はそう重いものでもないが、箱が大きくて鞄《かばん》はぱんぱん。そもそも、海産物や日本酒がかなりの重さだ。キャリーバッグとはいえ、階段では持ち上げなければならず、ちょっと閉口してしまったが、鞄の重さと反比例するように気持ちは軽かった。

旅は楽しいけれど、家に帰ってすぐは『やっぱり我が家が一番』と思う人が多いらしい。だが、最近の日和はまったく逆だ。その旅が楽しければ楽しかったほど、次の旅への期待が高まる。家に帰るなり、いや帰る途中から既に、次はどこに行こうとわくわくしてしまうのだ。

島国である日本は『狭い』と評されがちだが、日和にしてみれば日本は広く、まだまだ行ったことがない場所ばかりだ。

——ひとり旅の醍醐味《だいごみ》は、旅先での見知らぬ人とのふれあい、なんて書いてある本もあったっけ。熱海で一度会ったことがあるから『見知らぬ人』には入らないかもしれないけど、思いがけない出会いって意味では同じじゃない？　ものすごく楽しかったし、なんだか私のひとり旅、ステップアップした気がする。あーもう、すぐにでもまた旅に出たい。でも、そのためにはお金だって必要。頑張って働かなくちゃ！

ゆっくりと動き始めた新幹線の窓から、金沢に別れを告げながら、日和はそんなことを思っていた。

翌月曜日、出社した日和は、麗佳にお礼を言おうとした。

ところが、麗佳は日和の顔を見るなり平謝りだった。

「ごめん！　金沢で蓮斗に会ったんですって？　本当にごめん！」

「え……？　どうして謝るんですか？」

「まさか本当に会っちゃうとは思わなかったから、その場の『ノリ』でよけいなことを言っちゃったのよ……」

酒の席だったし、つい先輩風を吹かせて頼んでしまった。せっかくひとり旅を満喫していたのに、申し訳ないことをした、と麗佳は何度も頭を下げた。

「やだ、頭を上げてください。全然大丈夫です。むしろありがたかったです」

どこまで話を聞いたのかわからなかったため、日和は昨日の午後の行程を簡単に説明し、とにかく自分は助かったし、楽しかったのだと強調した。しかも、金沢駅まで同行ではなく市場で別れた。言い方は変だが、別れ方もスマートだったし、迷惑なことはひとつもなかったと……

それを聞いた麗佳は、やっと安心したように言った。

「そう。それならよかったけど……」

「はい。おかげで美味しいお昼も食べられましたし、いいお土産も買えました。もしよかったら、私がお礼を言っていたとお伝えください」

「え、私が？　連絡先とか交換しなかったの？」

「名刺は頂きましたけど、それって仕事で使うものだし、そこに連絡するのは……」

「なるほど。まあ、梶倉さんらしいか……。了解、伝えとく」

そこでちょうど始業時刻になり、蓮斗についての話は終わった。

――高校の同級生って言ってたけど、この口ぶりだとたぶん彼氏なんだろうなあ。女同士でつるむのが嫌いだからって彼氏がいないとは限らないし、加賀さんとあの人ならお似合い……

しっかり者の麗佳と、なんでも知っていて世慣れていそうな蓮斗。なんとも素敵なカップルだ、と思いつつも、心のどこかにほんの少し冷たい風が吹く。

いつか自分も彼みたいな人とつきあえればいいけど、そう簡単にはいかない。まずは、麗佳みたいに魅力的な人間にならなくては、と決意を新たに、日和はその日の仕事を始めた。

第五話　福岡

――博多ラーメンと鯛の兜煮

スマホの画面を自動チェックイン機にかざし、質問に答えるためにいくつかのボタンをタッチする。たったそれだけで、飛行機に乗る手続きが終わってしまった。

日和は半ば呆然《ぼうぜん》としながら、巨大な電光掲示板を見上げる。

本日は一月二十四日、天気は全国的に晴れ、日和が搭乗予定の便の横には『定刻』という表示がある。飛行機の場合、到着便が遅れたために出発も遅れるということがよくあるそうだが、そういった知らせもない。おそらくこのままなんの問題もなく飛行機に乗れることだろう。

ひとり旅を始めた動機は、仕事で叱られて、憂さ晴らしに旅行をすすめられたというものだった。二回目の佐原旅行はさらに大きなミス、それも自分以外を責めようがない失敗で、反省はもちろんのこと、気分を変えて新たな気持ちで仕事に臨む必要が生じたからだ。

だがそれ以降、三度目の仙台も四度目となった金沢も、仕事上のミスとは関係のない旅行だった。

二度の旅をしたことで、ひとり旅の楽しさがわかり、もっといろいろなところに行ってみたいと思った。憂さ晴らしや気分転換の必要からではなく、純粋かつ前向きに旅を楽しむための旅行だった。

そして今回は、前回よりもさらにグレードアップした『自分へのご褒美』としての旅行、気持ちが浮き立つのは当然だろう。

事の発端は、上司の仙川が取引先と雑談中に、とある土地を貶《けな》したことだった。ふたりは総務課のすみにある応接ソファで話をしていたのだが、仙川が貶しまくった土地というのは、日和が二回目の旅行先として訪れた佐原だった。しかも、わざわざ日和に視線を向けたあと、『あんな町に泊まりがけで出かける人間の気が知れない』とまで言ったのだ。

日和は佐原に行ったあと、お土産として焼き菓子を持参した。仙川は、それを配りながら日和が同僚たちと交わした会話から、日和が泊まりがけで佐原に出かけたことを知ったに違いない。

さらに仙川は、ちょうどお茶を運んでいった霧島結菜に同意を求め、彼女はあっさり頷《うなず》いてしまった。お土産を配った日、結菜は親戚《しんせき》の法事で休んでいたから、日和が佐原に行ったことも知らなかったはずだ。きっと彼女のことだから、上司の意見を否定してはいけないと考えたのだろう。

「佐原ですか……。確か水郷の町、小江戸とも言われてますね」

「そうそう、その『小江戸』。でも、小江戸なら他に有名処があるだろ？」

「そうですね……川越とかは人気ですけど、佐原ってそれに比べるとちょっと……」

「だよな。二四目のドジョウを狙ってるんだろうけど、佐原なんて半日も見て回れば十分。あそこに泊まり込むのは、よほどの物好きか、他にすることがない暇人ぐらいだよ」

仙川の言葉を聞いた瞬間、隣の席の麗佳が心配そうに日和を見た。おそらく彼女も、仙川が暗に日和を非難していると察したのだろう。

それでも、仙川のそんな意地悪は今に始まったことではない。傷つかないと言ったら嘘になるが、以前よりはずっと回数が減っていたし、やはりスルー力がついてきたのだろう。

日和は軽い会釈と微笑みで、自分は大丈夫だと知らせる。それを見た麗佳も安心したように頷き、ふたりは仕事を再開しようとした。

不機嫌きわまりない声が聞こえてきたのは、まさにそのときだった。

「それは申し訳ないね。でも、僕はあの町が好きだよ。なんと言っても生まれ故郷だからね」

それを聞いたとたん、総務課内の気温が一度ぐらい下がった気がした。

声の主は、古くからの取引相手だった。彼は、小宮山と商談目的で訪れていたのだが、約束の時間より少々早く着いたため、小宮山は外出中。主《あるじ》不在の社長室に通すわけにもいかず、総務課で待ってもらっているところだった。

仙川はしどろもどろに弁解しようとしたが、あれほどこっぴどく貶したばかりでは功を奏するわけがない。困ったことになった……と思ったところに、小宮山が戻ってきた。

小宮山は、取引相手の仏頂面に怪訝《けげん》な顔をしつつも、待たせたことを詫《わ》びた上で、彼を社長室に誘《いざな》った。

小宮山は世慣れているから、こういったときの対応にも長《た》けているはずだし、相手だって子どもじゃないのだから、気分を害したから席を蹴《け》って帰るということもないだろう。それでも、小宮山商店株式会社にとって満足のいく商談にならないかもしれない。いつもなら得られる特典がつかなかったり、価格が望みどおりにならなかったりする可能性も高い。

やらかしてくれたよなあ……と誰もが思っている中、社長室のドアから小宮山が首を出した。

「梶倉君、お茶……いや、コーヒーがいいな。大きめのカップで頼むよ」

いつもなら名指しなんかしないのに珍しいことだ、と思いながらも、日和は急いで社長室にコーヒーを持っていった。

「失礼します」

声をかけて入ってみると、相変わらず取引相手は仏頂面をしている。どうやら小宮山は、経緯を聞き出したところらしく、日和の方をちらっと見たあと思い切り深く頭を下げた。

「本当に失礼なことを申し上げました。あとできつく叱っておきます。佐原はとても風情のあるいい町だと聞いています」

「取り立てて見るところもない、つまらない町だよ」

「そんなことはありません。昨今マスコミで紹介されることも多いようですし、私も一度お邪魔してみたいと思ってるんです。あ、そう言えば……」

そこで小宮山は、日和に視線を向けた。

「君は行ったことあったよな？　この夏ごろだっけ？」

これはフォローに協力しろってことだな、と察した日和は、即座に答えた。

「七月です」

「確か、泊まりじゃなかった？」

「はい。行くまでは、近いから日帰りでもいいかと思ってたんですけど、着いてみたらものすごく雰囲気がいい町で、泊まりにして良かったなあって……」

「ほう……『泊まりがけで来るなんて気が知れない』町に、わざわざ泊まったのかい？」

しかも東京から、と取引相手は驚き半分皮肉半分、といった感じで訊《たず》ねてくる。日和はこれにも即答した。

「川沿いの古い町並みをゆっくり歩きました。伊能忠敬の旧宅や記念館も見ましたし、佃煮屋《つくだに》さんとか、小物屋さんとか面白いお店がたくさんありましたよ。あ、舟にも乗りました。いくつもの橋の下をくぐって、とってものんびりした気分になれました」

「舟めぐりか……あれは人気があるな。七月というと、夏祭り？」

「いいえ。夏祭りのことは全然知らなくて、その前の週だったんです」

「それは残念だったね。他には？　飯はどうだった？　鰻《うなぎ》は食ったかい？」

「残念ながら……」

そこで日和は言葉を切り、ふたりの男の顔を交互に見た。ここでマイナス発言をしていいものかどうか少し迷ったが、えいやっとばかり続けることにする。

「本当は食べたかったんですけど、予算が合いませんでした。きっと東京に比べたらずっとお値打ちなんでしょうけどやっぱり……」

渋い顔になるかと思った取引相手は、意外にも大きく頷いてくれた。

「そうだなあ……鰻はすっかり高級品になっちまったもんな。手が出ないって気持ちはわかるよ」

「あ、でも、お昼は川の近くのお店でお寿司《すし》をいただきました。私のお財布にぴったりですごく美味《おい》しかったです」

「どの店かわかるよ。あそこはコスパがいいし、昼時は行列してる。旨《うま》かったんならなによりだ。で、夜は？」

「お蕎麦《そば》をいただきました。お酒もちょっとだけ。店員さんがすごく感じが良くて親切で、ついついお酒まで注文しちゃいました。お蕎麦はもちろん、おつまみもすごく美味しくて、おまけにお値打ちで。お蕎麦屋さんでお酒を呑《の》むなんて、すごく大人になったような気がしました」

「蕎麦……？　どの店だろう」

「とんかつとお蕎麦のお店でした。特別な豚肉を使ってるそうで、角煮が絶品で……」

「あーはいはい、わかったわかった！　本屋の隣だろ！」

　とんかつと蕎麦を両方扱う店は珍しいし、あの店の角煮は旨い上に食べ応《ごた》えもあるんだ、と彼は自慢した。

「そうです、そうです。本屋さんで買い物したあと、お蕎麦屋さんに……」

「本も買ってくれたの？　地元経済に貢献してくれてありがとう」

　本なんてどこで買っても同じなのに、と取引相手はものすごく嬉《うれ》しそうに笑った。

「蕎麦屋呑みデビューして、お気に入りの本を抱えてベッドでごろごろ。すごくゆっくりできました。おかげで二日目も元気いっぱい、自転車を借りて香取神宮や利根川沿いの道の駅にも行ってきました。もうちょっと時間があれば、鹿島神宮にも行けたのになあって……」

　とにかく魅力的な町だし、泊まりでも十分楽しめる、と日和は強調した。そしてだめ押しのように付け加える。

「頑張って働いてお金を貯めて、今度は鰻を食べに行きます。佐原の鰻はすごく美味しいって評判ですから」

「そうかあ……また来てくれるのか。それは嬉しいな。神社に興味があるなら、東国三社巡りもおすすめだ。香取神宮、鹿島神宮、息栖神社と一度に回ると御利益抜群らしいぞ」

「あ、知ってます。でも息栖神社ってバスや電車では行きづらくて」

「確かに。そこまでちゃんと知っててくれてるんだな」

さっきまでの仏頂面はどこへやら、取引相手の目尻《めじり》は下がりきっている。ご機嫌が直った様子にほっとして、日和はぺこりと頭を下げ、社長室をあとにした。

その後、かなり長い時間にわたって社長室のドアが開くことはなかった。二時間近くが経過して、そろそろ終業時刻だというあたりで、小宮山と取引相手が出てきた。どちらもとても満足そうで、一目で商談がうまくまとまったことがわかる。総務課員たちが、見送りのために一斉に立ち上がった。

「じゃあこれで。また連絡させていただきます」

取引相手は小宮山にそんな言葉をかけたあと、室内を見回し、日和を見つけて言った。

「今度、佐原に出かけるときは声をかけてくれ。鰻の旨い店に案内するよ。なんなら息栖神社にも」

全員の目が自分に集まったせいでどぎまぎしてしまい、日和は何も言えなくなる。無言で頭を下げている間に、彼は帰っていった。

玄関前で帰っていく彼を見送った小宮山が、戻ってくるなり両手の親指を立てた。

「梶倉君、ありがとう。おかげで、お互いに損のないところでまとまったよ」

「私は別に……」

「いやいや。あの男はものすごく郷土愛に溢《あふ》れたやつでね。それだけに、地元を貶される とんでもなく不機嫌になる。しかもけっこう長引く。あんなにすんなり機嫌が直ったのは、梶倉君が佐原のいいところをたくさん挙げてくれたおかげだよ」

それは、日和が佐原を訪れたことをちゃんと覚えていてくれて、わざわざ社長室に呼んだ小宮山の手柄だと日和は思った。日和ではなく、小宮山自身が佐原という町を褒め称《たた》えれば同様の効果が得られたに違いない。

けれど小宮山は、そうではないと強調した。

「実際にあの町に惹《ひ》かれて、しかも泊まりがけで出かけた君の口から出た言葉だったからこそだよ。古い町並みの話も、飯を食った店の話も、翌日自転車を借りて走り回った話も、全部がリアルで、本当に体験した人間だからこそ話せる内容、なおかつ心底楽しんだ感じに溢れてた。それが嬉しかったんだよ。あの子が早く鰻を食べに行けるように、給料を上げてやってくれ、とまで言われたぞ」

「え、そんな!」

「まあ、それはちょっとできない、って断ったけどな」

「ですよね……びっくりしました」

「ま、本当に行くつもりならあいつに連絡するといいよ。きっと特上鰻をご馳走《ちそう》してくれる」

「そんなことできません……」

勤め先の取引相手を呼び出して奢《おご》らせるなんて、ありえない。たとえ取引相手ではなくても、奢らせるために誰かに連絡するなんて、日和にできる芸当ではなかった。

小宮山もそれは十分わかっているらしく、まあ、機会を見つけて店だけでも訊《き》いてあげるよ、と約束し、社長室に戻っていった。

社長室のドアが閉まるのを見届け、麗佳が声をかけてくる。

「梶倉さん、お疲れ様。お手柄だったわね。今日の仕事は終わった？」

「はい」

「じゃ、帰れるのね。今日は真っ直ぐ帰宅？」

「本屋さんに寄ろうかと……」

「偶然ね。私もよ」

じゃあご一緒しましょう、ということで、日和は急いで机の上を片付ける。麗佳は、と見るととっくに帰り支度を済ませていた。

「会社の最寄り駅に大きな本屋があるのは助かるわよね」

「本当ですね。加賀さんは、なにかお目当てがあるんですか？」

「例によって雑誌の発売日。あと、お正月休みに遠出しようと思ってるから、その関連」

「遠出って、もしかして海外ですか？」

「そう。海外は何度か行ったけど、ひとり旅はしたことがないの。今年は行けそうかなと思って」

小宮山商店株式会社は例年、十二月二十八日から一月三日が正月休みとなる。だが今年はうまく週末と重なるおかげで、九連休となる。それだけあれば海外にも行ける。せっかくの機会だから、初めての海外ひとり旅に挑んでみようと思っていると麗佳は語った。

「いいなあ……海外ですかあ……」

「あら、お正月休みの長さは同じよ。梶倉さんも行けばいいじゃない」

「無理ですよ。私なんてひとり旅を始めたばっかり、しかもまだ一泊しか……。そろそろ二泊に挑戦してみたいんですけど、それもなかなか……」

「どうして？　九日も休みがあるのだから、二泊三日なんて余裕でしょ」

　麗佳は簡単に言うが、日和にとっては難しい。なにせ年末年始は家族が一緒に過ごしたがるし、なによりあらゆる料金が高くなる。実家住みとはいえ、このところ出かけてばかりいる日和には、使える予算が限られていた。

　ところが麗佳はそんな日和の話に首を傾げた。

「梶倉さんって、貯金とかしっかりしてるように見えるけど？」

「人並みにはあると思います。でも、せっかく貯めたんだから無駄に遣いたくないっていうか、同じサービスに割増料金を払うのは面白くないというか……」

すみません、けちくさくて、と頭を下げる日和に、麗佳は感心したように言う。

「しっかりしてるわねえ……。確かに、繁忙期ってだけで高くなるけど、サービスそのものは同じか、それ以下になっちゃうのよね」

「でしょう？　ただでさえ週末は割高なのに、その上年末年始とか、ゴールデンウィークとか……できれば避けたいです」

「だったら有休を使えばいいじゃない」

普通の週末の前かあとに一日有休を取れば、二泊三日の旅行ぐらいは余裕で行ける。せっかくあるものは使わなければ、と麗佳は発破をかけてくる。だが、有休は上司に申請する必要があり、日和の直属上司は仙川なのだ。どんな嫌みを言われるかわかったものではない。現に、ずっと前に家族旅行のために有休を申請したときは、今の若者はろくに義務を果たさないくせに、権利ばっかり主張する、なんて皮肉を言われた。

家族が楽しみにしていた旅行だったから取り下げはしなかったけれど、とても嫌な気持ちになったし、休んだあとも仙川の嫌みはしばらく続いた。あんな思いをするぐらいなら、有休なんて取らないほうがマシだと思ってしまい、それ以後、有休を使うことはなかった。

「呆《あき》れた……。私はそんなこと言われたこともないし、霧島さんや菊池《きくち》さんからもそんな話は聞いたことがないわ。あの人、とことん弱い者に当たるのね」

見下げ果てた男だ、と麗佳は憤慨している。それでも、それならよけいに、有休を取るなら今がチャンスだとすすめてくる。

「ついさっきお手柄を立てたばかりじゃない。最近は梶倉さんへの難癖も減ったみたいだし、さすがに今回は文句の言いようがないはず。だって、あいつのミスをフォローしたわけでしょ？　どうかしたら、うっかり頷いちゃった霧島さんの評価まで下げるところだったのよ？」

「それはないでしょう。霧島さんは、お客さんの前で上司の言葉を否定しちゃいけないって思っただけで、佐原をマイナス評価してるわけじゃないと思います。佐原が水郷の町だって知ってましたし、具体的に貶めるようなことは言わなかったと……」

そこで麗佳は、クスリと笑って言う。

「『それに比べるとちょっと』って言ってなかったっけ？」

「言ってた……かもしれませんけど、まあ成り行きってことで」

「意外、霧島さんを庇《かば》うんだ。てっきりあなたは『総務課のアイドル』が嫌いなのかと思ってた」

初めてのひとり旅から戻ったあと、麗佳と結菜の話をした。名前こそ出なかったけれど、あれは彼女の話だったと麗佳も日和もわかっていたはずだ。あのとき麗佳は、結菜のことを面倒な人物として語っていたし、日和の反応は肯定に近かった。麗佳のことだから、そこから日和の結菜に対する感情を読み取ったのだろう。

「苦手ですけど、それって単に私とは違うっていうだけで、あえて嫌うほどでもないんじゃないかと……」

ひとり旅を始めて変わったことのひとつに、同僚に対する感情があった。

かつて日和は、スムーズに仕事をこなし、みんなにかわいがられる結菜が羨《うらや》ましかった。あんなふうになりたいと思いつつも、絶対になれない自分を卑下していたのだ。

けれど、ひとり旅を繰り返したことで、多少のトラブルは自分でなんとかできるし、見知らぬ人と言葉を交わすことにも慣れた。そして、本当に困っているときは案外助けてくれる人が出てくるから、素直に助けてもらえばいいのだとわかったのである。

日和は、面白そうにこちらを見ている麗佳に言う。

「私、今、けっこう充実してますし、すごく楽しいんです。嫌なことがあっても旅に出ちゃえば忘れられます。霧島さんみたいな女の子には憧《あこが》れますけど、無い物ねだりしたって仕方ありません。私は私でいいやって思い始めました」

「それはいいことね。梶倉さんには梶倉さんの良いところがいっぱいあるんだし、仕事のミスだってずいぶん減ったじゃない？　入社して三年近くなるんだから当然と言えば当然だけど、ひとり旅を楽しめたことで自信がついたせいもあると思うわ」

「実は私もそう思ってます。このまま、会議室でのお説教がなくなればいいなと……」

「きっと大丈夫。嫌みだってしばらくは減るでしょうし、スルー力も急上昇中。この調子でね」

「頑張ります」

「……ってことで、話を戻すけど、ご褒美代わりの有休、考えてみたら？」

ついでに私もお正月休み前後で有休を申請して、ヨーロッパまで遠征しようかな、なんて麗佳はスマホのカレンダーとにらめっこしている。

歩きスマホは危ないですよ、と注意しつつも、日和は麗佳の意見に心を動かされていた。

確かに、金曜日か月曜日に有休を取れば、連休で割高になっている料金を払わなくても二泊三日の旅行に出られる。週末は大行列の観光地だって、平日なら多少は空《す》いているかもしれない。麗佳の言うとおり、自分の失言をカバーしてもらったばかりなのだから、仙川の嫌み攻撃が少しは弱まる可能性もある。

ここで『可能性もある』としか言えないところが悲しいけれど、一か八かやってみる価値はあった。

そして迎えた月曜日、日和は意を決して仙川のところに行き、有休申請を提出した。彼は反射的に眉《まゆ》を顰《ひそ》めたが、先週の成り行きに加えて麗佳と同じ日に休むわけではなかったことも幸いしたのか、意外にすんなり認めてくれた。

かくして日和は、自分へのご褒美という、今までとは違った意味を持つひとり旅に出ることになったというわけである。

羽田《はねだ》空港から福岡空港は時間にして二時間少々、離陸してシートベルト着用サインが消え、ドリンクサービスを受けたかと思ったらもう降下を始めるという短時間の飛行だった。

どーんという滑走路にぶつかる衝撃に少々びくっとしたものの、日和は無事福岡空港に降り立った。

同じ便から降りたらしき人たちの群れに紛れて、そのまま地下鉄の駅に向かう。

福岡空港は全国屈指のアクセスの良さを誇り、空港から地下鉄に乗って二駅ほどで新幹線が発着する博多《はかた》駅に到着する。博多駅で降りずに、そのまま市内一の繁華街である天神《てんじん》にも行けるし、空港内を無料で走行しているバスで国際線ターミナルに移動すれば、そこから太宰府《だざいふ》に直行するバスに乗ることも可能だった。

太宰府には、菅原道真《すがわらのみちざね》公が祀《まつ》られている太宰府天満宮《てんまんぐう》がある。言わずと知れた強力なパワースポットだし、せっかく福岡に来たのだから参らないという選択肢はない。そのまま空港から直行することも考えたが、時刻は午後一時、お腹も空いている。とりあえず昼食ということで日和は、天神に行くことにした。目当ては天神駅の地下街にある和食の店だった。

福岡にはもつ鍋《なべ》と水炊きという二大有名鍋料理があるが、もつ鍋は最近注目を浴びているせいか、食べる機会も多い。本場のもつ鍋は全然違うと言われることはわかっていたけれど、やはり骨付き肉を何時間も煮込んで作るという水炊きを試してみたい。

けれど、鍋物をひとりで食べるのは大変、ということで探した結果、見つけたのが天神駅の地下のお店である。そこでは小鍋の水炊きに加えて、がめ煮や胡麻《ご ま》豆腐といった小鉢がついたランチが用意されていて、おひとり様でも水炊きを堪能《たんのう》できるらしい。ランチタイムは午後三時までとなっていたが、直行すれば間に合うだろう。

前の人に続いて電子マネーカードを自動改札機にタッチし、階段を下りる。折好くやってきた電車に乗って、十一分で日和は天神駅に到着した。時刻は午後一時三十二分、あらかじめセットしておいたスマホの道案内を頼りに目的の店に着いたのは午後一時三十九分だった。

午後三時までと書いてあっても、それより早くオーダーストップになる店もある。大丈夫かな、と不安に思いつつも暖簾《のれん》をくぐってみると、すぐに店員の愛想のいい声が飛んできた。

「いらっしゃいませ、空いているお席にどうぞ!」

とりあえず入れた、と安心し、一番近くの空いていた席に座る。すぐさま店員さんが、向かいの椅子をひとつどけて、キャリーバッグの置き場所を確保してくれた。

「ご注文はお決まりですか?」

テーブルの上にメニューはない。だが、プラスティック製のスタンドに小鉢定食の写真が出ていたため、日和は迷わず注文した。

「小鉢定食をお願いします」

「かしこまりましたー」

店内は八分の入り、どの客の前にも丼や重箱のような容器が置かれ、小鉢定食を食べている人はいない。ガイドブックに紹介されるほどの料理なのに……と思ったが、正直に言えば昼食としては少々値が張る。日和のようにどうしても水炊きを食べてみたい旅行者、しかもひとり客でもなければ、選ばない可能性が高い。周りの客の中には、店員と親しげに話している人もいるから、地元の人の利用が多い店なのだろう。

誰が食べていなくてもかまわない。自分にとって美味しければいい。

そんな気持ちで待っていた日和の前に届いたのは、ぐつぐつと煮え立つ鍋と胡麻豆腐、煮物の小鉢、汁物が入った湯飲み、そしてご飯と香の物が載ったお盆だった。ポン酢の器も添えられているから、これが水炊き用だろう。

さっきちらりと見た写真付きの小鉢定食の案内を、今度はじっくり読む。なぜならそこには、小鉢定食の食べ方が詳しく書いてあったからだ。

——まずスープを飲むのね、はいはい。

添えられていたレンゲで、鍋から白濁したスープを掬《すく》う。ほんの少しにしたのは、あまりにもぐつぐつと煮立っていて火傷《やけど》をしそうだったからだ。何度かフーフー吹いたあと、そっと口に運ぶ。

――うわあ……すごく濃厚！　さすがに骨付き肉だけあるなあ……って、あれ？

そこで日和は、軽く噴き出しそうになった。目の先にある湯飲みの中身に気付いたからだ。

湯飲みに入った白濁した汁物、これこそまず味わうべきスープに違いない。おそらくどちらも同じ水炊きスープなのだろうが、湯飲みのほうには鮮やかな緑の葱《ねぎ》が散らされている。しかも、鍋から掬ったものと違って、うっすら塩味を感じた。

――こっちだったのね。でもまあいいや。どっちも美味しいし！　ってことでいよいよお肉！

そっと箸《はし》を伸ばし、崩れそうになる鶏肉《とりにく》をどうにかポン酢の器に移す。軽く浸して食べてみると、軟らかい食感と、濃厚な味わいが口中に広がった。

家なら丸ごと口に放り込んでもぐもぐやって、骨だけぽいっと出したい。そんな行儀の悪い食べ方がしたくなるほど、骨離れのいい肉だった。なるほどこれが何時間も煮込んだ博多の水炊きか、と感動しつつ小鉢も食べてみる。

胡麻豆腐もがめ煮も味付けは濃厚、おそらく醬油《しょうゆ》の味そのものが濃厚なのだろう。ご飯にもぴったり、お腹が空いていたこともあって、日和は瞬《また》く間に鶏肉も小鉢も食べ尽くしてしまった。辛うじて二口ぐらいのご飯が残せたのは、例の案内書きのおかげだ。

そこでは、ご飯に残った水炊きのスープをかけて食べるようにとすすめていた。味を調えるための塩も卓上に用意されている。試さない手はなかった。

──濃厚……本当に濃厚……家で食べるお鍋の締めとは全然違う。あーもう、こんな味を知ったら、あとが辛《つら》いじゃない！

お鍋の楽しみは最後の雑炊にあると断言するほど雑炊好きの日和としては、鶏肉の旨みを凝縮したようなスープは禁断の味だった。

それでも食べたことに後悔はない。世の中には、自分が知らない美味しいものがまだまだたくさんあるのだ、と思うと嬉しい。また旅に出る楽しみができるというものだった。

福岡というか博多で食べたいものはたくさんあったが、とりあえず水炊きに済みマークをつけ、日和は大満足で地下の和食屋を出た。

さて、これからどうしよう。ホテルのチェックインタイムは午後三時からだから、今すぐ行くとちょっと早すぎる。

荷物は少々邪魔だが、今回のホテルはあいにく駅からちょっと離れていて、徒歩十分ぐらいかかる。幸いキャリーバッグだし、預けるためだけに博多駅に戻り、さらに往復二十分歩くぐらいなら、このまま引っ張っていったほうがいい、という判断の下、日和はバス停を目指した。

福岡という町には地下鉄も走っているけれど、観光目的の移動には断然バスが便利だ。それは、これまでのひとり旅を通じて日和が学んだことのひとつである。

有名処では京都があるし、日和が訪れた仙台、金沢も然《しか》り。大きな観光地には一日フリー切符を販売しているところも多い。バスをいかにうまく乗りこなすかに、旅の成功がかかっていると言っても過言ではないと日和は思っていた。

とはいえ、現在の時刻は午後二時過ぎだ。今から回れるスポットはせいぜいひとつかふたつだろう。

事前に調べたところ、フリー券は九百円だった。博多駅や天神近辺なら百円で乗れるバスもあるそうだし、今日の午後はフリー券を買わずに、普通にバスに乗ったほうがお得だ。

――こういう判断もちゃんとできるようになってきた。私も、ずいぶん旅慣れてきたなあ……

お腹はいっぱい、寒いけれど天気は上々。日和はさらにご機嫌でバスに乗り込む。目指すは、福岡市が一望できるという福岡タワーだった。


――うわあ……高い！　っていうか私、高いとこ苦手なんだよね……

天神からバスで二十分、福岡タワー南口でバスを降りた日和は、タワーの入り口で怖《お》じ気づいていた。『清水《きよみず》の舞台から飛び降りる』という言葉があるが、今の状況はその真逆、『福岡タワーに駆け上がる』だった。もちろん、実際には自分の足で上るわけではなく、料金を払ってエレベーターに乗るわけだが、それも含めて日和には勇気が要る行動だった。

実は日和は、東京の新名所と言われるスカイツリーにも昇っていない。家族と、あるいは学校から何度か行く機会があったにもかかわらず、である。スカイツリーに行くたびに同行者、特に初めて訪れた人間は『せっかくだから』とあの高みに昇ろうとする。

家族は日和が高いところが苦手だと知っているから苦笑するだけだが、同級生はそうはいかない。やむなく、もう昇ったことがあるから……なんて苦しい嘘をつき、ソラマチ辺りをうろうろして待っていたのだ。そんなとき、いつも心に言い聞かせるのは、スカイツリーはどこにも行かない、昇りたくなったら昇ればいい、という言葉だった。

だが、福岡タワーは違う。この先何度も福岡に来るとは思えないし、この機会を逃せば、もう昇る機会はないかもしれない。いくら高いところが苦手とは言っても、恐怖で足がすくむほどではないのだ。この際、頑張って昇っておくべきだろう。

——福岡を一望できるチャンスなんてもうないかもしれないんだよ！　頑張れ日和！

日常ではできなくても、旅ならばできる。そんなことはいくつも経験してきた。ひとりで呑み屋の暖簾をくぐることも、カウンターの中の料理人と話すことも、普段の日和の性格からは考えられないが、旅に出たときはちゃんとできた。それなら、高い塔にだって昇れるはずだ。

自分で自分を叱咤《しった》激励、いけいけ日和！　と唱えながら日和は福岡タワーの入館券を買った。

気持ちが失《う》せないうちに、と急ぎ足でエレベーターに向かう。途中で、記念撮影はいかがですか？　と声をかけられたが、とてもじゃないがそんな気分になれなかった。

記念撮影スペースを通り抜けると、そこはエレベーターホールだった。コンパニオンのお姉さんが何人も待機していて、エレベーターが降りてくるたびに客を乗せている。

いっそ周り全部を他の人間に囲んでもらえば、外が見えなくなって怖さも少し減るのではないかと思ったけれど、あいにく待っているのは日和の他にはいちゃいちゃしまくっているカップルと、おそらくアジアのどこかからやってきただろう外国人男性の三人連れだけだった。

エレベーターは一度に十数人乗れるぐらいの大きさで、とてもじゃないが五人で壁を塞《ふさ》ぐことはできそうもない。もう目を瞑《つむ》っているしかない、という気持ちと、それじゃあ入館料の払い損じゃないか、という気持ちがぶつかり合う。結果、勝ったのは、払い損は嫌だ！　という気持ちだった。

――大丈夫、このエレベーターは途中で止まったりはしないし、落ちたりもしない。私は、そんなニュースになりそうな出来事に遭遇するような人間じゃない！

他人が聞けば、どういう根拠だ、と失笑されるに違いない。それでも、そのときの日和にはそんなふうに言い聞かせるしか術《すべ》がなかった。

コンパニオンのお姉さんは、しきりに眺望を観賞せよとすすめてくる。無理もない。

周りを見渡す気もないのに、わざわざ昇る人間がいるなんて思ってもみないだろう。

ええい、ままよと頭を上げ、ガラス越しに外を見た。目に飛び込んできたのは青い空と海原、『海の中道』らしき陸地も見える。『海の中道』とは玄界灘と博多湾を区切る半島のことで、海浜公園や水族館もある人気スポットだ。しかも、日和が明日にでも行ってみようと考えていた場所だった。

そうかあれが『海の中道』か、と思いながらエレベーターを降りる。不思議なことに、もう恐いとは思わなかった。コンパニオンのお姉さんに、二百三十四メートルという福岡タワーの高さを聞かされたことも理由のひとつだろう。失礼ながら、六百メートル超えのスカイツリーに比べれば半分以下じゃないか……と、思えたのだ。

遠くに見える陸地が『海の中道』だとわかったのも、事前に調べてあったおかげだ。どうせなら、福岡タワーの高さもしっかり調べておくべきだった。学生時代は予習よりも復習が大事だと思っていたが、それは学生には『失敗から学ぶ』が許されるからかもしれない。大人になると、失敗することが許されない場面も多い。もしかしたら、復習よりも予習が大事なのだろうか。

今後は、もっとしっかり調べることにしよう、と思う半面、あまりに何もかも調べ上げてしまっては、旅の楽しみが半減するような気もする。

知らずに見るからこその新鮮みと驚きと、知識に裏付けられた理解と考察。自分はどちらを求めているのだろう。

明日訪れる予定の『海の中道』を遠くに見ながら、日和の思いは複雑だった。

予習か復習か、それが問題だ、などというちょっと哲学者めいた疑問に気を取られていたおかげで、帰りのエレベーターは昇ったときほどの恐怖はなかった。気がついたときにはドアが開き、コンパニオンのお姉さんが頭を下げていた。

なんちゃって高所恐怖症を克服したような、単なる勘違いのような……とこれまたどうでもいい様な疑問を抱えつつ外に出た日和は、海辺に行ってみることにした。

高いところから眺める海もいいが、間近に見る海もいい。要するに日和は、海が好きなのだ。もっと言えば、海に限らず、川でも湖でも池でも、水がある風景というのが好きだった。

東京都内、特に日和の自宅がある辺りは海から離れているが、近くに川がある。日和にとって嫌なこと、辛いことがあったとき、川辺に行って流れていく水を漫然と見るのは究極の癒《い》やしだった。いや、辛いことなんて無くても、水を眺めるのは日和の生活の一部になっている。ひとり旅を始めるにあたって、熱海や水郷である佐原を選んだのはそんな理由もあってのことだろう。

——うーん広い。なんというか、圧倒的ラスボス感！

たとえ湾でも、向こう岸がかすんで見えていても、ふたつの陸地の間に横たわるのは紛れもない海だ。海がラスボスであるかどうかは別にしても、やはり川とは全然違う。

天神からバスで二十分ぐらいかかったし、荷物だって持ったままだけれど、来てみてよかった。明日行く予定の『海の中道』をこちら側から見るというのも、一種の予習と言えるだろう。

日和はしばらく海を眺め、大満足で踵《きびす》を返そうとした。そしてそこで、またしても『予習の大切さ』を痛感させられることになった。

——え……ここから船で渡れるの⁉

沖縄名物となっているアイスクリーム屋さんやスナックを売る店の近くに、小さな立て看板があった。なにかと思って読んでみると、それは『海の中道』に向かう船の時刻表だった。しかも、最終便はほんの十五分ぐらい前に出発したばかり……

福岡タワーの周りにはお土産物や雑貨品を売るお店がたくさんあるが、お土産は荷物になるのであまり早々《はやばや》と買い込みたくない。

シーサイドエリアにやってきたのは、ただ福岡タワーが見たかったからにすぎず、ちゃんと上まで行って福岡の町と福岡湾を一望したら目的は完遂なのだ。

ここから『海の中道』に渡れる船があると知っていたら、予習と復習について考え込むことなどせずにさっさと降りてきて、最終便に乗っていただろう。時刻的に考えても、今から向かえばあちらで夕日を見ることができたかもしれない。しかも、乗船時間は二十分、博多駅や天神駅に戻ってからバスや電車に乗るよりもずっと早いのだ。痛恨のエラーとしか言いようがなかった。

──ま、まあいいや。起こったことは起こったこと。嘆いていたって船が戻ってくるわけじゃない。なにより、船よりバスのほうが時間はかかるかもしれないけど、ずっとお値打ちに決まってる。だって一日フリー券だもん！

そこで日和はスマホで乗船料金について調べてみた。乗る予定のない船の値段を調べる必要はないのだが、自分を納得させるために必要な作業だった。

──ほら、やっぱり。船は千円以上するじゃない。バスなら一日乗りまくっても九百円。これでよかったんだよ、日和！　そうとわかったら潔く戻ろう。それにしても、福岡ってずいぶんバスが多い町ねえ……

やはりこの町の交通手段はバスが最適だ。自分の選択は間違っていない、とにんまり笑いながら、日和はホテルへの経路を調べる。博多駅から徒歩八分となっていたけれど、もっと近くにバス停があるかもしれない。どうせ明日は一日中歩きっぱなしになる。今日のところは体力温存、できるだけ歩かずに済む方法を取りたかった。

調べた結果、やはり近くにバス停があった。首尾良くそこで降りた日和は、三分ほど歩いてホテルに到着、無事チェックインを済ませた。

六月から始めたひとり旅、ホテルに泊まるのももう四回目。一年も経たないうちに四度もチェックインすればさすがに慣れる。玄関に入る前に気合いを入れ、どきどきしながらフロントに近づくこともなくなっていた。

ホテルの部屋はシングルにしては広め、ベッドも日和が好きな硬めのタイプ、しかもセミダブルあるいはダブルの大きさだった。なによりありがたいのは、キャリーバッグを広げるスペースが十分あり、そのための荷物置きが用意されていることだった。

一泊だけなら本当に寝るだけ、多少窮屈でも設備が整っていなくても我慢できなくもないけれど、今回は連泊である。ホテルは旅の印象を大きく左右するはずだ。それだけに、居心地の良い部屋、行き届いたサービスはありがたかった。

お昼ご飯がいつもより遅い時刻だった上に、しっかり食べたせいでお腹は空いていない。かといって食べずに寝るわけにもいかないから、晩ご飯は少し軽めにすることにして、日和は中洲《なかす》の屋台を見に行ってみることにした。

実は、その時点で日和はかなり自信満々だった。普段からランチはひとりが多いし、ひとり旅を始めてから、何度か『ひとり呑み』も経験した。屋台ならば普通の居酒屋よりもずっと入りやすいはずだ、と思っていたのである。

ところが、意気揚々と中洲に着いた日和を迎えたのは、縁日もかくやといわんばかりの大賑《おおにぎ》わいだった。

――これ、私が一番苦手なやつだ！

『人見知り女王』は今や、相手がお店の人で一対一ならなんとかなる、少人数でもたぶん大丈夫のレベルまで進歩した。その底に一貫して流れるのは、『旅の恥は掻《か》き捨て』という、手放しには褒められない概念だ。二度と会わないとまでは言わないが、その可能性が極めて高い相手にどう思われようがかまわない、という開き直りが、日和の重い口を滑らかにしてくれる。

さらに、これまでひとりで入った店の従業員たちは、日頃からいろいろなタイプの人間に接しているだけあって、無遠慮に踏み込んでくることがなかった。手持ち無沙汰《ぶさた》にしていたときは、適度に話しかけてくれたし、その話題に興味がなさそうだったり、あるいはこの辺りが潮時と見切ったときは、別な話題あるいは沈黙の時間を提供してくれたのだ。

だが、目の前に広がっている光景は、そんな日和の許容範囲を大きく超えていた。

噂には聞いていたが、どの屋台も、一軒丸ごとで盛り上がっている。もともと数人しか席に着けないせいもあるのだろうが、ひとりかふたりの従業員を含めて、全員がひとつのコミュニティを形成し、大騒ぎしている。すでに出来上がっているコミュニティに単独参入というのは、日和が一番苦手とする状況だった。

——中洲の屋台は福岡の名物のひとつだから楽しみにしてきたけど、私には入り込めそうにもない世界だ。実際にこの目で見られたんだから、それでよしとしよう。これは旅行であって修業じゃないんだから、無理をする必要なんてない。

それが、日和が得た結論だった。

結論自体はそれでかまわないが、問題は屋台が立ち並ぶ那珂川《なかがわ》沿いを二往復した結果、けっこう空いてしまったお腹だ。屋台でちょっと呑んで軽く食べる、という計画が崩れ去った以上、代案が必要だった。

お昼に水炊きとがめ煮を味わった。軽く食べられるものの代表格は麺《めん》類だし、福岡には博多ラーメンという名物がある。ガイドブックには一口餃子《ギョーザ》も有名だと書いてあったから、ラーメン屋に行けば両方を試せるに違いない。

そう考えるに至って日和は、ホテルにチェックインしたときに、地図を渡されたことを思い出した。

確かホテル近隣の飲食店マップで、ラーメン屋も何軒か書き込まれていた。そのうちのどこかに寄ってホテルに戻ることにしよう。

もらったまま鞄《かばん》に突っ込んであった地図を取りだし、じっくり確かめる。ホテルから中洲は徒歩圏だったため、歩いて中洲に行った挙げ句、どこにも寄らずに二往復したせいでかなり疲れていた。

幸い、中洲からホテルに戻る途中にラーメン屋があった。これ以上歩くのは辛いし、説明には『地元で人気の店』と書かれている。一見《いちげん》の観光客ではなく、地元の評価を受けているのだからきっと本当に美味しいのだろう。ということで日和は、そのラーメン屋に行ってみることにした。

――良《い》い感じ……

そっと引き戸を開けて中に入る。その時点で客は、カウンターにひとり、テーブル席にふたり連れの合計三人だった。入ってきた日和に気付いた店主は、落ち着いた声で

『いらっしゃいませ』と迎え、カウンターへと誘ってくれる。客も店主も静かで、全体的に落ち着ける感じの店だった。

目の前に立ててあったメニューを開いてみると、ラーメンの他に餃子やチャーシューなどのつまみも豊富に用意されている。

冬の空気は乾燥しているし、たくさん歩いたから喉《のど》が渇いている。なにか冷たいものを呑みたいが、メニューにあるのはビール、酎《ちゅう》ハイ、ハイボールと炭酸系のアルコールばかりだ。炭酸系はお腹に溜《た》まるからラーメンと餃子を注文したら、食べきれない気がする。

全部は無理となると、アルコールか餃子のどちらかをあきらめなければならない。冷たい飲み物は水で我慢しておくか……とあきらめかけたとき、隣の客の元に皿が運ばれてきた。ふと見ると、載っているのは焼きたての餃子、しかも四個だけ……

もしかしたら半量の餃子があるの？　と期待いっぱいに探してみたところ、ハーフサイズメニューという欄があり、餃子だけでなくほとんどのおつまみを半量で注文できるらしい。さらに日和の目を引いたのは、燦然《さんぜん》と輝く『晩酌セット』という文字だった。

——半ラーメンに餃子が四個、そこにハイボールがついてる！　神様ありがとう！　神様が、中洲の屋台を断念した日和を憐《あわ》れんでくれたとしか思えないほど理想的な組み合わせだ。しかも値段は嬉しすぎる千円、迷う余地はなかった。

晩酌セットをお願いします、と注文すると、即座に麺の硬さを訊ねられた。

博多ラーメンは麵が細いことで有名だし、普段から日和は硬めの麵を好む。けれど、『バリカタ』と呼ばれる歯ごたえがしっかり残った茹《ゆ》で方までは望まない……ということで、『硬め』を選択することにした。

最初に届いたのはハイボールだった。

居酒屋ならお通しが出てくるから、それをつまみに吞めば良いのだが、この店にはお通しというシステムはないらしく、つまみになるものはなにもない。普段の日和なら、餃子が出てくるまで待ったに違いないが、とにかく今は喉が渇いている。まずは一口……と口をつけた。

なんの変哲も無い、メーカーのロゴが入ったジョッキになみなみと注がれたハイボール。ウイスキーだって特別なものは使っていないだろう。それでも渇いた喉には極上の味わいで、一口では止まらず、そのままごくごくごくごく……と立て続けに吞んでしまった。

危うく一気吞みになるところだった。学生じゃあるまいし、いくら薄めのハイボールでもこんな吞み方は身体に悪い、とジョッキを置いたところに、待望の餃子が登場した。名物と言われているのは一口餃子だが、運ばれてきたのは普通の大きさだ。だが、この際そんなことはどうでもいい。大事なのは味だ、と早速箸を割って食べてみた。

――はい、満点！　外はカリカリ、中はふっくらジューシー、焦げ目は強めのキツネ色。ハイボールとの相性もぴったり。

これまでビールや酎ハイはよく注文したし、日本酒も少々は嗜《たしな》む。けれど、積極的にハイボールを選んだことはなかった。だが、いざ呑んでみると、ハイボールは苦みが強いビールと甘さが目立つ酎ハイの中間というべき位置づけで、なんの抵抗もなく喉を通っていく。どんな料理にも合いそうで、このところのハイボールブームの理由がわかったような気がした。

ラーメンが運ばれてきたのは、ハイボールは残りわずか、最後の餃子を呑み込んだときだった。

最初こそ勢いよくハイボールを流し込んだものの、その後、四個の餃子とともにゆっくり味わっていた日和の様子を見張っていたかのようなタイミングに、少し大人しそうな店主にまたポイントを加えたくなる。

丼の中程まで入れられたスープの上に、刻み葱とキクラゲ、そして厚切りのチャーシューが二枚載せられている。ハーフサイズというと丼は小さめ、具も半量になっていることもあるが、この店は麺だけが半分になっているようだ。

ますます好ましい。だが、麺が伸びては台無し、ということで大急ぎで丼に箸を入れる。

大量の刻み葱とキクラゲをかき分けるように麺を掬い上げ、一気にすすり込む。白濁したスープは、豚骨だけあって相当脂っこいのではないかと思ったが、意外に淡泊だ。もしかしたら麺が細い分、スープが絡む量も少ないからかもしれない。麺の茹で具合もちょうど良く、元々細麺好きだったこともあって、あっという間に食べ終わってしまった。

——すごく美味しかった。もうちょっと食べたいかも……

ハーフの替え玉があればいいのに、と思うと同時に、最初から一人前を頼めば良かったという後悔が押し寄せてくる。同じ一杯のラーメンでも、麺の太さによって満腹度は異なる。博多ラーメンが細麺だと知っていながら、なぜ……と自分を責めたくなってくるのだ。

とはいえ、飲み物もなくなったし、時計の針は十時を回っている。深夜の飲食はこれぐらいで切り上げたほうがいい、と日和は無理やり自分を納得させ、ラーメン屋を出た。

ホテルに戻ったあと、大浴場に行くかどうか迷ったけれど、連泊でもあることだし今夜はさっとシャワーで済ませ、大きなお風呂《ふろ》は明日の朝にすることに決めた。

——中洲の屋台に入れなかったのは残念だけど、美味しい餃子とラーメンを食べられたし、今後はお酒の選択肢にハイボールも入れられるようになった。結果オーライよね！

第五回ひとり旅、初めての二泊三日旅行は順調な滑り出しだ。明日は太宰府や『海の中道』に行って、福岡を堪能しよう。

軽い酔いと移動の疲れは、日和を速やかに眠りの世界に連れて行ってくれた。

福岡旅行二日目の朝は、快適な目覚めで始まった。

冷蔵庫からペットボトルを出し、ごくごくと飲む。程よく冷えた水が体中の細胞に染み渡るようだった。

――お母さんがいたら、起き抜けに冷たい水なんて身体に悪いって怒られただろうなあ……

ちょっぴり寂しいけれど、お小言もなし。一長一短とはこのことだ、と苦笑しながら、日和はライティングテーブルの上のメモを捜す。そこに書かれているパスワードがなければ、女性用の大浴場に入ることができない。面倒ではあるが、セキュリティがしっかりしているというのは安心要素だった。

無事にパスワードを発見し、タオルと着替えを抱えて大浴場に向かう。

大浴場はとても落ち着いた雰囲気だった。のんびり朝湯を楽しんだあと、髪を乾かす。ここにも金沢のホテル同様、高級ドライヤーが置かれていた。

今のところサービスにはプラス評価しかないし、そのあとで食べたビュッフェ方式の朝食も素晴らしかった。

ゴマサバ、明太子《めんたいこ》、高菜、昨日食べられなかった一口餃子、中国や韓国からの客が多いせいか、麻婆《マーボー》豆腐や餡《あん》かけ焼きそばまで用意されている。パンの種類も多く、コーヒーは作り置きではなく、一杯ずつ豆から挽《ひ》くタイプのコーヒーメーカーが置かれている。デザートにしても、オレンジや缶詰のフルーツだけではなく、プチサイズのプリンやケーキも並んでいた。

不機嫌そうな顔の従業員はひとりもいないし、トレイを持った客の近くを通り過ぎるときは、必ず『失礼いたします、通ります』と声をかける。なるほど一事が万事、改めて『ドライヤーは客への気遣いの表れ』という母の意見は的を射ている、と感心してしまった。

朝風呂と趣向を凝らした朝食をのんびり楽しんだ日和は、元気いっぱいでホテルを出た。

連泊だから荷物の心配もないし、帰る時刻も気にしなくていい。それでも近場から段々遠ざかるよりは、先に遠くに行ってから戻ってくるほうが楽そうだ。まずは太宰府からということで、日和は博多駅に向かった。

八分ほど歩いて博多駅に到着し乗車券を取りだした日和は、そこで大失敗に気付いた。このフリー乗車券は、昨日まとめて買っておいたものだが、福岡市内限定となっている。

実はフリー乗車券には福岡市内限定のものともう少し広い範囲で使えるものの二種類があり、太宰府に行くためには広い範囲も使えるタイプを買わなければならない。日和が買った市内限定のものでは、太宰府には行けないのだ。

しかもこのフリー乗車券はスクラッチ式で、使用する月と日を自分で削ることになっているのだが、日和は既に削ってしまっている。払い戻しは未使用のものに限ると書かれているし、これでは、まだ使っていないと言っても信じてもらえないかもしれない。

——あきらめてバス代を払うしかないか……。でも、それって悔しすぎる。あ、そうだ！

そこで日和はにやりと笑い、バスターミナルをあとにした。

太宰府には電車でも行くことができる。どうせ別料金になるのなら、いっそ電車に乗ってやろうと思ったのだ。

改札を求めて歩き回り、やっと見つけて中に入る。もちろん使ったのは電子マネーカード、ある程度の金額をチャージしておけば、いちいち料金を調べて切符を買うことなく移動できる。旅をするときには本当に便利なカードだった。

それでも、太宰府に行くための電車と発車時刻は調べなければならない。ついでにホームも書いてあると助かる、と思いつつ検索した結果、日和はまたしても失敗したことに気付いた。

日和が入ったのはJRの改札だが、太宰府駅というのは西鉄《にしてつ》の駅なので、最初から西鉄の電車に乗るほうがずっと便利だ。JRを使うとなると二度三度と乗り換えなければならなくなる。

さらに検索の結果、もしもJRの改札を通っていなければ、フリー乗車券で天神に行き、西鉄福岡（天神）駅から電車に乗るというルートが使えたと気付くに至って、日和の落ち込みは最高潮だった。

物怖じしない人なら、改札で駅員さんに『間違えて入ってしまった』と伝えて、出してもらったに違いない。けれど『人見知り女王』かつ最高潮の落ち込み真《ま》っ只中《ただなか》の日和に、そんな芸当は無理すぎた。

お風呂も朝食も大成功だったのに、出発するなりこの始末。昨日は自分もずいぶん旅慣れてきた、と思えていただけに、日和はほとほと嫌になってしまった。

それでも、いつまでも駅構内で途方に暮れていても仕方がない。とにかく太宰府には行きたいのだから、ということで、日和はとぼとぼとホームに向かった。検索したところによると、鹿児島本線で二日市《ふつかいち》駅まで行って西鉄紫《むらさき》駅まで歩けば、西鉄天神大牟田《おおむた》線、西鉄太宰府線と乗り継いで太宰府駅に行くことができるらしい。JR二日市駅から西鉄紫駅は、徒歩で十分かかるそうだが、本来乗るつもりじゃなかった電車で、行くつもりがなかった町を歩くのも悪くない。こんな失敗をしなければ、二日市の駅前商店街を歩く経験なんてできなかったに違いない。

電車に揺られつつ、日和はなんとか思考を切り替える。旅にトラブルは付き物だ。どんなトラブルにだって、探せばプラス面はきっとある。落ち込んだときこそ、マイナスばかりではなくプラスを見つけられるようになろう。そうすれば、旅も人生ももっともっと楽しくなるはずだ。

自分を励ましながら電車に揺られ、太宰府駅に降り立ったころには、日和の気持ちはかなり前向きになっていた。

すったもんだの末に太宰府駅に到着したのは、あと数分で午前十時という時刻だった。

駅から太宰府天満宮までの参道には土産物屋が並び、呼び込みの声も賑やかに聞こえる。名物だけあって梅ヶ枝餅《うめがえもち》の店も多く、売り子がしきりにすすめてくるが、日和は立ち止まることなく歩き続けた。神社仏閣に行ったらまずは参詣《さんけい》、買い物も休憩もそのあと、というのが日和の考え方だ。ナンセンスかもしれないが、そうしないと御利益がなくなるような気がするのだ。

それでも目の隅で、あのお店が良さそうだ、なんてあたりをつけながらどんどん歩き、十分かからずに太宰府天満宮に到着、二礼二拍手一礼というしきたりどおりの作法でお参りを済ませた。

続いて社務所に行き、母から頼まれていたお守りを授かる。

太宰府と言えば受験の神様として有名だが、我が家にはこれから試験を受ける人間はいない。それでも、福岡一と言われるほど有名な神社だから何らかの御利益はあるに違いない、と母は言うのだ。せっかくだからと家族全員分のお札を授かったついでに、おみくじを引いてみる。

太宰府天満宮には『鷽鳥《うそどり》おみくじ』という鳥をモチーフにした木の筒に入ったおみくじがある。おみくじの吉凶も気になるが、この木の筒そのものが自分のお土産にぴったったりで、お参りの際には絶対に引こうと思っていたのだ。

——この木の筒が欲しかったんだから、中身はどうでも……って、あ、大吉!!

どうせおみくじを引くなら大吉がいい。そう思うのは誰しも同じだろう。大吉という文字を見ただけで、なんだか良いことが起きそうな気持ちがする。その大吉を、九州一のパワースポットである太宰府天満宮で授かるなんて、大ラッキーだ。無欲の勝利というのは、こういうことを言うのかもしれない。

気分は一気に高揚、境内の池で鯉や亀を見つけられなくても、冬なんだからどこかの隅でじっとしていて当然、もしかしたら冬眠中かも、なんてゆったりとした気持ちで受け止められた。もしもこれが末吉とかだったら、鯉さえかまってくれない……と拗《す》ねていたかもしれない。

我ながら呆れるほどの単純ぶり、と苦笑しながら、駅への道を戻る。もちろん今度はお土産を物色しながら、梅ヶ枝餅も食べるつもりだった。

梅ヶ枝餅を売る店はたくさんあるが、選択基準がわからない。こういうのは直感、と割り切って飛び込むのも一手だろう。

行列がなくて、買いやすそうな店があったら……と思いながら歩いていると、店の人に声をかけられた。店先に行列もないし、せっかく声をかけてくれたのだから、とあっさり購入を決めた。

「熱いですから気をつけて」

お姉さんとおばさんの間ぐらいの店員さんが、焼きたてを渡してくれる。受け取ってみると、本当に熱くて、これを注意なしに渡されていたらかなり驚いただろうし、もしかしたら落としていたかもしれない。それでも、せっかくここまで熱いのだから冷めないうちに、とかじってみた梅ヶ枝餅は、薄い皮がぱりっとしていて、中の漉《こ》し餡の上品な甘さがなんとも言えない。

以前、お土産に梅ヶ枝餅を頂いたことはあったが、正直、どこにでもあるような和菓子だと思っていた。焼きたての梅ヶ枝餅がこんなに美味しいなんて、予想もしていなかったのである。

食べ終わったあとで調べてみたら、日和が買った店は太宰府で五本の指に入るほどの梅ヶ枝餅の人気店だった。前情報なしにそんな人気店の梅ヶ枝餅を選べたのも、お参りあるいは大吉の効果かもしれない、と嬉しくなってくる。

よく考えれば、九州一のパワースポットの効果が美味しい梅ヶ枝餅との出会い、というのはいかがなものかという気もするが、太宰府までの交通手段を選び損ねまくった日和としては、このお参りが転機、これからどんどん良くなると思えたことが大事だった。

とても美味しかったけれど、買って帰ってもこの味は再現できないかもしれない。一瞬そんなふうに思ったが、幸い家族は揃って太宰府に来たことがない。焼きたての梅ヶ枝餅の味を知っているならともかく、誰も知らないなら問題なかろう、ということで、日和は梅ヶ枝餅を買って帰ることにした。空港でも売っているということなので、明日飛行機に乗る前に買えばいいだろう。

——梅ヶ枝餅、明太子、ミルク風味の焼き菓子、あの信玄餅《しんげん》みたいなやつも美味しそうだった……あと、何がいいかな。お父さんにお酒を一本ぐらい買おうかな……でも、九州だから焼酎のほうがいいかも。そうだ、高菜も買わなきゃ！

参拝客が溢れる参道を縫うように戻りながら、日和の頭はお土産のリストでいっぱいになる。

家族、特に母は、そんなにたくさん買ってこなくていいと言ってくれるけれど、お土産選びは旅の大事なイベントだ。帰宅してから、どこでどんなふうに買ったかを話すところまで含めて、大きな楽しみだった。

楽しい想像を繰り広げながら駅に着いた日和は、改札の前でちょっと考え込んだ。

ここからなら、電車でも乗り換え一回で天神に戻ることはできる。しかも、来るときのように乗り換えの際にてくてく歩く必要もない。では……と思いかけたとき、ロータリーに『博多行き』と表示されたバスが入ってくるのが見えた。おそらくあれは博多のバスターミナルに向かうバスだろう。

買い物をするつもりなら天神に行くほうがいいが、日和がこれから行こうとしているのは『海の中道』だ。せっかく買ったフリー乗車券を有効活用するためには、発着便数が圧倒的に多いバスターミナルに行くほうがいい。もちろん天神からバスで博多駅に行くという手段もあるが、目の前のバスは観光バスタイプで乗り心地も悪くなさそうだし、なんといっても乗り換えなくていいのは楽。来たときとは違う風景を見られることも魅力的だ。電車利用よりも少しだけ高くなるけれど、ここはひとつバスに乗ってみよう。

かくして、日和は一時間弱の太宰府詣《もう》でを終え、博多行きのバスに乗り込むことになった。

——なんて楽なの……。こんなことなら、よけいな意地を張らずに行きもバスにすればよかった。そもそも太宰府行きのバスは六百円なんだから、お茶一杯我慢すれば済むことだったのに！

座り心地のいいシートに収まった日和は、思いっきり後悔しながら『海の中道』に行く方法を検索し始める。今度こそ、最短最適な方法で辿《たど》り着く所存だった。

ところがそこで日和は、思わぬ伏兵に遭った。それは、梅ヶ枝餅を食べたことなど忘れたように、存在を主張する胃袋だった。朝ご飯をしっかり食べた上に、おやつまで食べたのだから、お昼ご飯は抜きでもいいと思っていたが、どうやら梅ヶ枝餅が呼び水になったらしい。明らかに空腹、今にもグウグウ音を立てそうな気配だった。

気ままなひとり旅だから、食事のタイミングも自分次第。とりあえずお腹が空いていないなら、あちらについてから軽く食べるつもりだった。ところが、博多から『海の中道』までは一時間以上かかるし、お腹の虫はそれまで我慢してくれそうにない。あちらに着いたらお昼の混雑時にあたってしまうから、今食べておくほうがなにかと都合がいい、と考えた日和は、博多駅の近くでランチが食べられる店を探し始めた。

お腹は空いているが、ボリュームがありすぎると、そのあとの移動が辛くなる。このところ日和はバスに乗り慣れているし、もともと酔う質《たち》ではないにしても、満腹では保証の限りではない。

やはり軽めに食べられる麺類がいいだろう。博多ラーメンは昨夜食べたが、福岡はうどんも有名だ。出汁《だし》が利いたツユに軟らかい麺が持ち味だそうだから、ゴボウの天ぷらがのったうどんがいいかもしれない。

だがしかし、お昼は揚げたての天ぷらがのったうどん、と決めて、調べ始めた日和は、検索途中でとあるラーメン店の名前を目にしてしまった。ラーメン屋らしからぬローマ字表記にもかかわらず観光客からの人気は絶大、博多ラーメンと言えばこの店、と謳《うた》われるほどの有名店だった。

――あの店が近くにあるの⁉　すごく美味しいって評判だし、この青地に白抜きで店名が入った丼、直《じか》に見てみたい！

そう思ったら居ても立ってもいられなくなった。博多うどんは天神のほうにも有名店があるから、明日、空港に向かう前に寄ることもできるし、空港の中にだって美味しい店はあるだろう。けれど、このローマ字名のラーメン店は空港には入っていない。千載一遇、今が食べ時だった。

大行列かもしれない、と覚悟しながら行ってみたが、幸い並んでいるのは四人だった。

しかもうちふたりはお仲間だったらしく同じテーブルに、残りの二人もカウンターに案内され、五分も待たないうちに日和が先頭になった。ただ、日和が案内されるときには後ろに大行列ができていたから、たまたまタイミングがよかったのだろう。

待っているときにメニューを渡されていたため、席に着いた時点で注文は決まっている。本日の日和の昼ご飯は、この店の一番人気と言われる煮卵入りラーメンだった。手際が良いのか、麺が細くて茹で時間が短いからか、とにかく頼んでから届くまでが早かった。

麺の硬さは昨夜同様『硬め』、届いた丼に迷いもなく紅ショウガを追加する。実は博多ラーメンには紅ショウガが付き物と知ってはいたが、重要視はしていなかった。あってもなくてもいい、という感じだったのだ。

けれど、昨夜ラーメンを食べたとき、最後のほうでふと紅ショウガ入れに目がとまり、なんとなく入れてみたところこれが絶妙だった。麺なのか、スープなのか、それとも紅ショウガの味付けそのものなのか。どこが違うのかわからないけれど、とにかく東京の店で食べたときや、お取り寄せして家で食べたときとは段違い。紅ショウガによって、一段も二段も味わいが上がった気がした。

――なんとも不思議な現象だけど、とにかく博多ラーメンには紅ショウガ！

丼の三分の一に広がる青葱の脇に、鮮やかなショウガの赤。白濁したスープに映えて、丼の中はクリスマスのようだった。

本来、博多ラーメンというのはかなり濃厚で、人によっては獣臭いと表現するらしい。地元の人にとってはそれでこそ博多ラーメンなのだろうけれど、慣れていないと苦手と感じるかもしれない。

その点、昨夜の店もこの店も、かなりマイルドで食べやすい。コクは十分だが、獣臭いと感じることはなかった。さらに煮卵の半熟具合が素晴らしい。オレンジ色の黄身とうっすら染まった白身をまとめて口に入れ、レンゲで掬ったスープを追いかけさせると、口の中にちょっとした天国が出来上がる。一番人気の理由が頷けるラーメンだった。

レジの前には、ローマ字名の看板と同じ色の箱が積んである。お土産用のラーメンに違いない。先ほど、他の客が訊ねてわかったのだが、このラーメンは他の場所でも買えるらしい。空港でも売っているということなので、お土産リストに追加し、支払いを済ませた。

お腹の虫はすっかり沈黙、身体も温まった。さあ、海を見に行こう。そのためにはバスを調べなくては……とまたスマホを検索した結果、蔵本という停留所からバスに乗れば四十五分ほどで『マリンワールド海の中道』に着けることがわかった。次の発車は午後一時過ぎ、蔵本は博多駅からバスで十分ほどの距離だから、十分間に合うだろう。

一時間以上はかかると思っていた移動時間が、五十五分で済む。行列必至のラーメン屋もほとんど待たずに入れたし、なんだかラッキー続きだ。これも太宰府天満宮の御利益だろうか、とほくほくしながら日和はバスターミナルから蔵本、そして九州産業大学前でもう一度乗り換えたのち、無事に『マリンワールド海の中道』停留所に到着した。

まずは水族館、ということで『マリンワールド海の中道』に入館。入ったとたん、イルカとアシカのショーが始まるというタイミングの良さに感動しながら、華麗にジャンプを決めるイルカに拍手喝采《かっさい》したり、お茶目なアシカに大笑いしたりした。

全国的に水族館というのは入場料が高い、と言われがちだが、水の中に生きるものを飼育するためには、できるだけ彼らの自然な生育環境に近づける必要がある。設備にも餌にもお金がかかるのだから、ある程度入場料が高くなるのは仕方がない。その上、展示方法に趣向を凝らし、見る人を楽しませる努力がたっぷりなのだから、相応の金額を払う価値があると日和は思っている。高いお金を払うのだから、少しでも元を取らなくちゃ、という考えはまったくないため、水族館だけではなく、美術館も博物館も比較的短時間で見終わってしまう。家族は呆れているが、自分が満足ならそれでいいのだ。

ということで、一時間半で『マリンワールド海の中道』の見学を終えた日和は、スマホの道案内アプリの目的地を『海ノ中道駅』に設定した。

とはいっても、電車に乗るのではない。『海ノ中道駅』は、もうひとつの目的地である『海の中道海浜公園』の入り口に隣接しているため、目印としてわかりやすかったからだ。ただ『海の中道海浜公園』と入れただけでは、目的地が公園のずっと奥になり、『徒歩二十三分』という表示にうんざりした結果だった。

——あの広い公園を全部まわるなんて無理！　私は玄界灘《げんかいなだ》さえ見られればいいの！

　そもそも時計の針はもうすぐ四時というところ、『海の中道海浜公園』は五時までだから、全部をまわっている時間はない。それでも料金を払って中に入るのは、ただただこの目で玄界灘を見たかったからだ。水族館で幻想的な玄界灘水槽を見たことで、その思いはさらに高まっていた。

「あと一時間ぐらいで閉まっちゃうんですけど……」

　入り口にいたお姉さんが、心配そうに言った。

　日和が、ただ玄界灘が見たいだけだと説明すると、お姉さんはなんだか納得がいかない顔をした。それでも、時間的に考えればそれで精一杯だと判断したのか、玄界灘を見渡せる展望台への道を教えてくれた。幸い、入り口からそう遠くないところにあるらしい。これなら、多少ゆっくり海を眺めても、五時過ぎに出る天神への直行バスに間に合うだろう。

　お姉さんが教えてくれたとおりの道をせっせと歩き、五分ぐらいでウッドテラスのようなものが見えてきた。どうやらあれが展望台らしい。やれやれと近づいて上ってみた日和は、思わず歓声を上げた。

「うわー！　ひろーい！　波があらーい！」

　本当にそんな言葉が口から出ていった。周りに誰もいなかったのも一因だろうけれど、それぐらい目の前の玄界灘は広大、そして冬特有の荒々しさがある。この荒い波の下に、先ほど水族館で見た魚たちが暮らしているなんて、ちょっと信じられない。捕まっちゃったのは不本意かもしれないけど、静かな水槽で暮らせてよかったんじゃない？　と言いたくなるほどだった。

波はざっぱんざっぱんと大騒ぎしている。うっかり落ちたら無事では済まないだろうと思うと、手すりから後ずさりしそうになる。ウッドテラスのすぐ下が海というわけではないから、直接水に浸《つ》かることはないにしても、身の危険を感じてしまう。さすがは大荒れで当然と言われる『冬の玄界灘』だった。

しばらく呆然と玄界灘を見ていたあと、はっと我に返って時計を確かめると、バスの時間まであと二十分しかなかった。いつの間にこんなに時間が経ったのだろう。展望台から入り口まで六分、そこからバス停まで七分かかる。バスというのは意外に遅れるものだし、来たときも二、三分は遅れていた。けれど、時間ぴったりに来ないとは限らない。やはり予定時刻にはバス停で待機しているべきだろう。

せかせかと歩いてきた道を、それよりさらに速い歩調で戻る。ほとんど駆け足に近いスピードで歩き続け、なんとか辿り着いたとき、道の向こうに近づいてくるバスが見えた。ぎりぎりセーフというやつだった。

――危なかった……でも、これに乗ればもう大丈夫。あとは寝てても福岡市内に戻れる。

水族館の見学もそのあとも、とにかく急ぎ足、最後は駆け足になったおかげで喉がカラカラだった。

ところが、水でも飲もうと取りだしたペットボトルはほとんど空っぽ……。そういえば、駅前に自動販売機があったから、帰りに買おうと思っていたのに、焦ったせいですっかり忘れていた。

バスの中に自動販売機はない。博多に戻るまでは我慢するしかなかった。

――ただいまー。あー喉が渇いた！　どこかにコンビニでも……

天神でバスを降りた日和は、きょろきょろと周りを見回した。

少し離れたところに見慣れたコンビニの看板が見える。だが日和は、それより手前にもっと魅力的なものを見つけてしまった。

それは、汗を掻いたジョッキになみなみと入った琥珀《こはく》色の飲み物――生ビールのポスターだった。

――本当は今すぐ水を飲みたい。でも、この渇いた喉にキンキンに冷えたビールを流し込んだらどれだけ美味しいだろう。きっと昨日のハイボールの比じゃないはず……

そして日和は、コンビニに向かいかけた踵を返し、少し離れたバス停を目指す。そこから違う路線のバスに乗ってホテル近くまで戻るつもりだった。

実は、天神に戻る途中で、いつも見ている旅情報満載のSNSに福岡についての記事もあったはず、晩ご飯を食べる店を決める参考になるのではないか、と確認したところ、魅力的な居酒屋が紹介されていた。

イカの姿造りや各種海鮮料理がおすすめで、検索した結果、ホテルから歩いて数分のところにあるとわかった。それだけ近ければ、多少お酒を呑んでも大丈夫だろう。喉はマラソンのあとぐらいカラカラだけど、あの居酒屋まで我慢しよう。ビールをより美味しく呑みたい、その一念で、日和は喉の渇きに耐えていた。

日和が件《くだん》の居酒屋の前に到着したのは、午後六時ちょうどだった。

バス停からスマホに頼ることなく辿り着けた理由は簡単、その居酒屋が昨夜入ったラーメン屋の向かいだったからだ。そういえば昨夜も、ちょっと雰囲気の良さそうなお店だな、と思ったけれど、中の様子はまったく窺《うかが》えない造りだったし、時間的にもかなり遅くなっていたこともあって、さっと食べられそうなラーメンを選んだ。その『雰囲気の良さそうな店』が、いつも見ているSNSで絶賛されているのは、店を選ぶ目が育っている証《あかし》のようで嬉しくなった。

――い、生け簀《す》がある……

店に入ったとたん、ゆらりと泳ぐ魚に迎えられた。

反射的に考えたのは、今、財布にいくら入っているか、ということだった。

東京近辺に生け簀を持っている店がどれぐらいあるか知らないけれど、そういう店は『高い』というイメージがある。実際に、母の誕生日祝いのときに家族で入ったことがあったが、支払いのときに父が財布から複数の一万円札を出していた記憶がある。それも二枚三枚ではなかったはずだ。

御祝いだし、家族四人なのだからそれぐらいは、と父は笑っていたけれど、たとえ自分ひとり分でも、支払えるかどうかという感じだったのだ。

あのSNSは旅行情報中心だけあって、旅先で入ったいろいろな店が紹介されている。値段までは書かれていないため、検索してみたこともあるが、どれも手が届かないような価格帯ではなかった。とはいえ、例外がないとは限らない。あのSNSの主だって、贅沢《ぜいたく》したくなるときがあるはずだ。

これは困った……と思いながら、日和は案内されたカウンターに座った。すかさず、日和の母ぐらいの年齢の女性が訊ねてくる。

「お飲み物はなんにしましょう？」

「生ビールはありますか？」

「ありますよ」

「じゃあ、それで」

料理がどれだけ高くても、飲み物、特にビールならそこまですごい値段ではないだろう。とにかく喉がカラカラなのだから、他の選択肢はなかった。

「生中一丁お願いしまーす！」

女性は良く通る声で注文を通し、三分ほど待ったあと、ジョッキが運ばれてきた。

料理の注文はもちろん、居酒屋ではお約束だろうお通しもまだ届いていない。けれど、日和の喉はもう限界、空酒云々《うんぬん》なんて気にしている余裕はなかった。

ごくごくごく……一拍おいて、またごくごくごく……

二息でジョッキの半分がなくなった。

ようやく喉の渇きが癒え、ほっとしてジョッキを置いたところで、カウンターの中の料理人と目が合った。彼はにやりと笑って日和を見ていたが、けっして嫌な感じではなく、旨くてなにより、と言わんばかりの親しみのこもった眼差《まなざ》しだった。

「え……っと、なにかお料理を……。おすすめとか……」

「おすすめ……おすすめは……」

そこで料理人は、ぱっと日和の姿を確かめる。そして、寿司屋にあるようなガラスケースを見回して言った。

「今日はイワシが大サービスだよ。焼いても、煮ても旨いし、生でもいける」

「生？　お刺身にできるんですか？」

「できるよ」

「じゃあ、それで」

注文してから、しまった、お刺身ではビールに合わないかも……と思った。思ったばかりではなく、どうやら呟《つぶや》いてしまったらしく、料理人が苦笑しつつ言う。

「今、小鉢を出すよ」

そして彼は、奥に向かって少々きつい声を出す。

「小鉢、急いで！」

先ほどビールを運んできてくれた女性が大慌てで奥に入っていき、お盆に小鉢をのせて戻ってきた。

目の前に置かれた小鉢を見て、日和は思わず目を疑ってしまった。

――これ、鰻なんじゃ……？

てっぺんに錦糸卵《きんし》、その下にキュウリの薄切り、ところどころに茶色い小片が覗《のぞ》いている。皮と思われる黒い部分も見えるから、これは『鰻《う》ざく』に違いない。

鰻の高騰が言われ始めてから長い。鰻はもはや高級食材だと思っていただけに、お通しの小鉢で出てくるとは思ってもみなかった。

ラッキーと思う半面、やはり支払いが気になる。この小鉢と刺身にできるほど新鮮なイワシで、いくら払うことになるのだろう。おっかなびっくりになった日和は、カウンターの後ろの壁にあるホワイトボードの品書きに気付いて心底ほっとした。

小さな字でびっしりと料理名と値段が書かれた最後の行に『イワシ　六百円』という文字がある。おそらく料理人は、日和の年恰好《かっこう》を見定め、負担のなさそうな料理をすめてくれたのだろう。

ジョッキの残りは鰻ざくと一緒になくなった。もう一杯ぐらいなにか……と品書きを見ると、いくつか日本酒も書いてある。金沢で呑んだ日本酒は、とても美味しかったし、量を過ごさなければ悪酔いすることもないとわかっていた。なにより、新鮮な刺身なら日本酒が一番合いそうな気がする。そこで日和は、品書きの中から『博多一本〆《いっぽんじめ》』という日本酒を注文した。

程なくグラスを立てた黒塗りの枡《ます》と、緑色の一升瓶を持った店員がやってきた。あれ？　と思って見ると、それはさっき、カウンターの中からイワシの刺身を造っていた料理人だった。どうやら客が増えて手が回らなくなってきたらしい。きっと刺身はもう出したのに、酒が間に合っていないことに気付いて、注ぎに来てくれたのだろう。

どう見てもこの店の店主らしき料理人自らの給仕に、ついつい『わざわざ申し訳ありません』なんて台詞《せりふ》が口をつく。彼は、ビールをごくごくやったとき同様、にやりと笑って、たっぷり枡に注ぎこぼしてくれた。おそらく、ものすごい呑兵衛《のんべえ》だと思われたに違いない。

これ全部呑めるだろうか、と少々不安になったけれど、口をつけてみると喉ごしが軽やかですいすい行ける感じの酒だった。脂の乗ったイワシにもよく合う。

――さすがあのSNSに紹介された店だ……って、これじゃSNS主を褒めてるだけだわ……

この店が素晴らしいからこそ紹介したんだよ、と自分で突っ込みを入れながら、日和は少しずつ酒とイワシを味わう。酔っ払うのを恐れる気持ちもあったが、それ以上に、この美味しいものたちを食べ終わってしまうのが残念な気持ちが大きかった。

どれだけゆっくり食べても、永遠になくならない料理はない。お酒をグラスに三分の一程残したところで、刺身はツマまできれいになくなってしまった。

もう一品なにか……と思ったところで、一段落したらしい女性店員が声をかけてくれた。

「お客さん、ご旅行？」

黙って頷くと、また質問が来る。

「どちらから？」

「東京です」

「それはそれは……遠いところをようこそ。じゃあ、美味しいものをたっぷり食べていかないと！」

「あ、はい……なにか、九州に来たからには、これを食べなきゃってお料理はありますか？」

「九州ならでは……ねえ」

そこで女性は、カウンターの中の料理人に目で問いかける。料理人の答えは迷いがなかった。

「九州に来たから、かどうかはわからんが、今日は断然鯛《たい》だな。兜煮《かぶとに》が旨い」

「鯛の兜煮……美味しそう……」

鯛の兜煮は、鯛の頭の部分を半分に開いて煮付ける料理で、有り体に言えばきれいなアラ炊きだ。

魚の頭はどれも美味しいものだが、鯛はとりわけ旨みが凝縮していて人気が高い。日本酒にはぴったりだし、この料理人がすすめるのだから間違いないだろう。

「では、それをお願いします。あ、でもひとりだから……」

「わかってるよ、小さめのやつな」

そして彼は、また奥に向かって注文を通す。今度は怒ったような声ではなかった。

――九州のお醤油はこんなに濃いんだな……

運ばれてきた兜煮を見た瞬間、日和はそう思った。

もしかしたら、単にこの店が濃口醤油を選んで使っているのかもしれないが、兜煮を取り巻いているのは関西風の薄い醤油の色とは違い、真っ黒に近い煮汁だった。

しょっぱいのかな、でもそれはそれでお酒が進むだろう、と期待半分で箸をつけてみると、醤油とみりん、酒のバランスが抜群で、鯛独特の香りもちゃんと感じられる。グラスの中の『博多一本〆』は純米酒という説明書きがあったが、この鯛の兜煮は純米酒ならではの米の味わいとベストマッチだ。

鯛の兜煮は全国どこでも食べられる料理かもしれないが、目の前の料理人は、日和が呑んでいる酒との相性まで考えて、おすすめはこれ、と断言したのだろう。

お酒を少し呑んでは、鯛の身を剝《は》がして口に運ぶ。ほんの少ししか剝ぎ取れない場所ほど、鯛の味が濃いような気がする。大切にとっておいた目の下の小片を最後に、日和は大満足で箸を置く。

酒のグラスも空っぽ、お腹はいっぱい。〆におにぎりかお茶漬けでもと思っていたけれど、ジョッキのビールに胃を占領されたのか、これ以上食べられそうにない。

心底悔しい、と思いつつ、日和は食事を終え、ホテルに戻った。


——もう朝！　というか、七時じゃない！

夜のうちに入浴を済ませようと思っていたのに、とりあえず、とベッドに転がったとたん、そのまま眠ってしまったらしい。夜中に気付いて、辛うじて化粧だけは落としたが、またベッドに逆戻り、朝まで爆睡だった。

いくら冬とはいっても、一日中歩き回ったあとで風呂も入らずに寝てしまったなんて、女子力〇《ゼロ》である。

このホテルの朝食用のレストランは、六時半から使える。

日和としては、朝一番で朝食を済ませ、なるべく早くホテルを出て、飛行機の時間までにあと何ヶ所か見て回るつもりだった。それなのに、起きた時点で七時、しかも風呂にも入っていないのでは話にならない。

なにやってんの日和、と項垂《うなだ》れつつ、タオルと着替えを抱えてエレベーターに向かう。

本当はもっとゆっくり入りたいのに、最速で入浴を済ませ、髪も乾かす。有能なドライヤーのおかげで髪はあっという間に乾き、七時半にレストラン着席、八時すぎには朝食を終えて部屋に戻ることができた。あとは荷物をまとめてチェックアウトするだけだから、九時にはホテルを出ることができるだろう。

――飛行機は午後三時ちょうど発、搭乗手続きは出発の十五分前までにと電子チケットに書いてあるけど、保安検査場が混み合っている可能性もあるから、午後二時には空港にいたほうがいいな。空港までは地下鉄に乗る予定だから、余裕を持たせて博多駅には一時半までに戻る。九時にホテルを出るとして、使える時間は四時間半か……。それだけあれば、櫛田《くしだ》神社は余裕、もしかしたら大濠《おおほり》公園まで行ってこられるかも……

櫛田神社は博多の氏神、総鎮守であり、博多どんたくの出発地にもなっている。福岡市内きってのパワースポットだから、外すわけにはいかない。大濠公園は福岡城趾《じょうし》や美術館と隣接し、福岡市民の憩いの場となっている。大濠公園開園五十周年を記念して造られた日本庭園も有名で、せっかく福岡に来たからには、なんとか訪れてみたいスポットだ。

地理的には大濠公園のほうが遠いので、まずそちらに行き、帰りに櫛田神社に寄る。櫛田神社はキャナルシティ博多の近くなので、あの辺りで昼ご飯をさっと済ませて博多駅に戻り、お土産を買ってから空港に向かう。空港で時間があれば、そこでもお土産を見る。

時間が無いときこそ、計画は大事、ということで、頭の中に行動予定をしっかり入れ、日和は博多駅から大濠公園駅行きの電車に乗る。

キャリーバッグはコインロッカーに預け済み。お土産屋さんが集まっているエリアに一番近いところが空いていたのは大ラッキーだった。昨日の太宰府詣での御利益は今なお継続中、このままずっと続いて欲しいと願いつつ電車に揺られ、およそ十分で大濠公園駅に到着した。

かなり遠いと思っていたのに、こんなに早く着くなんてさすがは電車。バスとは違うと感心してしまう。本当は駅よりもバス停のほうが大濠公園には近いので、バスを使いたいところだった。だが、移動時間を考えれば電車のほうがずっといい。多少歩くことになっても、広い公園を散策する時間が取れるほうがいいという判断は大正解だった。

バス通りから公園の入り口に向かう道を数分歩いたところで、目の前に巨大な池が広がった。

これが大濠公園という名の由来である福岡城のお濠なのだろう。周りにはところどころにベンチが設けられ、お年寄りや小さな子ども連れのお母さんが寛《くつろ》いでいる。冬にしては暖かい日だから、散歩の途中で休憩しているのかもしれない。

写真を撮る人、絵を描く人、お友だち同士なのか、おしゃべりに夢中な人……それぞれが気ままに過ごす様子を見て、日和はため息をついてしまった。

――なんかすごくいいところだ……。ここを最終日にしてよかった。そうでなければ、他のところに行くのを止めて、ずっとここにいたかもしれない。もしも初日にここに来ていたら、三日続けて通い詰めることになっていたかも……

そんなことを思うほど、日和は大濠公園を気に入ってしまった。なんというか、心が深呼吸するような気がする。日和にとってよほど相性の良い土地なのだろう。

しばらく濠に沿って歩いたあと、日和は日本庭園に行くことにした。入園料を払って中に入ってみると、そこには絵心なんてまったくなくてもつい筆を執りたくなってしまうような風景が広がっていた。

――ここもいいなあ……静かだし、落ち着ける。あー滝まであるよ……もう、ここに住んじゃいたい！

日本庭園に住み着いてどうする、といつもの日和なら突っ込みを入れただろう。だが、茶室を見ては、あそこなら住めそうだ、とか、庭を手入れするための道具入れを見つけては、ここでもなんとか……とか考えてしまう。

これ以上ここにいたら、有名なアニメ映画のように『ここで働かせてください！』なんて、管理事務所の人に直訴しそうだ。さすがにそれは恥ずかしすぎる、そもそも絶対に雇ってなんてもらえない、とあきらめ、日和は日本庭園をあとにした。

その後、また濠の周りをあっちへふらふら、こっちへふらふら……一時間以上歩き回ったあと、ベンチのひとつに腰を下ろした。

こんなに歩いたのに足はそれほど疲れていない。金沢のときとは大違いだ、と思った瞬間、疲労困憊《こんぱい》状態で出会った男を思い出した。

麗佳はあれきり、蓮斗のことに触れない。自分の彼氏についてあれこれ語るタイプじやないから当然だろうし、日和だってのろけ話は聞きたくない。それでも、あの人なら福岡についてもいろいろなことを知っていて、面白おかしく話してくれるんだろうなあ、なんて思ってしまう。

――昨日の居酒屋は、なんとなくあの人の好みに合いそうだった。鯛の兜煮を、まだここに身が……とか言いながら食べたら楽しかっただろうな。男の人とふたりで呑みに行ったことなんてないけど、あの人とならいい時間がすごせたかもしれない……

とはいえ相手は麗佳の彼氏、考えるだけでも罪だ。日和はため息をつき、勢いよく立ち上がる。

無い物ねだりなんて哀しすぎる。それよりも旅を楽しんだほうがずっといい。気を取り直した日和は、バス停に向かって歩き始めた。

大濠公園から櫛田神社に行くには、電車よりもバスのほうが便利だ。博多駅行きのバスに乗って、櫛田神社近くのバス停で降りる。キャナルシティ博多の近くに有名な博多うどんの店があったはずだから、そこで昼食を取るつもりだった。

今日もビュッフェでしっかり食べた上に、八時頃だったために、それほど空腹ではない。だが、うどんぐらいなら入る。なにより、昨日先送りにしてしまったため、食べずに帰るのはなんだか気が引けたのだ。誰に対して？　と訊かれてもものすごく困ってしまうけれど……

――寒いから、温かいおうどんは嬉しい……ってことを考える人は、私以外にもいっぱいいるんだろうな。でもまあ、麺類のお店は回転が速いからきっと大丈夫。

昨日のラーメン屋さんみたいな奇跡はそうそう起こらない。行列を覚悟で向かった先は、やはり先客多数という状況だった。

それでも、回転が速いはずという読みも当たっていて、並び始めてから二十分ぐらいで日和は席に案内され、二十五分後にはお目当てのゴボウ天うどんが運ばれてきた。

ラーメンならばレンゲが添えられてくることが多いので、まずスープを一口味わう。だがうどんの場合はたいてい箸だけなので、出汁を味わうことは難しい。男性の中には、丼に口をつけて啜《すす》る人もいるようだが、日和にそこまでの勇気はない。なにより、出汁が熱々で、丼も相当熱を持っている。

旅先で火傷は嫌だ、と考えて麺から先に食べてみた。

——思ったよりも軟らかくないかも……

とにかく博多うどんは軟らかい、と聞いていた。ふわふわで、歯に問題を抱えた人でも難無く食べられる、同じうどんとは言っても讃岐《さぬき》うどんとは別物だと……

だが、この店のうどんにそこまでの軟らかさは感じない。表面は軟らかいが、嚙んでみると中程あたりにしっかりとした歯ごたえがあるのだ。

不思議に思って検索してみると、どうやらこの店は、軟らかくてふわふわの麺が多い博多のうどん店の中で少々異質な存在らしい。とはいえ、博多うどんの元祖はこの店だというから興味深い。

されている。
検索途中で得た情報によると、うどんは中国発祥の食べ物で、博多が日本伝来の地と
もしかしたら中国から伝えられたうどんは、この店のようなタイプで、それが博多で
はどんどん軟らかくなり、海を渡った四国ではコシが持ち味の麺に変化していったのか
もしれない。
最初は同じものだったはずなのに、時と距離を隔てて、違うものに変化していく。う
どんに限らず、よくあることなのだろう。面白いなあ……と思いながら、昆布出汁とサ
クサク揚げたてのゴボウ天、そして軟らかさと歯ごたえを両立させている麺のコラボレ
ーションを楽しむ。
一日目に水炊き、がめ煮、ラーメン、餃子。二度の朝食では明太子と高菜、ゴマサバ、
団子が入った味噌汁であるだご汁も経験できたし、新鮮な魚も食べられた。ごぼう天う
どんも美味しかった。
健啖家《けんたんか》ならもっともっと食べられるのだろうけれど、日和はどちらかと言えば小食だ
し、年頃の女性としては体重計の数字も気になる。二泊三日の旅行ならこれで十分、と
いうよりも限界だった。
ハイボール、ビール、日本酒……お酒も堪能した。渇いた喉にあれほどビールが美味
しいと知ったのは、最大の収穫だったかもしれない。
忘年会や歓送迎会のとき、外回りから直行してきては席に着くなりビール、ビールと

大騒ぎ、届くなりごくごくと喉を鳴らす男性社員を否定的な目で見たこともあった。けれど、今では彼らの気持ちがよくわかる。時間に間に合わせようといつもより熱弁を振るえば、喉はからからになるし、グラスに口をつければ、止まらなくなるに決まっている。

相手の立場に立って考えろと言われても、想像には限りがある。自分が経験して初めて理解が及ぶことも多いだろう。やはり経験というのは大事だし、日和のように家族に守られて育った人間ならば、ひとりで旅に出て初めてできる経験もたくさんあるはずだ。私が人生の幅を広げるためにはやはり旅は大事、家族だっていつまでも側にいてくれるわけじゃない。大人としてしっかり生きていけるように、これからも経験を重ねなければ……

——とかなんとか言っちゃって、本当はただ楽しいだけ。でも、それで得られるものがいっぱいあるんだから一石二鳥だよね？

博多駅で買い物三昧《ざんまい》し、限界までお土産を詰め込んだキャリーバッグを引っ張りながら、日和はそんなことを考えていた。

月曜日、軽い疲れを残しながら出社した日和を待っていたのは、麗佳の笑顔だった。

「おはよう、梶倉さん。初めての二泊三日はどうだった？　さすがに往復飛行機なんだから、予定を繰り上げて帰ってきてたりしないわよね？」

「もちろんです。あ、でも駅でたっぷりお土産を買ったのに、早めに空港に着いちゃったせいで、さらに買っちゃいましたけど」

「うん、それ『あるある』よね！」

「で、その成果がこちらです」

そう言いながら日和はふたつの箱を取り出す。片方は、昨今『博多土産と言えばこれ』と評判の焼き菓子、もう一方は空港で買い足した餅菓子だった。

「あ、私、このお菓子大好き！　山梨にも似た感じのお菓子があって、そっちも大好きなんだけど、こっちは山梨のよりちょっと歯ごたえがしっかりしてる気がする。あと山梨のより蜜《みつ》がさらさらなの」

「ですよね。うちの両親も同じことを言ってました。甘いものが好きな母は山梨派、控えめな甘さが好きな父は福岡派。母によると、黄な粉の量や挽き方も違うそうです」

「でしょ？　私も最初は山梨と同じみたいだからパスしていいかな、と思ってたんだけど、あんまりお店の人がすすめるから……」

そりゃあ、売っているんだからすすめるでしょう、と日和が笑うと、麗佳は、意外なことを言った。

「これを売っているお店の人じゃなくて、それ以外のお店の人たちだったの。だからこそ、買ってみようかな、って思ったのよ」

以前福岡に行ったとき、麗佳も駅のお土産屋さんで買い物をしたそうだ。日和と同じく、明太子やラーメン、焼き菓子を買ったのだが、それぞれの店で『あなたがお土産を買うとしたら、どれにしますか？』と訊ねたらしい。

「自分のお店のものはなしで、って付け加えたら、三人が三人ともこれをすすめてくれたの。多少は意見が割れるだろうと思っていたのに、びっくりだったわ」

そこまで言うのなら、と買って帰った。連休を利用しての旅行だったため、他にも旅行に行った人が多かったらしく、休み明けの会社で山梨と福岡の両方のお菓子が揃ってしまった。これは面白い、と食べ比べたそうだ。

そういえばこのお菓子を食べるのはあのとき以来だ、と麗佳はとても嬉しそうにしている。重かったけれど買ってきてよかった、と思うと同時に、お土産ひとつ買うにしてもコミュニケーション力が大事なのだと痛感させられる。

観光地のお土産屋さんはたいてい混雑している。駅ならば特に……。お土産を選んでお金を払うだけで精一杯の日和には、店の人から他のお土産の情報を引き出すことなんてできそうにない。今回だって、空港で暇を持て余し、お土産屋さんをうろうろしまくった挙げ句、これも名物らしい、という理由で買ったに過ぎない。あれだけの時間があったのだから、麗佳のようにお店の人と話ができれば、もっと素敵《すてき》なお土産が選べたに違いない。

「やっぱり駄目ですねえ、私」

ひとり旅も五回を数え、かなり慣れてきたと思っていたけれど、まだまだだ、と落ち込む日和に、麗佳はけらけらと笑った。

「私が何年旅をしてると思ってるの？　初めてのひとり旅は、大学のオープンキャンパス。結局その大学には行かなかったけど、十七歳から暇さえあれば旅をしてるし、半分以上はひとり旅よ。昨日今日、参戦してきた梶倉さんとどっこいどっこいじゃ、お話にならないでしょ？」

「それはそうなんですけど……」

「今後の精進に期待、ってこと。そうそう、ご飯はどうだった？」

いいお店はあった？　と麗佳は興味津々で訊いてくる。

次の機会に備えて情報収集を怠らないところがさすがだった。福岡にはもう行ったことがあるというのに。

「いいお店っていうか、たいていはガイドブックに載ってるようなところばかりです」

水炊き、ラーメン、うどん……どれも有名店ばかりで麗佳の参考にはならない、と続けかけて、日和は一軒だけガイドブックには載っていない店があったことを思い出した。

そこで、店の名前と場所を伝えてみると、麗佳は意外そうに言った。

「へえ……聞いたことがないお店ね。地元では人気なのかしら……。ホテルの人にでも紹介してもらったの？」

「いいえ。いつも見てるSNSで……」

「なるほど……そんな穴場を紹介してくれるSNSなら私もちょっと見てみたいかも」

見てみたいといったのは社交辞令で、実際に見せられて困惑する可能性まで覚悟していた。

ＳＮＳは星の数ほどある。日和のお気に入りだとしても麗佳が気に入るとは限らない。

そこで日和はスマホを取り出し、お気に入りのＳＮＳを表示させた。

「あ、じゃあ……」

出したときは、驚きを通り越して心配になってしまった。

だから、麗佳が画面を見た瞬間、絶句、まじまじと眺めたあと、はじけるように笑い

「加賀さん、大丈夫ですか？　どこか具合でも……」

「大丈夫。どこもおかしくなってないわ。それより、梶倉さんは以前からこのＳＮＳを

見てたの？」

「はい。学生時代からずっとです。このＳＮＳの記事を見ては、自分が旅行に行ったよ

うな気分になってました。お店とかもすごく好みに合うし、ときどきパワースポットの

ことも……」

もしかしたら、このＳＮＳの主は、自分と年齢が同じぐらいの女性なのかもしれない、

と言う日和に、麗佳はあっさり首を横に振った。

「男性よ」

「え？」

「このＳＮＳ、私も知ってるの。でも主は男性……って、こんなのばらしちゃまずいか

……」

プロフィール欄は空白、性別も年齢もどこに住んでいるかもわからない。ただ東京駅や羽田空港をよく使っているようだから、たぶん首都圏近辺なのだろうな、と思うぐらいだった。

長年見てきたSNSだ。詮索《せんさく》はマナー違反とわかっていても、気になって仕方がない。麗佳が本人を知っているならなおのこと、どんな感じの人かだけでも教えてほしかった。

そんな思いが表情に出ていたのか、しばらく日和のスマホで過去記事を見たあと、麗佳は悪戯《いたずら》を企《たくら》む子どものような顔で言った。

「私の口からは言えない。でも、このところの記事、特に写真をよく見てみて」

そこでちょうど始業時刻となり、それ以上話し続けることができなくなった。

なんとも中途半端、生殺し状態になってしまった日和は、昼休みに入るなり近くのファストフード店にダッシュした。そこでお昼ご飯がてら、SNSをチェックするつもりだった。一番近くてフリーWi-Fiがあって、とにかく近い。一刻も早く確かめたい日和にとって絶好の店だった。

サンドイッチとコーヒーはそっちのけで、早速スマホを取り出す。

「最新記事は三重……その前は高松《たかまつ》、その前は金沢だったはず」

ぶつぶつ言いながら画面をスクロールし、ここ何ヶ月かの記事を辿る。

このSNS主は一ヶ月に一度ぐらいの頻度で記事を上げる。主が金沢に行ったのは日和よりおよそ一ヶ月あとだ。その記事を読んだとき、顔も知らない相手だし、同じ日だったところで会えるはずもないとわかっていても、なんとなく残念な気がした。

それでも今、改めて見てみると、載せられているのは、兼六園、ひがし茶屋街、主計町茶屋街、近江町市場、そして昼ご飯として紹介されていたのは、あのハントンライス……かなりの驚きだった。

――うわー、丸っきり同じルートだ！　同じ日だったら本当に会えてたかも！

さらに記事を遡《さかのぼ》る。

金沢の前は沖縄、その前は札幌《さっぽろ》、その前は熱海だった。確か熱海は前にも行っていたから、余程好きなんだなと思ったが、その訪問時期も二ヶ月違い、しかも『小沢の湯』も訪れている。本当に興味の対象が似ているんだな、と思ったとたん、後ろから肩を叩《たた》かれた。

「梶倉さん」

「あ、加賀さん！」

「早速チェック？　なにかお気づきの点は？」

「お気づきと言われても……よく私と同じところに行ってるなあ、ニアミスばっかりだなあ……ってぐらいです」

「ニアミス？」

「はい。二ヶ月ぐらいずれてるんですよね」

「え……？　あ、そうか……」

そこで麗佳は、何事かを勝手に納得し、謎めいた笑みを浮かべた。

「あのね、梶倉さん。SNSって、旅から帰ってすぐ記事にする人ばっかりとは限らないのよ？　二ヶ月ぐらいのタイムラグ、あっても不思議じゃないわよ」

「どういうことですか？」

「たとえばこのお昼ご飯の写真を見て。なんか見覚えない？」

「そりゃありますよ。私も行ったし、同じものを食べましたから」

「じゃなくて、これ」

そう言って麗佳が指さしたものを見て、日和は息を呑んだ。

「……私のストラップ？」

日和がスマホにつけているストラップは、母がどこかの体験イベントで作った組紐《くみひも》細工で、緑と紫の色合いが素敵だからとねだってもらったのだ。手作りだからふたつと同じものはないし、少々いびつな仕上がりにも見覚えがありすぎる。

そのふたつとないストラップが、ハントンライスの皿の陰から覗いている。ほんの一部、欠片《かけら》しか見えないがスマホのケースも、日和のものと同じだった。

そういえばあの日、蓮斗は写真を撮っていたが、迷いがないというか、無頓着《むとんちゃく》に近いシャッターの切り方だった。慣れているには違いないが、SNSで目にする料理の写真にも、ときどき調味料の瓶やおしぼりの端っこが写り込んでいることがあったし、人物ならともかく、ストラップぐらい写り込んでもかまわない、と考えている可能性は高い。

日和は最後にもう一度写真を眺め、スマホを置いた。

「吉永さん……ですよね？」

「その問いには答えられない、ってことで勘弁して」

「よく気がつきましたね」

「えーっとね……実は、梶倉さんに金沢旅行の話を聞いたあと、しばらくこのSNSを確認してたの。で、ようやく記事が上がったと思ったら、梶倉さんのスマホが写ってたのよ。まさか、梶倉さん自身がこれを見てるなんて思いもしなかったわ」

このSNSの主は旅行をしてから二ヶ月ぐらいたたないと記事を上げない。それを知らなければ、同じ日に行ったとは思わないし、隅々まで写真を見ることもないかもしれない。あらかじめわかっていて、どこかになにかが写っていないか、なんて野次馬《やじうま》根性丸出しで探した自分とは違う、と麗佳は申し訳なさそうに説明した。

「そのとおりかもしれません。でも……私でよかったですね」

もしも日和以外の人物、特に女性の片鱗《へんりん》が窺われたら、麗佳の心中は穏やかではなかっただろう。

ところが、日和の言葉を聞いても麗佳は怪訝な顔をしている。察しの良い彼女にしては、珍しいことだった。

「どういう意味？」

「だって、私は加賀さんの後輩ですし、あのときは加賀さんから『面倒を見てやって』って頼んでくださったわけでしょう？　そうじゃない女性が一緒に食事してたとしたら、いやでしょ？　しかも旅先ですよ？」

「どうして？」

「どうして、って……彼氏が別な女性と……」

「彼氏？」

「え……？」

鳩が豆鉄砲を食ったような顔、とはこのことだ。しかもその鳩、どうやら二羽いる……

…

目を丸くして見つめ合ったあと、麗佳は大げさすぎる仕草で天井を仰いだ。

「勘弁してよ！　蓮……じゃなくて、あのSNSの主は私の彼氏なんかじゃないわ」

「違うんですか!?　っていうか、加賀さんって彼氏いる……いえ、立ち入ったことでした」

「立ち入ってってもいなくても、こんな誤解は困るから言うけど、私にも彼氏はいます。でもそれは、梶倉さんが思ってる人じゃなくて、その人の親友。だから私もよく知ってるし、呑みにいったりすることもあるだけ」

「彼氏の親友……」

「そう。ついでに彼女なし。じゃなきゃ、旅先で女の子の面倒見ろ、なんて冗談でも言わないわよ」

彼女なし——

麗佳の言葉が頭の中でぐるぐる回る。

さらに、その渦の中に言いしれぬ安堵《あんど》感が混ざり込んだ。

あからさまに、ほっとしている日和に気付いたのか、麗佳がにやにやしながら言う。

「熱海で会う前からSNSを知ってたってことでしょ？　すごいご縁ね。でも、まさか、私の彼氏と勘違いされるとは思わなかったわ」

「だって……なんだかすごくお似合いだし」

「お似合い!?　今度、私の彼氏を紹介してあげるわ。あいつよりずっと素敵だし、もっともっと私にお似合いだから！」

それを自分で言うのか、と日和はびっくりしてしまった。びっくりというよりも、ずっと素敵な相手が、自分にぴったりだと宣言できる自信が羨ましかった。

「加賀さん、すごいです」

「すごいってなにが？」

「いろいろです。私も見習わなきゃ……」

「じゃあ、せいぜい見習って。なんなら『加賀なんぞに負けるかー！』ぐらい思ってくれてもいいわよ」

「そんなこと思えません！」

「まあそう言わず。負けん気は向上心に繋がるわ。負けたくないって気持ちが自分を高めてくれるのよ。もっとも、私だってそう簡単に負けたりしないつもりだけど」

麗佳は、仕事を頑張るのはもちろん、どんどん旅に出て経験値を上げまくると言う。

それでは追いつくのは至難の業、同じ土俵にすら立てないのだから勝ち負けなんて論外だ。実のところ、日和は彼女に追いつくとも、追いつきたいとも思っていない。ただ、彼女が通った道を、ずっと後ろから、少しずつでもいいから進んでいきたい。そしていつか、麗佳のように魅力的な女性になりたい、と思うだけなのだ。

「私も、もっともっと旅をします。そして、いろいろなものを吸収します。仕事も頑張ります」

「楽しいことが待ってると思えば仕事も捗《はかど》る、ってことで午後も頑張りましょう！」

「はい！」

そして、ふたりはファストフード店を出た。

麗佳と並んで歩きながら日和は考える。

麗佳は仕事ばかりでなく、趣味においても素晴らしい先輩だ。日和をかわいがってくれるし、期待もしてくれているようだ。その期待に応えるべく、精一杯頑張りたいと思う。

そしてもうひとり、とても気になる相手がいる。一緒にいると勉強になるし、楽しい。なにより、『人見知り女王』の自分が、あんなに屈託なく話せる男性はいない。

麗佳の彼氏ではないとわかったことだし、できればまた会いたい。正直に言えば、できればではなく、なんとかして会いたいと思っている。とはいっても、日和は、自分から誘えるような性格ではない。

麗佳に頼めば取り持ってもらえるかもしれないが、さすがにそれはいかがなものか。せっかく上げてもらった評価をまた下げるのは嫌だし、旅だってひとりでできるようになったのだから、人間関係だって自分でなんとかすべきだ。

なにか糸口はないものか、と考え続けた日和は、会社に戻ってスマホを机に置いたとたん、いいことを思いついた。

――そうだ……今度、あの人のSNSにコメントを入れてみよう。会って話せるに越したことはないけれど、あの人とならSNSのやりとりだけでも十分楽しそうだもの。名前どうしよう……。素性がバレてるのを嫌がるかもしれないから、私もハンドルネームを使ったほうがいいのかな。プロフィールを空欄にしてるのは身元を探られたくないから、とか……。でも、加賀さんにはSNSをやってることを教えてるみたいだし、そういうの全然気にしないタイプみたいな気もするから、面倒くさくて書いてないだけかも。どっちにしても、両方の可能性を考えて慎重に……

自分は知っているのに、相手は知らない。少々、いや、かなりずるい。本音を言えば、蓮斗にもコメントを入れたのが自分だと気付いて欲しい気持ちがある。それでも、そうすることで蓮斗を困らせる可能性は否めない。とにかく今は、通りすがりの閲覧者の振りをしておくほうがいい。

散々考えて思い付いたアプローチが、SNSへのコメントなんてかなり情けないけれど、なにもせずに悩んでいるよりマシ。この方法なら、たとえ無視されたとしても、SNSにはよくあることとあきらめられる。それに、誰にも頼らずにできることは、これぐらいしかないのだ。

そこで日和は、ちらりと時計に目をやった。午後の始業までに、まだ少し時間がある。今度なんて言ってないで、今すぐにでもコメントを入れてみよう。時間を置いたら、書き込む勇気がなくなりかねない。SNSのコメントなんて、無視されたってどうってことない。

再びスマホを手にした日和は、蓮斗のSNSのコメント欄を開いた。

『こんにちは。楽しくて役に立つ記事ばかりですね。私も旅行が好きですが、ひとり旅はまだ始めたばかり。これからもいろいろ教えていただけると嬉しいです』

時間的にも長々とは書き込めないし、なにより長文書き込みは嫌われると聞く。簡潔かつ当たり障りのない文章を打ち込み、誤字脱字を三回確認したあと、えいやっと送信ボタンを押した。

――すごいぞ日和。SNSとはいえ、自分から男の人にコンタクトを取ったなんて！

ひとり旅の経験は、確実に私を変えてくれた。駄目かもしれないからやめておこう、じゃなくて、駄目でもいいからやってみようと思えるようになってきた。この調子で旅を続けていけば、もっともっと自信がついて、人生も楽しくなるかもしれない。運がよければ、あの人とだって……

達成感たっぷりに窓の外に目をやると、飛行機が冬空を切り裂くように飛んでいく。あとに残った長い長い矢印みたいな飛行機雲が、『世界は広い。好きなところへ飛んでいけ！』と言ってくれているような気がした。

本書は、二〇一九年十月に小社より刊行された
単行本を文庫化したものです。
目次・扉デザイン／大原由衣
扉イラスト／鳶田ハジメ

ひとり旅日和《たびびより》

秋川滝美《あきかわたきみ》

令和3年 10月25日　初版発行
令和4年 5月20日　5版発行

発行者●堀内大示

発行●株式会社KADOKAWA
〒102-8177　東京都千代田区富士見2-13-3
電話　0570-002-301（ナビダイヤル）

角川文庫 22867

印刷所●株式会社KADOKAWA
製本所●株式会社KADOKAWA

表紙画●和田三造

●お問い合わせ
https://www.kadokawa.co.jp/（「お問い合わせ」へお進みください）
※内容によっては、お答えできない場合があります。
※サポートは日本国内のみとさせていただきます。
※Japanese text only

ISBN 978-4-04-111630-2　C0193

◆◇◇

角川文庫発刊に際して

角川源義

第二次世界大戦の敗北は、軍事力の敗北であった以上に、私たちの若い文化力の敗退であった。私たちの文化が戦争に対して如何に無力であり、単なるあだ花に過ぎなかったかを、私たちは身を以て体験し痛感した。西洋近代文化の摂取にとって、明治以後八十年の歳月は決して短かすぎたとは言えない。にもかかわらず、近代文化の伝統を確立し、自由な批判と柔軟な良識に富む文化層として自らを形成することに私たちは失敗して来た。そしてこれは、各層への文化の普及滲透を任務とする出版人の責任でもあった。

一九四五年以来、私たちは再び振出しに戻り、第一歩から踏み出すことを余儀なくされた。これは大きな不幸ではあるが、反面、これまでの混沌・未熟・歪曲の中にあった我が国の文化に秩序と確たる基礎を齎らすためには絶好の機会でもある。角川書店は、このような祖国の文化的危機にあたり、微力をも顧みず再建の礎石たるべき抱負と決意とをもって出発したが、ここに創立以来の念願を果すべく角川文庫を発刊する。これまで刊行されたあらゆる全集叢書文庫類の長所と短所とを検討し、古今東西の不朽の典籍を、良心的編集のもとに、廉価に、そして書架にふさわしい美本として、多くのひとびとに提供しようとする。しかし私たちは徒らに百科全書的な知識のジレッタントを作ることを目的とせず、あくまで祖国の文化に秩序と再建への道を示し、この文庫を角川書店の栄ある事業として、今後永久に継続発展せしめ、学芸と教養との殿堂として大成せんことを期したい。多くの読書子の愛情ある忠言と支持とによって、この希望と抱負とを完遂せしめられんことを願う。

一九四九年五月三日

角川文庫ベストセラー

向日葵のある台所　秋川滝美

学芸員の麻有子は、東京の郊外で中学2年生の娘とともに暮らしていた。しかし、姉からの電話によって、その生活が崩されることに……。「家族」とは何なのか、改めて考えさせられる著者渾身の衝撃作！

機長、事件です！　秋吉理香子

副操縦士として国際線デビューを迎えた間宮治郎。彼がフライトを共にすることになったのは冷静沈着にして優秀、超絶美人な女性機長・氷室翼だった。飛行機は成田からパリへ離陸するがトラブルが続発して!?

マタタビ潔子の猫魂　朱野帰子

地味な派遣OL・潔子は、困った先輩や上司に悩まされる日々。実は彼らには、謎の憑き物が！『わたし、定時で帰ります。』著者のデビュー作にしてダ・ヴィンチ文学賞大賞受賞の痛快エンターテインメント。

赤くない糸で結ばれている　筏田かつら

書店員さんに一目ぼれした体育会系男子、会ったことのないラジオ番組の投稿者が気になる秀才、突然連絡してきた高校時代の同級生に翻弄される女子大生、同性を崇める女子中学生――。鮮やかで儚い恋模様を描いた短編集。

弁当屋さんのおもてなし
ほかほかごはんと北海鮭かま　喜多みどり

恋人に二股をかけられ、傷心状態のまま北海道・札幌市へ転勤したOLの千春。彼女はふと、路地裏にひっそり佇む『くま弁』へ立ち寄る。そこで内なる願いを叶える「魔法のお弁当」の作り手・ユウと出会い？

角川文庫ベストセラー

弁当屋さんのおもてなし
海薫るホッケフライと思い出ソース
喜多みどり

願いを叶える「魔法のお弁当」の作り手・ユウとの出会いから1年。距離は縮まってきたが、客と店員の関係から一歩を踏み出せない千春は悩んでいた。そんな時、悩み相談で人気の占い師がくま弁を訪れて？

弁当屋さんのおもてなし
ほっこり肉じゃがと母の味
喜多みどり

「魔法のお弁当」の作り手・ユウと念願の恋人同士になった千春。しかしお互い仕事が忙しく、すれ違いの毎日。そんな時、ユウのことを気に入っている茜が『恋人に作るみたいなお弁当』をリクエストしてきて？

ビストロ三軒亭の謎めく晩餐
斎藤千輪

三軒茶屋にある小さなビストロ。名探偵ポアロ好きのシェフが来る人の望み通りの料理を作る。新米ギャルソンの神坂隆一は、謎めいた奇妙な女性客を担当することになり……美味しくて癒やされるグルメミステリ。

ビストロ三軒亭の美味なる秘密
斎藤千輪

ゲストが求めるものを提供し、心も体も癒やすオーダーメイドのビストロ。主人公で元役者のギャルソン・隆一の成長も描かれる、お仕事グルメミステリー。大好評「ビストロ三軒亭」シリーズ第2弾！

ビストロ三軒亭の奇跡の宴
斎藤千輪

美味な料理と日常の謎解き、温かい人間ドラマ。読めばホロリと癒される、グルメなお仕事小説。ギャルソン、ソムリエ、シェフ。5人の個性豊かな男性スタッフが、訳ありゲストたちの日常の謎を解く。

角川文庫ベストセラー

相続レストラン
城山真一

金沢・ひがし茶屋街のレストラン〈グリル・ド・テリハ〉。料理が評判のこの店には、人気の理由がもう1つ――。「相続トラブル、解決します」元税理士のウェイター・冬木のもとへ、今日も相続に悩む客がやってくる。

帝国の娘（上）（下）
須賀しのぶ

猟師の娘カリエは、突然、見知らぬ男にさらわれ、幽閉された。なんと、彼女を病弱な皇子の影武者に仕立て上げるのだと言う。王位継承をめぐる陰謀の渦中でカリエは……!? 伝説の大河ロマン、待望の復刊！

芙蓉千里
須賀しのぶ

明治40年、売れっ子女郎めざして自ら「買われ」、海を越えてハルビンにやってきた少女フミ。身の軽さと機転を買われ、女郎ならぬ芸妓として育てられたフミは、あっという間に満州の名物女に――!!

本日は大安なり
辻村深月

企みを胸に秘めた美人双子姉妹、プランナーを困らせるクレーマー新婦、新婦に重大な事実を告げられないまま、結婚式当日を迎えた新郎……。人気結婚式場の一日を舞台に人生の悲喜こもごもをすくい取る。

星をつける女
原宏一

世界的な「食の格付け本」の元格付け人、牧村紗英。独立し会社を興した彼女は、先輩で相棒の真山幸太郎と、人気店の調査と格付けをする仕事をはじめ……雑誌掲載時から話題騒然のニューヒロイン！